徳 間 文 庫

梶龍雄 青春迷路ミステリコレクション2

若きウェルテルの怪死

梶 龍雄

徳 間 書 店

contents

デザイン　鈴木大輔（ソウルデザイン）

プロローグ

「推理小説……今は探偵小説のことを、そういうんだそうですね。この前、私の高校時代の日記を偶然見つけ出しましてね。読み返しているうちに、これもそんな推理小説になるんじゃないかと、ふと思ったんです……」

金谷《かなや》さんがいい出した。いつもの、温厚で、静かな口調だった。〝奈加子《なかこ》〟の店でのことである。

盂蘭盆《うらぼん》の初めの宵《よい》だった。

ついさっき、ママの奈加子さんが、「ちょっと冷えすぎましたね」といって、クーラーのダイアルの目盛りを落した。建坪二十平方メートルもない、カウンター飲み屋である。温度調節もたいへんらしい。

機械の音が落ちた。

盆のせいだろう。外の町の音も、いつもより静かである。

ここに来る道すがらの、根津から池之端界隈《いけのはたかいわい》も、ずいぶんの店が、戸をおろして、連休の貼《は》り札をしていた。

東京が東京人だけの、しっとりとした町になるのは、この期間と正月だけかも知れない。〝奈加子〟の店も、客は私と金谷さん二人だけだった。

私は包みかけてくるような、悪くない静かさを、急に皮膚に感じ始めた。いつも話のおもしろい金谷さんである。今夜はますますおもしろそうな期待が持てた。

私はひどく乗り気になって、誘いをかけた。

「金谷さんの高校時代というと……もちろん、旧制高校でしょうね」

金谷さんは微笑しながら、冷酒《れいしゅ》のコップをカウンターにおろした。

「もう六十も半ばに近い私ですよ。当然です。それもナンバー・スクールといって、校名に数字のつく高校でね。二高です。仙台にありました」

「その時代に、何か推理小説になるような事件……殺人事件でも、あったのですか？」

「まあ、そうなんですが……」

「どんな事件です？」

「話をするより、いささか面映《おもは》ゆいのですが、私のその頃の日記を、あなたにお見せしましょう。といっても、私的な日記ですから、第三者には説明不足の所もあるでしょう。それに昭和九年から十年にかけての話で、あなたのような若い方には、不案内のこともあるでしょうから、もう一度、読み返してみて……註釈《ちゅうしゃく》というんですかね……まあ、それに似たようなものを挿《さ》しはさんだほうがいいと思います。あなたは、このお盆には、どこにも行かれないんですか?」

「ええ。東京生まれのチョンガーで、おまけに社会人になりたてのひよこでは、先立つものもないので、東京の暑さの中でグダグダしているつもりです」

「まあ、暇ということでは、この老人のほうもあなたと同じですから、ちょっと日記を整理してみて……金曜日……もう一度、ここで会いませんか? その時、日記を持って来ます……」

金谷さんはそういってから、奈加子さんのほうを見ていった。

「金曜日も、ここはやっているのでしょう?」

奈加子さんは、その柔らかな線の顔立ちをほころばせて答えた。

「ええ、私も先立つものもなし、グダグダとやっておりますから、どうぞごひいきに。それにしても、金谷さんのような御年配の方と、こんなお若い方と、よく気が合うものですね」

まったくそのとおりだった。

金谷さんはアカデミックな出版物で著名な、ある老舗《しにせ》の出版社を、停年退職した人である。そして私は、中どころの娯楽読物出版社の編集者一年生。

あるいはともかく、同じマスコミ関係として、いささかでも連帯感が持てたのかも知れない。

知り合ったのは、この〝奈加子〟である。

四ヵ月ばかり前のことで、私が初めてこの店に現われてすぐだった。

それ以来、私は週に二度くらいは、必ず店に足を運ぶようになったし、聞けば金谷さんの方はもう三年来、私と同じくらいの率で、飲みに来るのだそうだ。

……ということは、つまりは金谷さんも、私も、そうとうに奈加子さんのファンであることは否定できない。

私はしだいに金谷さんと、親しく口をきくようになった。そしてやがてその親近感は、しだいに尊敬へと変わるものがあった。

世俗から軽く身をひいたような、静かな温厚さの中に、着実に根をおろした智性《ちせい》の輝き……そんなものを感じるようになったのだ。

金谷さんは、火曜と金曜の夜に、ほとんどといっていいほど、〝奈加子〟に現われた。

そして私も暇が持てれば、それに合わせて〝奈加子〟に行くようになった。

日記の話が出たのは、そういった火曜日の一夜だったのである。

そしてそれから三日後の金曜日の夜、金谷さんは自宅のある弥生《やよい》町の高台から、いつものくつろいだ和服姿で、不忍《しのばず》通りの裏手の〝奈加子〟に、また姿を現わした。

盆の東京の街は、まだかなり静かだった。だがそれも今晩だけのように思えた。

日記は大学ノートに、かなり細かい、きっちりした楷書《かいしょ》で書かれていた。

ページのあちこちに、金谷さんのいう註釈の紙が、丹念な糊貼《のりば》りで付せられていた。その量だけでも、そうとうなものだった。

わずか三日の間に、金谷さんはかなり精力的に仕事をしたようだ。

金谷さんは付け加えて、説明した。

「もう一度読み返してみると、ずいぶん青臭く気負った所や、古風な言葉使いなどあって、汗顔《かんがん》ものなんですがね。それもかえって当時の青年の考え方や、感じ方が出ていていいかとも思いなおしました。ただ当時、白樺《しらかば》派といわれた文学に、かなり私は熱中していましてね。小説はかなり読んでいたので、起こった事実の説明だけは、まずまちがっていないはずですし、かなり詳細だと思います。読んでもらいたい部分は、これで七分の一ばかりを残して、ほとんどお渡ししたはずです。残りは来週の火曜日に持って来ます」

私はアパートの部屋に帰って、日記を開いた。

〝睡りぐすりをのみし友〟

堀分《ほりわけ》が自殺したという。馬鹿げている！　だが、事実は事実として受け取らなければいけないのか？

昭和九年六月二十二日　金曜

頭が混乱していて、まだよくわからない。考えにまとまりがつかない。

そこで、この日記を書くことで、まとめてみようと思う。だが、どこまでできるか……。

堀分の死の報《しら》せをもたらしてくれたのは、大平先生の邸《やしき》の女中の照代さんである。

今朝早く、起き抜けに、食堂の賄《まかない》のおじさんの一人が現われた。寮の玄関でぼくに急ぎの用があるといって、若い女の子が待っているという。

若い女の子とは誰《だれ》だろう、何事だろうと、当惑しながら、玄関に行くと、照代さんが待っていて、事件をしらせてくれたのだ。

「……高塚さんに、親友の金谷さんには、まんず早ぐ報《すら》せたほうが良《え》がすと、言いつけられたんだす」

ひととおりの説明をして、そう付け加えた照代さんの目はかなり血走っていた。目のまわりも少し腫《は》れている。

照代さんは堀分が好きだったのだ。むりもない。

「まさか！　死んだ……それも自殺だなんて！」

ぼくは思わず叫んでいた。

「だども、そんだす」

「いったい、いつ頃のことだい？」

「夕《ゆん》べの七時《すちじ》半少《すこ》す過ぎでがす。さっきも言うたように、おらが母屋の廊下っから、離れに倒れているんを見《め》っけて……」

照代さんはそこで絶句した。

「その時はもう死んでいたのかい？」

彼女は無言でうなずいた。

「どういう自殺なのだ!?」

ぼくの調子は、まるで怒っているようだったにちがいない。まだ十七か八の照代さんは、叱《しか》りつけられた子供のように、身を縮めた。声も小さくなった。

「薬をのんだでがすと」

「薬？　何の薬を？」

「良ぐさあ知らねえども、眠り薬がもわかりんすと……」

来仙してからもう二年になる。仙台弁や方言には馴《な》れたといっても、ほんの少しである。やはりもてあます。

「ともかく行ってみる！」

「行《え》っても、警察の人《すと》が入《へぇ》れせてくんでがいんか……」

照代さんのいうとおりだった。すぐに米《こめ》ケ袋《ふくろ》の大平先生の邸に駈《か》けつけたのだが、警官たちは頑としてぼくを拒んだ。

左傾したぼくたちの仲間は、警官のことを、ブルジョアの犬とかいって密《ひそ》かに罵倒《ばとう》する。これまでぼくはそんな言葉に、さして心を動かすこともなかった。

だが今日はちがった。ブルジョアに飼われている犬かどうかは知らないが、ともかく犬である。主人の命令をひたすらに遵守《じゅんしゅ》する、無智にして頑迷な犬！

ぼくは何とかしてもっと詳しい話を知りたいと、先生の邸の門がわずかに見える道角に身をひそめて、誰かが出て来るのを待った。

だが、邸の人間の出入りは、まったくなかった。制服警官や、見知らぬ顔の刑事らしい男が、何人か出入りしただけである。

自殺事件というにしては、何かものものしすぎた。だが、殺人事件の現場を知っているわけではない。やはりそんなものなのか……。

それでもようやく一時間ばかりして、見知っている人物が現われた。大平先生の所で番頭をしている、桑山という人である。六十がらみか……。

親しく話した記憶はない。だが、この機会を逃がすことはできなかった。

ぼくはあとを追いかけて、声をかけた。

桑山番頭はぼくのことをおぼえていてくれた。

ぼくたちは、話し合いながら、東北大学にむかう、だらだらの仲坂をのぼり始めた。おとといあたりから、急に暑くなっていた。きのうの夜も、かなり蒸し暑かった。今年はもうはやくも、梅雨《つゆ》明けなのかも知れない。

坂をあがるぼくたちの上にも、真夏のような陽射《ひざ》しが降り注ぐ。

「ああ、あそこに氷水屋がありますよ。入りましょう」

桑山番頭は、道端にはやばやと氷水の旗を突き出した店を指さした。

ぼくたちはその店に入った。

彼は太い指に持ったスプーンで、苺汁《いちごじる》とかき氷を、徹底的にかきまぜながら、事件の話をした。

だがけっきょくのところ、彼もあまり詳しくは知らなかった。堀分が離れの自分の部屋で死んでいるのが発見された時、桑山番頭はすでに大平先生の邸を出て、自宅に帰っていたからだ。彼は通《かよ》い番頭なのだ。

だから彼の話は、邸にいた人たちの伝聞や、警察の係官たちからの漏《も》れ聞きを、綴《つづ》り合わせたものだった。

堀分が自殺のためにのんだという睡眠薬は、大平先生の邸の抱え運転手が持っていたものを、盗んだらしいという。だが、それをどんなふうにのみ、現場の状況はどんなものだったかということになると、彼はまるで知らなかった。

「自殺なら、遺書か何かあったのでは？」

という、ぼくの質問にも曖昧《あいまい》だった。

「さあ……別に、そんな話は聞いちゃあおりませんがね。ひょっとしたら、あったんかも知れません。ともかく警察は自殺ときめて、ほとんどまちがいないといってると聞きましたからね」

だがそのあとで、彼が付け加えた言葉が、ぼくの頭に大いにひっかかった。

「……まったく人間の命というのは、わからんもんですな。食堂で皆さんといっしょに夕食をいただいて、私が邸を出る時までは、堀分さんは元気で、陽気で……そんな自殺するようすなどというのはないようでしたがね」

「つまり桑山さんは先生の邸の食堂で堀分といっしょに夕食を食べた。その時は彼は、まるで自殺するようすなんかなかったというのですね?」

「私の見たところではです……」

「その夕食は何時頃でした?」

「六時から六時五十分くらいの間でしたかな。そのあと、堀分さんは一度、自分の部屋にもどってコーヒーを飲んでから、また食堂にもどってくるのが、いつものことだったことは知っておるのでは?」

「知ってます」

堀分はすべてにモダン好みだった。コーヒーを愛好するのもその一つだった。

ぼくも彼の部屋を訪れると、必ず飲まされた。コーヒー豆を、ガリガリと挽《ひ》き器にかけて、パーコレーターに入れながら、その作りかたについていろいろ講釈がうるさいのだ。

そんなある時だ。彼は夕食を終ったあとは、必ず部屋にもどってコーヒーを一杯飲むのを、日課にしているといった。

またそのあとは、たいてい食堂にもどるのだとも話した。

食堂は厨《くりや》と続きになっている。というより、厨を上がった広い板の間の奥の一部に、洋式のテーブルや椅子《いす》が配置されているのだ。

大平先生の邸は、その食堂ばかりでなく、旧家の古雅なたたずまいをそのまま残して、あちこちに、巧みで無理のない現代生活の様式を取り入れている。

いかにも先生らしい、中庸《ちゅうよう》を得た科学的合理精神である。

またこういう改造には、先生の奥様の良い感覚も生かされているらしい。

堀分はコーヒーのあと、その食堂にもどると、女中やその他の使用人たちに、自分の好きな詩、小説、戯曲などを朗読してやるのを、日課にし始めているといった。

いかにも彼らしい話だ。

堀分は色白の顔に、唇の薄赤い、高二になっても、まだ多分に少年っぽい男だった。美少年の風貌《ふうぼう》どおりに、どこかはじらい勝ちの気弱さがあった。人見知りもするほうだった。

だが、自分が愛好する文学となると、突然、大人びた鋭い閃《ひらめ》きを見せるのだ。打って変わったように生き生きとなり、我を忘れた大胆さになる。たかだかと詩を朗したり、手振り、身振りをまじえて、戯曲や小説の中の文章を引用したりする。

気弱さと大胆さが同居しているくせに、少しもおかしくないのが堀分だ。天才というのはそんなものなのかも知れない。

彼が大平先生の邸の食堂で、皿洗いや、洗濯物たたみに忙しい女中たちを前に、楽しげに詩や小説の名文を朗読している所が目に浮かぶ。

まさに水を得た魚《うお》の観だ。

そうだ！　そんな堀分が自殺するはずがない！

これが明善寮で、彼についてひと騒ぎがあった時ならともかくだ。彼は寮の生活に絶望していたのだ。

退寮処分にされたことは、むしろ皮肉な僥倖《ぎょうこう》といっていいのだ。

そのために、彼は下宿先に、大平先生の邸の離れ間という、すばらしい場所を得た。しかも自分の好きな文学の知識や情熱を、おもしろい形で表現できるようになった。

それが……。

桑山番頭の声が、ぼくの物思いを破った。

「……堀分さんは食堂にもどってくると、為《ため》になる小説や芝居や歌なんぞを読み聞かしてくれたり、合間に男手の要《い》るものなら手助けをしたり、来客があれば応対に出てくれたりしてました。だから、きのうの夜もそうだろうとみんな思ってました。ところが、なかなか現われないので、何となくみんなも気にはしていたそうです。しかし、その間に先生んところに客があったりして、何だかんだと忙しかったので、ついそのままになっていたそうです。七時四十分頃です。女中の照代さんが、廊下を通りかかって、母屋からふと離れの入口の所を見ると、引き戸が開いていて、その先の廊下の方に、堀分さんの足の先が妙なふうに突き出ているのを見つけたんです……」

「照代さんは、ほんとうにたまたま通りかかったのかな……。あるいはいつものように現われない堀分が心配になって、わざわざ離れの方に行ったのでは？」

だが、かなり鈍に人の良さそうな桑山番頭は、ぼくのいう裏の意味まで理解しようとはしなかった。どうということもない調子で答えた。

「ひょっとしたら、そうかも知れませんな。照代さんは声をかけながら、渡り廊下を渡って、離れに入ったそうです。そうして見た時は、まさか死んでいるとまでは思わなかったそうです。そしてあおむきに倒れ、苦しげにこわばって、血の気のない堀分さんの顔を見て、悲鳴をあげると……気の狂ったみたいにわめきながら、厨に駈け込んで来た……そんな話です」

桑山番頭の知っているのは、大体そんな所だった。

ぼくは彼と別れると、途中で国分《こくぶん》町の郁子さんの所に寄ろうかと、ふと考えもした。だが、当然、郁子さんもきのうの夜のうちに、もう先生の邸と連絡がとれているのではないかと思いなおして、そのまま、まっすぐ寮の部屋に帰った。

昼からも、まだ授業があるが、とても出る気にはなれない。

それで、これを書いている。

確かに堀分は多感な男だった。それも天才的な鋭さで、突入して行くような……。

詩や小説でも、異常な感覚美のものや、虚無性、陰鬱《いんうつ》性のある物を好んだ。

今、思い出せば、死や自殺などにどこかで惹《ひ》きつけられているような言動があったり、それを感じさせる自作の詩を見せられたりしたこともある。

そのことや、彼が寮を追われたことそれ自体の、外面的事実だけを取り上げるなら、彼の自殺を理屈づけることはできる。

だが、この頃の青年で、一度だって自殺を考えない者がいるというのだろうか？　そんな悩みのない、漫然とした頭脳の持ち主など、軽蔑《けいべつ》ものだ。

ぼくの入学する一年前にも、明善寮生二名が次々と自殺したと聞いている。

一人は鉄道自殺、一人は校内煙突からの投身自殺だった。もっとも後者は事故死だという説もあるが、詳しいことは知らない。

こういう風潮の中で、堀分の死を考えれば、自殺もうなずけないことではない。

しかし……ぼくは彼の親友だったのだ。彼のことは良く知っている。

彼が自殺志向の性格の持ち主だったとしても、安易な自殺をとげるような男ではないはずだ。

ある時、ぼくたちは死や自殺について論じた。彼はいった。

「……聖なる自殺を、流行通俗という形で決着させるというのは、いったいどういう気持ちなんだ。ぼくにはまったくわからない。例えば三原山火口の投身だ。自分も十把ひとからげの愚俗自殺者の一人であることを宣伝するために、命を棒に振っているとしか思えない。おまけにまかりまちがえば、火口壁や亀裂の中にひっかかって、醜い体を衆愚の前にさらすなんて、堪えられないことじゃないか」

また、こうもいった。

「遺書ということを考えると、なかなか自殺もできたものじゃないよ。藤村操《ふじむらみさお》の巌頭之《がんとうの》感《かん》にしても、彼の一生の思いが、ここに凝縮されているのかという思いで読むと、かなり幼稚で、空虚な漢語の羅列にすぎないように思える。満足できる遺書を残してなどと考えると、まず自殺などは不可能だな」

そうなのだ！　彼は完全主義者でもあり、唯美主義者でもあったのだ。そういう男には、かえって自殺もできないといえる。

それとも彼の自殺は、彼自身も納得のいくほど、完全で美しいものだったというのだろうか？　桑山番頭から聞いた話によると、その死のようすは、必ずしも美しいものではなかったように思えるのだが……。

ともかくまだ詳しい話がわからないのはいらだたしい。

しかし、堀分義雄が死んだという厳正な事実だけは、受け止めなければならないのか……。

夕方、寮の食堂に出て行くと、みんなが新聞をかこんで騒いでいた。

反俗の精神から、新聞などを読むことを軽蔑している我々二高生にしては、珍しいことである。

もちろん堀分の自殺のことであった。だがそれと並んでもう一つ、皆の騒いでいるニュースがあった。

東北反戦同盟のアジトの一つでの会合が、警察の手入れを受け、検束者の中に二高の寮生も一人まじっていたというのである。

〝東北反戦同盟（ＴＨＤ）秘密大会一斉手入れ！
惜しくも首魁《しゅかい》を逸す
検束者の中に二高生

そんな見出しが目に入った。

逮捕されたのは、一年上の三年生で、ぼくも顔だけは知っていた。

ぼくが姿を現わすと、皆はいっせいに堀分の自殺に話題を集めて、ぼくに質問を浴びせ始めた。

ぼくもあまり良くは知らない。それより新聞の方が詳しいではないかといって、ぼくも新聞を読んだ。

だが、ぼくの知りたいことは、何一つ出ていなかった。睡眠薬をのんで厭世《えんせい》自殺……そんなありきたりの言葉で、かたづけられているだけだった。

同じように横から新聞を覗《のぞ》き込んでいたゴリさんが、いった。

「見ろ！　その下の所に、八木山《やぎやま》橋でも自殺があったと出てるぞ。三十少し過ぎの身元不明の男性の全裸死体河原に……。衣服は橋のたもとに……だと……。みんな衰弱しとるな」

ぼくはむっとなった。

たとえ堀分が自殺だったとしても、そんな通俗で汚《けが》らわしい自殺と、いっしょにしてもらいたくなかった。

それにゴリさんは、堀分を明善寮から追放した元凶の一人ともいえるではないか？

彼には、堀分の死に対して、一片の同情もないというのか!?

あやうく叫び声をあげて、ゴリさんに突っかかりそうになるのを、ぼくはようやくおさえた。

今、ぼくは、堀分が愛誦《あいしょう》し、ぼくに教えてくれた、佐藤春夫《さとうはるお》の詩の一節を思い出している。

皮肉な内容を持つものだ。

(ぼくは詩というものには、まったく不案内だった。その蒙昧《もうまい》を啓発してくれたのも、堀分だった)

その詩というのは……。

とこしへに睡《ねむ》りぐすりをのみし友
朝明けの五月の海に入りし友
花咲ける椿《つばき》がもとにくびれたる友あれども
生きんすべ教へたる友しなければ
…………

(〝生きんとぞわが思う〟の中より)

あるいは、こういった詩が、彼の死の上に影を落しているというのだろうか？
いや！　考えられない！

明治の半ば過ぎから始まり、昭和の始めまで続いた自殺の風潮については、ここで少し触れておいたほうがいいでしょう。日記中にある〝巌頭之感〟は一高生の藤村操が、日光華厳滝《けごんのたき》に、投身自殺をした時、書き残して行ったものです。明治三十六年のことです。

この自殺は当時の青年にたいへんな影響を与え、今、ちょっと資料をくってみたのですが、以後四年間だけでも、同滝での自殺者はなんと百八十五人にのぼったそうです。

〝巌頭之感〟の文章は次のようなものです。

〝悠々《ゆうゆう》たる哉天壌《かなてんじょう》、遼々《りょうりょう》たる哉古今《かなここん》、五尺の小軀《しゃくしょうく》を以《もっ》て此大《このだい》をはからんとす。ホレーショの哲学竟《つい》に何等《なんら》のオーソリチィーを価《か》するものぞ。万有の真相は唯《た》だ一言にして悉《つく》す。曰《いわ》く「不可解」。我この恨《うらみ》を懐《いだ》いて煩悶終《はんもんつい》に死を決す。既《すで》に巌頭に立つに及《およ》んで胸中何等の不安あるなし。始めて知る。大なる悲観は楽観に一致するを〟

ゲーテの名作で、この作品が発表されたために自殺者が続出し、ドイツのほうぼうの町で発売禁止になったという「若きウェルテルの悩み」も、当時の若者たちの自殺志向を駆り立てたものです。

私たち二高の大先輩であり、また明治二十九年のごく短期間、二高教授でもあった作家、高山樗牛《たかやまちょぎゅう》が、この「若きウェルテルの悩み」を日本に初めて紹介し、この自殺志向の煩悶を「世界苦」と名づけたりしたのも、妙な因縁です。

そうかといって特に二高生に自殺者が多かったというわけではありません。

この自殺の風潮は、大正、昭和と続き、華厳滝ばかりでなく、伊豆大島の三原山の噴火口なども、自殺の名所になりました。

その第一号は一九三三年（昭和八年）の実践女学校の生徒で、以後三ヵ月の間だけでも、約百人の自殺者があったということです。

それから、日記にある別の自殺者が出たという仙台の八木山橋というのは、一九三一年（昭六）にできた鉄骨吊橋《つりばし》でした。八木山と青葉山の間にある滝之沢峡谷を眼下七十メートルに見る絶景の地でしたが、開通のとたんに自殺の名所ともなり、毎年十名前後の投身者が出ることになりました。

この橋も今はふつうの鉄骨アーチ橋になって、定期バス、乗用車、東北帝国大学工学部に通う学生たちの単車等の往復が頻繁《ひんぱん》で、うっかりすると、橋と気づかないで通り過ぎてしまうこともあるかも知れません。

橋の両側にはかなり高いフェンスが立てられて、足元の絶景を見おろすには不都合になりました。これでは、きっと自殺者も少なくなったかも知れません。


さて、次の日記に出てくる高塚健雄さんですが、あらかじめ、ここで少し説明しておいたほうがいいでしょう。

高塚さんは、東北帝大医学部の三年生の秀才で、堀分と同じように、大平先生の邸に寄宿している人でした。

といっても、堀分とちがって、先生の助手兼秘書をやっている、先生の片腕のような存在で、邸内では大平家の一員のような人でした。

重厚に落ち着いた態度の人でしたが、たいへんなスポーツマンでもあり、二高時代は短艇部の主将もしていました。

二高生にも、また東北帝大の学生にも人望を集めている存在で、照代さんを使いに出して、私に事件をしらせてくれたのも、この人であったわけです。

六月二十三日　土曜

堀分の自殺の模様が、ようやくかなり詳しくわかって来た。

高塚さんが、学校の昼休みを見はからって、わざわざぼくの所に、話をしに来てくれたのだ。

ぼくは高塚さんのあとについて、台の原の丘……ぼくたちは〝光の谷〟と呼んでいるほうに歩きながら、話を聞いた。

堀分がのんだのは、ブロムラールという睡眠薬の粉末だったそうである。

先生の邸の抱え運転手の藤木という男が、自分の部屋の棚に入れておいたものを、堀分が盗み出したらしい。

彼の倒れていたそばの、小さな坐机《すわりづくえ》の前に、その薬壜《びん》が乗せられていたそうだ。

机の上にはコーヒー・カップとかパーコレーター、それにわずかに水の残ったガラスのコップなどもあった。

そういう道具類の状況から考えて、堀分はまず好きなコーヒーを楽しみ、そのあとからコップの水とともに、薬をのみくだして自殺をはかった……そんなふうに考えられるというのだ。

ともかくパーコレーターや、コーヒー・カップに残ったコーヒー、またガラス製の砂糖壺《つぼ》などにも、薬の痕跡《こんせき》は発見されなかった。

……ということは、堀分は直接薬をコップの水とともにのみくだした、としか考えられない。つまり自殺というわけだという。

「それだけのことで自殺だなんて、馬鹿げてますよ。いや、うんと譲って、ともかく堀分は自殺だということで納得しましょう。だがそれなら、なぜ彼は自殺したというのです!?」

「よくはわからない。ともかく警察は彼の部屋にあった本や、まわりの人間の彼に対する人物評から、彼は自殺しやすい弱々しい性格だったと考えたらしい。そこに持って来て、この前の退寮処分だ。それが自殺の引き金となったのではないかと判断したようだ……」

「しかし、それはもう一ヵ月以上前の話ですよ。それが今になってとは、おかしな話じゃありませんか!? 第一、彼は退寮処分になって、かえってせいせいしていたのですよ。ぼくにもはっきりいっていました。『これであの野蛮人の世界から逃《のが》れ出て、ほっとした気持ちだ』って。彼の性格は前よりずっと明朗闊達《かったつ》になったと思いませんか?」

「邸に来る前の彼のことについては、良く知らないので、何ともいえない。だが、少なくとも私の見たかぎりでは、堀分君はいささか気弱で繊細な所はあったが、けっこう邸での生活を楽しんでいたようだ。しかし、警察はあるいはまた別の原因をつかんでいるのかも知れない。そのへんは彼等にも何か秘密めかした所がある。ひょっとしたら、机の上に置いてあった日記から、何か別の動機がわかったのかも知れない……」

「机の上の日記？」

「ああ、薬壜の横にあったそうだ。あるいは遺書がわりに、置いたのかも知れない」

「どんなことが書いてあったのです？」

「まるでわからない。警察はそのまま押収して、内容についてはいっさい漏《も》らしてくれないのだ」

ぼくたちの足は、〝瞑想《めいそう》の松〟の方にむかっていた。

きのうと違って、空はかなり重たい曇り空だった。けっきょく、梅雨はまだあけていないのかも知れない。

だがおかげで、台の原にむかう長い坂道ののぼりも、さして苦にならなかった。

ぼくの気持ちは、まだすっきりしなかった。ぼくは固執した。

「しかし……たとえその日記に自殺を裏書きするような何かが書かれていても、やはりぼくはおかしいと思うのです。自殺する寸前の夕食の時まで、彼はごくふつうのようすで、むしろかなり陽気だったのでしょ？」

「そうだったそうだな」

「そうだな……というと、高塚さんはいなかったのですか？」

「おととい の夜は五時少し過ぎに邸を出て、東一番丁の方の小屋に映画を見に行ってね。帰って来たのは九時少し過ぎだったが、もう邸はたいへんな騒ぎになっていた」

「高塚さんはほんとうのところ、堀分の死をどう考えるのです？」

かなりぼくは詰問《きつもん》調だったのだろうか。高塚さんは少し当惑したようすになった。

「そう正面切っていわれると困るが……やはり自殺と考えるほかはないだろうな」

高塚さんも秀才の名が高い。それにしては、歯切れのよくない返事だ。ぼくは何となく不満だった。

ぼくたちは〝瞑想の松〟にたどりつかない途中で引き返した。まだいろいろとごたごたしていて、三時頃までには邸に帰らねばならない用があると、高塚さんがいったからだ。

「夕方、行ってもいいでしょうか？　先生に会って、短い時間でいいですから、ちょっと話したいのですが？」

堤町のT字路での別れぎわに、ぼくはたずねた。

「出不精《でぶしょう》の先生だが、今度のことでは警察だ役所だのと、出かけざるをえないようで、忙しい。明日の夜ならいいだろう」

寮に帰って、堀分の自殺の原因について、もう一度ゆっくり考えた。

ぼくのまったく知らない理由が、警察の押収した彼の日記には書かれていたというのだろうか？

しかし……少なくともぼくの知る範囲では、どう考えても、彼が退寮処分になったそのこと以外にはないように思えるのだ。

彼は外面はかえってそれを喜んでいたように見えた。だが、実際には心に何かの深い傷跡を、刻みつけられたというのだろうか？

今、ぼくは日記を繰《く》りもどしてみて、その頃の所を、もう一度、読みなおしてみた。

退寮処分……といっても、彼は名目上は自主退寮ということになっているのだが……その原因になった檄文《げきぶん》が食堂に張り出されていたのは、四月二十五日の朝であった。

今考えても腹だたしく、馬鹿々々しいのだが、彼はそのことで、ほかのとんでもない責任までひっかぶらされることになったのだ。

これはもう、すべてが冤罪《えんざい》といっていいようなものだ。

檄文はストームに対する批判だった。

かなりの寮生たちが、その下に群がって、騒いでいた。

そのような檄文が貼り出されるのは、何もその時に始まったことではなかった。

校舎の壁、学務掲示板の横の木、そして寮の食堂と、いろいろの所に貼られたものを、去年、入学して以来、もうずいぶん見ている。

だが、その日の檄文は、これまでの物とはかなり違っていた。

第一、字がきれいで、漢字が少なく、読みやすかった。

これまでのものと来たら、やたらに力の入った筆勢の、しかもへたな字で、読み進むうちにすぐ首が痛くなり、たいてい途中で放棄したものだ。

第二にその檄文は、簡潔な口語体で、しかも短いものだったから、すぐに読み終えた。

第三にその内容と主旨が、これまでにない説得力で、寮生たちの心の奥にあると思われるものを衝《つ》いている所があったのだ。

これまでの檄文と来たら、「今や世界の風雲極めて急を告げる時、我が明善寮東北健児の衰弱目を覆《おおわ》しむる物あり。吾等《われら》の誇れる雄大剛健の気風何処《いずく》に有りと嘆ず……」といった空虚な悲憤慷慨《ひふんこうがい》調や「現代ノ学校ハブルジョアノ犬ノ訓練所ダ。コレヲ打破スルハマルクスレーニン主義ヲ以テ武装セル進歩的プロレタリーアシカ無イ……」といった調子の、これもまた空虚にヒステリックなものしかなかった。

だが、今度の檄文には説得力があった。

秘《ひそ》かにその論旨《ろんし》に共感を持ったのは、ぼくばかりではなかったようだ。

すばやくそれを写した者がいたようだ。ぼくも四月二十五日の日記にそれを写し取っていた。ここにもう一度、それを書いておく。

〝敢《あえ》てストームの全廃を提案する

四月二十二日開かれた緊急総会での、役員その他の方のストームのだらしなさに対する非難と反省要求に対して、提案します。

会上、色々の意見が出ましたが、そのどれもが枝や葉を見て、幹を見ない論のように思えます。

いったい本当のところ、ストームというものに、何の意味があるのでしょう?

こう問うと、喜びを共に頒《わか》つ手段だの、雄大剛健の具体化だのという、きまりきった反論が返ってくるように思えますが、寮のガラス窓を何十枚となく破り、椅子や机を壊し、それが共に喜びを頒つ手段なのでしょうか?

黒装束《しょうぞく》で面を覆ったり、高下駄《げた》で廊下を踏み鳴らしたり、酒の匂《にお》いを漂わせた褌《ふんどし》或《ある》いは全裸姿で、人間の根源的自由である深夜の他人の睡眠の中にまで乱入することが、二高の唱える雄大剛健の精神なのでしょうか?

しかもこの野蛮的行動の元凶が、この前の緊急総会では、口を拭《ぬぐ》ったように、二十一日の返礼ストームの破壊的行動やだらしなさに、反省を求めるとあっては、まさに何をかいわんやです。

ストームは今や無智なる蛮風と悪を生むだけです。もはやストームの存在それ自体に意味を認めません。

もしこのままこの慣例蛮風が是認されるなら、これは博徒《ばくと》渡世人の殴り込みと、何等変わることのないように思えます。

ここにストームの全廃を提案し、賢明なる明善寮寮生並びに寮役員の検討を期待するものです。


一憂寮児〟


ぼくは一読して、それが堀分の書いたものではないかとぴんと来た。

字体が紛《まぎ》れもなく彼のものだったし、論旨《ろんし》のあちこちに、いつも彼がぼくに漏らしていることがあったからだ。

彼にしてはずいぶん思いきったことをしたものだ、そういえばあの夜の深夜のストームの時、彼は叩き起こされた顔を、ずいぶん不愉快そうに歪《ゆが》めていたなとぼくは思い出した。

彼はその夜はいつの間にか、寮から姿を消して、朝になるまでもどって来なかった。

壁の檄文が良く見えるテーブルに坐《すわ》って、朝食をとりながら、もう一度、それを読みなおしていると、当の本人の堀分がぼくの横に坐った。

「あれは、君だろう?」

ぼくはたずねたが、彼はその白面に微笑を浮かべるだけで、しばらくしてただ一言だけいった。

「博徒渡世人云々《うんぬん》は少し言い過ぎか……」

ぼくはその言葉を、彼が自分の書《しょ》であることを認めたことと受け取った。

その時、うしろのほうで大声があがった。

「なんだ!? この張り紙は!? ストームを全廃しろだと!? 悪を生むだけだと!?」

ぼくたちが秘かにゴリと渾名《あだな》している、三年生の須藤さんで、短艇部の選手だった。渾名はゴリラから来たともいうし、何事もゴリ押しをすることからだともいう。

バウサイドをやっているだけあって、筋骨たくましい人である。それだけに気質もかなり荒々しかった。

「こんな赤色思想の檄文を書いたのは誰だ!? 許せん!?」

いうなり、ゴリさんは飛び上がるようにして、檄文の紙の端をひっつかんで引き破った。

ストーム全廃をとなえるだけで、いきなり赤色思想というのも、何だか大人げない感じがぼくにはした。

だが、ゴリさんがカッとなるのも、むりはないような所もあった。

酒臭い褌姿というのは、あの夜のゴリさんをそれとなく指摘しているにちがいなかったからだ。

「許せん！　絶対に許せん！　犯人はだれだっ⁉」

ゴリさんはまだ憤慨していた。

堀分はあの檄文を書くことで、何を期待していたのだろう？

おおよその見当はつく。何も期待はしていなかったのだ。ただ鬱憤晴らしに書いたにすぎないのだ。

だが、その静かなる檄文も、ストーム主導の上級生たちを、強烈に刺戟《しげき》したらしい。事態は意外に大きく発展した。

日記を繰りもどしてみると、日曜があけた二十八日の月曜に、霽風《せいふう》堂で、ストームの件について、臨時大会が開かれたことになっている。

今年から一年生が全寮制になった。だが、その一年生の集まりが特に悪かった。

初めて経験する強烈なストームに度肝《どぎも》を抜かれて、触らぬ神に祟《たた》り無しと、そんな会は避けて通りたいというところかも知れなかった。

だから会の流れは、ストーム賛成派や同調派の寮生で、主導されたようなものだった。

あいかわらず、〝雄大剛健〟だの〝衰弱〟だのといった言葉で、会は彩《いろど》られた。

ストーム否定者は利己的だの、感激音痴、諦観《ていかん》主義だのといった言葉も飛び出した。

「ストームは衛生的に良好」だの「ボヘミアン的ロマンチシズム」があるだのといった暴論さえ飛び出した。

要するに、会はストーム批判論者に対する弾劾《だんがい》に、終始したといっていい。抽象的な漢熟語の連発による攻撃だけで、ストームそのものの本質を考えてみようとか、見なおしてみようとする努力はまったくなかった。

ぼくはこみあげてくる怒りを、おさえるのに苦労した。

だが、それならそれを口にして、どう反論していいのか、まったくわからなかった。またその勇気もなかった。

自分の未熟と卑怯《ひきょう》さが、腹だたしかった。

そのうちに話は妙なふうになった。あの檄文の憂寮児は、けっきょく赤色か反戦分子にちがいない、これまでに何度か貼り出されて、寮の風紀を乱したコミュニイズムや反戦の檄も、同じ作者にちがいないというのだ。

さすがにこの意見には反論が出た。

だが、ゴリさんを初めとして、柔、剣道部等の選手たちが、弁論部の何人かの応援を得て断じてそうだと頑張った。

詳しいことはぼくには良くわからない。だが左翼思想の学生たちは、何かというとスポーツ部や応援団を攻撃したり、その存在を否定する所があった。

ゴリさんたちはまさにゴリ押しで、そんな所で左翼思想の学生に、報復をしようとしているふしがあった。

会の結論は、憂寮児に対して断固たる処分、その方法は役員会の決定に一任ということになった。寮の委員たちは、その憂寮児が誰かも、すでに摑《つか》んでいるようすだった。

堀分はもちろん会に出ていなかった。

ぼくは彼の所に飛んで行って、経過を報告した。

ぼくは親友の危機に対して一言の応援発言もしないで、手をつかねて傍観していた自分を恥じた。

堀分は顔をこわばらせて聞いていた。だが、ぼくの反省に対しては、首を横にふっていった。彼らしい、才気の溢《あふ》れたいいまわしだったので、その時の返事は日記に書きとめてある。

「いつも適確な正論より、迫力ある暴論の方が勝つんだよ。君が発言してくれたって、しかたがなかったんだ」

寮委員は、憂寮児が堀分であるという動かしがたい証拠をつかんだとか、処分は退寮になりそうだ、もし赤色分子とわかれば、学校当局でも退学処置、というような情報が、それから数日の間にぼくたちの所にもたらされた。

こういう秘密情報を、いつも敏感に捕獲《ファンゲン》してくるのは、フケであった。どこにそういう網《ネッツ》を持っているのか、それとも特殊なカンがあるのか、ふしぎな男である。

堀分はあれからはずっと、思い悩むようすではあったが、それほど深刻な感じではなかった。

しかし、退学処分もあるかも知れないと聞かされた時には、さすがにこわばった表情になった。

だが、フケ……こと奥山は、その渾名《あだな》のもとの、肩までいつもふり落ちている、雲脂《ふけ》だらけの長髪をふりたてて、あいかわらず、理屈っぽいことをいった。

「しかし、退学なんていうのは、筋違いだ。寮は自治制なのだ。学校とは独立の存在なのだ。寮の方針が、即学校の方針ともなり得ないし。その逆も真《しん》だ。もっとも二高は一高や三高と比べると、アナクロニズム的な所があって、まだ学校当局の寮の自治に対する干渉が残存しているがね」

そういうことになると、ぼくにはよくわからなかった。

堀分も同じだったようだ。深刻なようすになっていた。

そして翌日、寮幹事に呼ばれて帰って来た時には、ますます彼はうちひしがれていた。

「ストーム全廃の檄を書いたのはぼくだと認めたよ。だが、コミュニイズムや反戦の檄文については、まったく知らぬことだと主張したんだが、彼等はもはや偏見に毒されていて、ろくに話も聞かないし、調べなおそうともしないのだ」

もし彼が自殺をするとしたら、この期間のことなら、ぼくもある程度納得しよう。

だが、それから数日後に、彼の心境は一変したのだ。

金曜日の六月一日、幹事に呼び出されて、彼は自主的退寮を勧告され、それですべては結着がついたことにしたいと提示された。つまり自分から退寮するというのは幹事の温情であるとともに、それなら別段その理由を、学校事務局に報告することもないというわけなのだ。

堀分は愁眉《しゅうび》を開いた顔でいった。

「考えてみれば、あんな馬鹿げたストーム批判をする前に、さっさと自分から寮を出ればよかったんだ。ただ、今の事情じゃ、とても下宿生活をする費用なんか都合つきそうもないので、そのことは頭の中に浮かばなかったんだが……なあーに、出てみれば出てみるで、何か手段が見つかるさ。ともかく、大平先生の奥さんの所に行って、これからのことを相談してみるつもりだ」

「そういえば、大平先生は君の保証人だったたな」

翌日、大平先生の所から帰って来た堀分が、顔を輝かせていったのを思い出す。

「朗報だ。先生の奥さんはほんとにすばらしい人だ。先生に口をきいてくれて、邸の書庫のある離れに、下宿させてもらえることになったよ。学資の援助はしてもらうし、こんどは下宿まで提供してくれるなんて、まったく感謝の言葉なしだ」

「……というと、君はこれからは、大平先生の書庫の続きにある、あの六畳の部屋で寝起きするということになったというのか?」

ぼくはひどい羨望《せんぼう》の声でいったのだろう。堀分はにやりとしていった。

「どうだ、うらやましいか?」

「ああ、うらやましい。大平先生の邸にいられるというだけでもうらやましいのに、おまけに先生のたくさんの本を自由に見られる、書庫の部屋で寝起きできるなんて……」

まったくぼくが、堀分とかわりたいような気持ちだった。

堀分はひと頃の彼とはうってかわったように、生き生きとし始めた。

「……邸の女中の中にはなかなかきれいな娘《メッチェン》もいるから、女人禁制の寮とはうってかわった豊かな気分さ。もっとも彼女、ひどい仙台弁なのが玉に瑕《きず》だがな」

照代さんのことであった。

またある時はこういった。

「先生の奥さんは容姿もすばらしいけど、気風《きっぷ》もすばらしいよ。先生の邸にただで下宿住いだから、学資の中から寮費ぶんくらいは削られるかと思ったが、そのままでいいというんだ。申し訳ないから、力の要る仕事や、庭掃除、来客の取り次なんかをして、せっせと働いているよ」

「うまく奥さんに使われているな」

「あんな気が良くて、きれいな奥さんなら、使われがいもあるというものさ」

「奥さんにすっかり籠絡《ろうらく》されているな」

「しかし、あまり働きっぷりが良かったのは、少し失敗だったかな。奥様は気がつきすぎるんだ。気の毒がって、それでは勉強ができないでしょうと、通町《とおり》の方にいい下宿があるから、すぐ移らないかとすすめてくれているんだ」

「通町なら、学校に近くていいじゃないか。どうするんだ?」

「先生の邸は居心地良いんで、むにゃむにゃいって引きのばしていたんだが、よその人から、あの離れは先生が調べ物の時などには長い間使われる時もあるから、邪魔じゃないかと聞かされると、そう勝手をいっていてもいけない気がして来た。来月の初めには引っ越そうかと思っている。だが、ともかく、目下のところ、嚢中《のうちゅう》豊かなりだ、ほら、高新《たかしん》の餅《もち》だ」

そういって、寮の部屋に差し入れをしてくれることさえあった。

こうして日記を読み返してみると、やはり堀分の退寮前後の憂鬱も一過性のものなのだ。何とかして、その中から彼を自殺に導いたものを発見しようとしたのだが、やはり不可能だ。

堀分の自殺は絶対信じられない！


これはあとで知ったことなのですが、旧制高校のストームに対する批難は、何も堀分の檄文に始まったことではなかったようです。

ストームは英語のstormから来た言葉です。字義どおり歌や踊りで嵐のように寮内の各部屋に乱入し、廊下をのし歩くというような狂態の祭りです。主として深夜、皆の寝込みを襲い、場所も時として寮から寮外へと出て行くこともありました。

歌や踊りといっても、まともなものではなく、調子っぱずれに校歌や寮歌、デカンショ節等を唄《うた》い、出たらめの俄《にわか》踊りで荒れ狂うといったものでした。

このストームが壮烈をきわめるのは、新寮生の歓迎の時で、新米《しんまい》にカツを入れるといった、だいぶ野蛮な精神主義もあったようです。

堀分が批判したのも、こういったストームで、新寮生歓迎のものは、入寮式のあった四月十五日当日のすぐその夜にありました。そして四月二十一日のは、その返礼ストームがあったのです。

返礼ストームは新寮生が上級生のカツに応《こた》えてのものですから、前者を上まわろうとする壮烈なものとなります。また上級生もそれに負けまいとハッスルするために、やはり今思い出しても、かなり乱暴狼藉《ろうぜき》しいまま、という観がありました。

私などはあきれかえって、嵐の外に身をよけるようにして小さくなっていたものです。ストームの始まりは一高で、明治二十七、八年だといわれていますが、詳しいことはわかりません。

このストームも初めは、かなり秩序ある、そう野蛮なものではなかったといいます。しかし、しだいに蕪雑《ぶざつ》で粗野なものとなり、酒気を帯びて裸体になったり、あるいは毛布をかぶったり、覆面《ふくめん》をして、バケツや太鼓《たいこ》を打ち鳴らしてむやみな騒音をあげ、窓ガラスや机、椅子をこわしたりして、ずいぶんと破壊的行動をやってのけたようです。

このために、ずいぶんあちこちで問題が起き、一高などでは、すでに明治三十六年頃に、廃止の声が出たりしていたそうです。

しかし大正から昭和の初めにかけては、あいかわらずストームが盛んで、懲罰《ちょうばつ》を受けた者も多く、一高などは昭和九年には寮内規約で、ストーム禁止令が出たこともあると聞きました。

しかし規約があるということは、ストームがなくならなかったからともいえるわけで、現実には以後も一高でもそれが続けられていたようです。

二高でも大正八年に、部内対抗のボート・レースのストームで土足で寮にあがって来た学生と寮生の間に対立が生じて、関係者が始末書をとられたりして、ストームに対する問題提起はあったのですが、一高のように規約にまで発展することはなかったようです。

六月二十四日　日曜

さんざん考えたり、悩んだりして、良く眠れなかったため、すっかり朝寝坊をした。

昼過ぎ、国分町の郁子さんのミルクホールに行く。

店内は客が二人ばかりいるだけで、がらんとしていた。

郁子さんもお母さんも、当然、事件は知っていた。お母さんは、おとといの夕方、先生の邸を訪問したともいう。

話が話だけに、ぼくは店の奥の台所の階段から、二階の居間に通された。

そんな所にあがるのは初めてである。女二人だけの住まいらしい、柔らかさというのか……艶《なま》めかしさというのか、そんな感じが漂《ただよ》っていた。

何がどうして、そんなふうに感じられるのか、観察力も表現力も貧しいぼくにはよくわからないが、ともかく寮の部屋の殺伐《さつばつ》さ、不潔さとは、月とスッポンの違いだ。

ぼくは郁子さんが、堀分をどう考えていたかほんとうのところは知らない。また知ろうとしたこともなかった。だが、親しみ……あるいはそれ以上の気持ちを持っていたことは確かだったから、さすがに沈鬱な表情だった。郁子さんは口のききかたに、どこか男性っぽい歯切れの良さがある人だったが、きょうはそれも影をひそめていた。

郁子さんのお母さんが知っていることも、桑山番頭の話と、そう変わりはなかった。

そしてやはり、堀分は夕食の時は、いつも以上に快活だったと、皆が認めていたというのだ。

「……何でも坪内逍遙《つぼうちしょうよう》の訳したシェークスピアのマクベスとかを二日続きで、みんなに朗読していたとかで、夕食の席ではそのシェークスピアのことについて、みんなに元気で話していたそうです」

「彼はそういうことになると、夢中でしたからね。じゃあ、その夜もマクベスの続きを朗読する予定だったのですね？」

「ええ、そのはずだったとか……」

「ますます彼が自殺したのはおかしい。些細《ささい》なことのようですが、人間はそういうことほど放《ほう》りっぱなしにして死ぬようなことはしないと……自殺のことを書いた本で読んだことがありますよ。その本にはある自殺者が、自殺と決めた日に観劇の予約指定券を買っていたのを思い出して、決行を一日延ばしたというような実例が出ていました。すると、彼が離れの自分の部屋にもどったのは、六時五十分というところですか……」

「ええ、その頃だと……きみさんがいっていました。洗濯物を裏庭に干してたまま忘れていたのを思い出して、慌《あわ》ててとりこみに行って、離れの書庫の裏を通った時、続きの堀分さんの部屋の電灯がパッとついたのを見たというのです。そして洗濯物をとりこんで、厨にもどった時、ちょうど食堂のボンボン時計が、七時をうち始めたというのですから……」

「すると彼が死んだのは七時過ぎ……ぼくがちょうどここに来た頃から以後……」

郁子さんはお母さんと瞬間、顔を見合わせてからいった。

「金谷さん、先おとといの夜、ここにいらっしゃったの」

「ええ、七時過ぎ頃……。木曜日は定休日ではないはずですが……休んだんですか?　表のガラス戸のカーテンがさがって休業の札が出ていましたが……」

お母さんが答えた。

「いいえ、ちょっと用があったので、五時半頃で早じまいをしたのですよ」

「何かお客さんがあったようですね？」

「いいえ、別に……」

「しかし、裏口にまわって、声をかけようかどうか迷いながら、この二階の窓を見たら、灯《あかり》がついていて郁子さんやお母さんでないような人影が……」

郁子さんが割って入った。

「見まちがいでしょう。それより、金谷さんは堀分さんは自殺じゃないと考えているのかしら……さっきの話では？」

「じゃあ、郁子さんはどう考えるのです？　ある意味では、郁子さんはぼくより彼のことを知っているはずです」

「さっき、刑事さんがここにも訪ねて来たわ」

郁子さんの話は、時にこんなふうに飛躍する。自分の考えを勝手に進める所がある人だ。だが、その我儘《わがまま》さに、ふしぎに爽《さわ》やかな所がある。もっともそう受け取っているのは、ぼくだけかも知れないが……。

「何をききに来たのです？」

「別にこれということもなく……堀分さんはここにも良く来たのか……とか……。でも、金谷さん、堀分さんの自殺が怪しいとか……そんなこと、あまりいわないほうがいいのじゃないかしら?」

「なぜ?」

「ただ……何となくそんな気がするの。そんなことをいって、詰まらないことに巻き込まれないほうがいいと思うの」

何か意味ありげな郁子さんの言葉は、妙に頭にひっかかった。

「巻き込まれるって……何に?」

「わからないわ。わからないからこそ、そんな注意しかできないのよ」

ぼくはそれ以上追及しなかった。というより追及できなかった。

歳《とし》は同じくらいだ。だが、郁子さんは理論的なことになると、妙にしゃんとなる所があるのだ。そうなると、急に彼女が姉貴に見える。

郁子さんのお母さんが、夕食はうちで食べて行けといった。断る筋合はなかった。郁子さんのお母さんは、昔、大平先生の邸の女中頭《がしら》をしていただけあって、料理の腕はたいしたものだ。寮のまずい食事などと比較するのも不敬なくらいだ。

喜んで御馳走《ごちそう》になってから、午後六時頃、大平先生の邸を訪問した。

奥さんがいつものような、きまりのよい着こなしの和服姿で現われた。

先生はついさっき警察から帰ってこられたが、疲れていらっしゃるし、こんどのことで溜《たま》ってしまった仕事もあるので、後日にしてもらいたいという。

ともかく先生に声をかけてほしいと思った。だが、それをいう勇気は出なかった。

大平先生は律儀のようでいて、けっこう放漫なところがある。放っておくと時間も場所も考えずに何事にも熱中してしまう。食事を忘れてしまったり、書庫の中で寝るのを忘れて、徹夜してしまったりする。

奥さんがそれとなく気を使い、先生の生活をいつも見ていなければならないのだ。

ぼくはあらためて訪問するといって、大平先生の邸を辞した。


ここで、日記では書きたりていない大平家のことや、また先生と堀分との関係のことなどを、まとめて説明しておきましょう。

大平義一先生の家は、仙台の古くからの旧家でした。

先生の住む米《こめ》ケ袋《ふくろ》は、西と南を広瀬川に包まれ、昔は伊達《だて》家に仕《つか》える武士や鷹匠《たかじょう》たちが多く住んでいる地区だったと聞きます。

先生の祖先もそういう重役の藩士の一人でした。

明治維新で、多くの士族が落魄《らくはく》の道をたどりました。しかし、大平家は、先生の祖父にあたる方が、たいへん有智の方で、また商才にも長《た》け、ますます家運を隆盛に導いて、仙台でも有数の資産家にしたという話でした。

邸の敷地面積もかなり広いもので、二千坪はゆうにあったでしょうか……。建物は明治以後、いろいろの改築や増築もおこなわれたようですが、全体に維新前の古めかしく、重厚なたたずまいを充分残していました。

そんな広い邸ですから、女中、下男、抱えの庭師など、ずいぶんの使用人がいました。抱え運転手もいて、車は確かパッカードとかいうアメリカの車で、当時、仙台でそういう高級外車を持っているのは、三人か四人ということでした。

実をいうと、私が大平義一先生の名を知ったのは、小学校六年か中学一年の頃で、先生の書いた「土からの物語」という本を読んで、たいへん感激したのです。

この本は歴史学者でもあり、また考古学者でもある先生が、青少年にむけて書いた考古学の本で、主として先史時代の遺物、遺跡の発掘が扱われていました。

たくさんの面白いエピソードや経験談が、平易で簡明な文章で綴《つづ》られ、著者の暖かい人柄がひしひしと身に伝わってくるものでした。

少年時代は、少し何かに感激すると、すぐ自分もその状況に同化してしまうもので、いちじは自分は将来、大平先生のような考古学者になるのだと固くきめたものです。

大平先生の本に書かれているような、縄文《じょうもん》、弥生《やよい》、あるいはもっと前の時代の遺跡を探し出して、鏃《やじり》や土器などを発見してみたいものだと大それた夢も抱いたりしました。

しかしもともと子供っぽい、むこうみずな夢ですし、私の生まれ育った北海道の札幌付近には、そういった遺跡の少ないせいもあって、この夢もやがてしぼんでいきました。

その後も昆虫学者になるときめたり、外交官になると志したり、いやはや無責任に決心が変わります。

高校受験の頃には、どうやら大人としての現実性も持ったのでしょう。もう以前のように自分の将来について、むやみに焦点をしぼるようなことはしなくなりました。

その頃から文学にかなり興味を持つようになったので、ともかく二高の文科に進んでみようと、文甲を受験したのです。

文甲の〝文〟は文科のこと、〝甲〟は第一外国語が英語になる科でした。大学に入って文学、史学、経済学等を専攻志望の学生が多い所でした。

文乙はドイツ語で、哲学、法律関係、文丙はフランス語で文学、美術関係専攻志望です。

しかし大平先生の名や、考古学に対する興味を、私はまったく失っていたわけではありません。

ただまだ少年のことでしたから、大平先生がその学問の方で本当にどんなに偉いのか、またどこに住まわれているのかは、まるで無知識でした。

それが二高に入ってしばらくして、何のことでか……今はもうよくおぼえていないのですが……先生が同じ仙台に住んでいることを知ってびっくりしました。

数日間、さんざん思い悩んだあげく大決心をして、私は先生の家を訪問しました。思いもかけぬ大きい構えの邸に、私の決心もすっかり鈍ったのですが、それでも勇気をふるって中に歩み込みました。

応対に出て来られたのは奥さんでした。そのひきしまった気品ある美しさに気遅れして……私がどれだけまとまった表現で来意が告げられたのか……今考えても怪しいものです。

奥さんは奥の先生に、私の訪問は伝えられませんでした。

先生は研究で忙しいので、すぐの面会は無理だ、ともかく私の来たことは伝えておくからと、私の姓名と明善寮の部屋の番号を聞かれました。

私のような青臭い高校生が、何の予告もなく、実の所、明確な用件もなく訪ねて行ったのですから、むりもないことだと思って、私は先生の邸を出ました。

ですから、先生からの連絡など期待していなかった……といったら、実は嘘《うそ》になるのです。期待しまいと思いながらも、やはり心の片隅ではやきもきしながら、秘かに希望をつないでいたというのが、ほんとうのところでした。

そしてある日、何のきっかけでか、私はそのことを同室の堀分に話したのです。

その頃には、傾向こそかなり違いますが、同じような文学好きとして、堀分とはもうすっかり親友になっていたのです。

堀分はびっくりして、そういうことなら、初めからいってくれればよかった。自分は大平先生の家とは、知り合いだというのです。

これには私もびっくりしました。

きいてみると、堀分の保証人であり、また学資援助者でもある人が、大平先生だというのです。

私は堀分が学資援助を得て、二高に学んでいることは知っていました。

堀分は福島県郡山《こおりやま》市の在の、大槻《おおつき》にいる医者の息子でした。だが、高校受験少し前に父親が急死して、いちじは進学もおぼつかなかったのです。

しかし、ある人の好意を得て、大学卒業までの学資や生活費の援助をしてもらうことになったのです。きっと彼の秀才ぶりが見込まれたのでしょう。

しかし、私の知っていることはそれまでで、保証人や援助者が誰であるかなどということは、まったく知りませんでした。

ところがそれが、大平先生だったのです。

いや、正確には、大平先生の奥様といったほうがいいかも知れません。

というのは先生の奥様は、堀分と同じ郡山の在の資産家から、先生の所に嫁《か》して来られたので、堀分の家とは互いに知悉《ちしつ》の間柄だったのです。

そんなことから、堀分のことも良く知っていて、堀分の境遇に同情されて、大平先生に、口利《き》きの労をとられたというのです。

奥さん……美穂さんというのですが……の実家は平野という姓でした。先代は久留米《くるめ》の旧藩士で、廃藩置県の時、大槻原の開墾事業に応じて移住して来ました。だが、たいへんな経営的手腕があったのでしょう。旧士族が武家の商法で、しだいに没落する中で、たちまちのうちに財を成したのだそうです。

何だかたいへん古い話のようですが、昭和の初めの頃までは、こんなふうに明治の時代色が、濃く漂っていたのです。

大平家も旧仙台藩の元士族の重役で財をなした人、平野家も久留米藩の同じようなケースの人と……こんな所であるいは先生と奥さんの縁組みがきまったのかも知れません。

奥さんはこの平野家の娘……といっても、実は養女なのですが……このことは日記のあとのほうで触れていますから、ここでは省略させてもらいます。

ともかく堀分が、退寮したあと、大平先生の家の厄介《やっかい》になったのも、こんな事情があったのです。

話をもどしましょう。

堀分は自分と大平家の関係を私に説明すると、といってもそういうぐあいで、奥さんとは良く知っているが、先生とは保証人になってもらった顔つなぎに、一度しか会ったことがないと付け加えてから、「しかし、郁子さんか、郁子さんのお母さんに紹介してもらえば、まちがいなく先生に会えるよ」というのです。

私はまたびっくりさせられました。

堀分は説明しました。郁子さんのお母さんは、まだ大平先生が独身時代だった頃、長い間、邸の女中頭《がしら》をしていたというのです。

昔のそういった関係で、お母さんも郁子さんも、今でも良く先生の邸に出入りしている。先生はまたそういう郁子さんを、自分の娘のようにかわいがっている。だから二人に紹介してもらえば、私は楽に先生に会えるはずだ……というわけです。

それで私は、堀分がなぜ郁子さん母娘《おやこ》の経営するミルクホールに行き始めるようになったかも、理解しました。

実は私も、初めは堀分につれられて、郁子さんたちの店の〝きたはら〟に行くようになったのです。

ミルクホールはその名の通り、ミルクを飲ませる所で、もともとは牛乳店に付属してできたもののようです。

つい最近までも、よく牛乳配達店の隅や店の前に、ベンチやテーブルを置いて、冷蔵ケースや自動販売機の牛乳を、その場で飲ませている光景が見受けられました。あれが発展して、牛乳を主体とした軽飲食店となり、店だけが独立する所も多くなったと思ってもらえばいいでしょう。

明治に始まったといいますが、大正になってますます数が多くなり、昭和に続きました。

どの店も、大同小異の一定の型式を持っていました。

店は土間敷きで、左右の壁沿いと、真ん中に、長いテーブルが置いてあり、客はその前の椅子に坐って、ミルクを飲みジャミ（ジャムのこと）付きやバタ付きのパンを食べるのです。

テーブルの何ヵ所かには、ガラスの丸いケースがあって、その中にはワッフル（ワッフルのこと）やシベリアといった、少し値段の高い菓子が入っていました。

シベリアというのは、三角形のカステラの中にあんこの入ったものでした。

店の中にはまた新聞、雑誌、官報といった物が置かれていて、それを読みながら飲食するお客さんも数多くいました。

郁子さんは、その店で、いつも断髪の洋装で、きびきびした動作で働いていました。つまり、その頃よくいわれたモガ（モダン・ガールの略）というタイプに入る人だったでしょう。

いつの時代も変わらないもので、そういうさきがけた流行に乗る女性は、かえって不美人の不良めいた人が多いようです。けれど、郁子さんはそうではありませんでしたし、それだけに光った美しさでした。

どこか鋭さを秘めた賢さで、たくさん小説を読んでいて、プロレタリア文学というのにも、触れていました。

〝文芸戦線〟などという雑誌の古いものを、私に貸してくれたのも郁子さんです。

しかし、むやみに伏字《ふせじ》が多い上に、文学好きといっても、実のところ白樺派のものくらいしか読んでいない私には、どうもよくわからないものでした。

堀分の文学は〝新感覚派〟だの、〝現代の虚無と倦怠《けんたい》〟だのといっているものですから、私はその狭間《はざま》にあって、自分はまだ甘くて、子供っぽいのだなと、しばしば劣等感を抱いていました。

しかし好みの傾向は違っても、文学という広い範囲で、話題は同じでしたから、堀分をふくめた私たちは、急速に親しくなりました。何となく三人のグループが、できあがった感じでした。

私たちはつれだって、青葉城址《じょうし》や榴《つつじ》ケ丘《おか》、広瀬川河畔等に出かけたり、松島に遠出をしたりもするようになりました。

それまでに私たちの間で、大平先生の名が出なかったのはふしぎなくらいです。まったく間《ま》が悪かったことのほかに、先生が文科系統といっても、文学関係でなかったこともあると思います。

堀分が大平家と知り合いと知った私は、すぐに彼といっしょに郁子さんの所に飛んで行きました。

そして数日後、とうとう先生との面会をはたしました。日記を調べてみると、昭和八年の六月四日の日曜のことになっています。

感激でした。

先生はその時、四十三、四歳だったでしょうか。やや小背のがっちりした体格で、肩幅が広く、決してスマートな人とはいえませんでした。

何よりも先生の風采《ふうさい》を落しているのは、陽焼《ひや》けした顔にかけた太い黒縁《ぶち》の度の強い眼鏡でした。

たいへん魅力のある、静かで柔かい声で話されるのですから、さぞかし温厚な眼差《まなざ》しだろうと思われるのですが、残念ながら、屈曲の強いレンズでそれは良くわかりませんでした。

先生は私が「土からの物語」を熱読し、いちじは考古学者になろうかと思ったことさえあると話すと、たいへん嬉《うれ》しそうな顔をされました。

「今からでも、そうしてくださいよ。この学問の世界は、若い人の野外での活動が、基礎を定めているのです。あの本も、これを読んで一人でも多くの若い人が、この学問に興味を持ってほしいと書いたのです。あの本は私が弟子に代作させて、手を入れたものだろうと、いう人がいますが、絶対そんなことはありません。私自身が、一生懸命に書いたものです……」

先生はそんなふうにもおっしゃいました。

先生にはこちらが不満足に思うほど、偉ぶった所がありませんでした。

話しぶりもごく静かなものでした。だが、その静かさのうちに展開される話の内容は、叡智《えいち》と軽いユーモアをひらめかせて、ぐんぐんと人を惹《ひ》きつけるのです。

私はその日一日だけで、すっかり先生を尊敬するようになりました。

私は堀分といっしょに、月に一回は先生のお邸にうかがうようになりました。先生の方も私たちのために、毎月、第三日曜日は、午後二時から夕食過ぎまでを、談話の会にすることに決めてくれました。

会にはしばしば郁子さんも顔を出しました。また先生の助手の高塚さんもしじゅう出席しましたから、いってみれば日曜会は、先生の家の内輪の団欒《だんらん》のようなものになりました。

私はすぐに先生について、いろいろの知識を得ました。

先生は考古学の方面では、当然、深い造詣《ぞうけい》のある方でしたから、官立大学から教授への招聘《しょうへい》もあったようです。

しかし先生は、官に仕えることを嫌って、東北大学の講師として、週に二回出かけられるほかは、ひたすら自宅での研究に打ち込まれていたのです。

「……若い頃は発掘調査に夢中で、ろくに家にももどらず飛びまわっていたのですが、四十からは整理統合の秋《とき》と決めて、まあ、書斎の人間になったのです。この黒い顔も、その時の陽焼けが、しみついたようなものです」

先生はそういって笑われたことがあります。

しかし、先生がそうやって本格的な教職にもつかず、ひたすら研究に打ち込めるのも、やはり大平家に豊かな資産があったからだったことは確かです。

だが、先生がどちらかといえば、孤独な研究生活をされていたのには、もう一つの理由もあったようです。

その頃の日本の国史学の傾向からいうと、先生の歴史学の見方は、科学的観察主義に立っていたからだ……とでもいったらいいでしょうか。

ともかく国史学の主流からははずれた……というより、時にはさからうような所もあったからです。

詳しいことはここでは述べませんが、ある時、先生が「今の国史は、国史というよりは、皇国史といったほうがいいのじゃありませんか」とおっしゃったことに、ある程度あらわされていると思います。

奥さんも私たちには、たいへん気を使ってくれました。

会の日には、いろいろ工夫して、私たちのためにおいしい御馳走《ごちそう》を作ってくれました。

もし料理のあまり物があると、「寮に帰ってお友達にもさしあげてください」とおっしやったりもしました。

盆、暮の贈答品等で、先生の家で使われない物があると、私や堀分にくださったこともあります。手提《てさ》げの皮カバン、扇子《せんす》等をもらったことを、今でもおぼえています。

「ともかく人とあまり交際しないで、めったに出歩きもせず、根《こん》ばかり詰めている人ですから、この日曜会は主人の心と体のために良いと思っているのですよ」

奥さんはそんなふうにもおっしゃいました。

事実、先生は週に二回、東北大学に講義に行かれるのと、一ヵ月に一回くらい、東京に書籍購入や知人の学者を訪問されるほかは、めったに外出されないかただったのです。

〝日は翳《かげ》るよ〟

六月二十五日　月曜

郡山の堀分の家でおこなわれた葬儀に参列。

もどり梅雨というのか、仙台を出発する時から、ほそぼそとした雨が降り続き、郡山駅をおりても同じだった。

堀分は一人息子であった。

前には御主人をなくし、今度は残されたたった一人の息子をなくして、独りぼっちになった堀分のお母さんの気持ちを考えると、胸が痛くなる。

しかし、ふしぎに堀分の死自体は、思ったほどぼくの胸を刺さない。

堀分に対して、ぼくはそれほどの友情を持っていなかったのだろうかと、疑う気持ちになった。

だが、すぐにわかった。

彼の自殺の理由がどうしても納得できない以上、ぼくには彼の死自体も受け入れられないのだ。

出棺の頃《ころ》から、ひとしきり雨がはげしくなった。

葬儀車は、門前に群がる傘の群をわけるようにして、動き出した。

「まんず、あすこにいるのは、誰《だれ》かと思ったら、江田の美穂じゃないんか。華族の姫様みたいにきれーになったがやね」

うしろで土地の老婆がいう声が聞こえた。

大平先生の奥さんのことをいっているのだった。

先生も奥さんといっしょに、参列されていたのである。

実際、奥さんの喪服姿には、戦慄《せんりつ》をおぼえるような美しさがあった。

先生御夫妻は、奥さんの養家に泊られるので、ぼくひとりで、夕刻、郡山駅にもどって、六時十二分発の小牛田行の列車に乗った。

発車してすぐだった。坐席《ざせき》でぼんやりしているぼくの肩に、手が置かれた。荒々しい重味のある手の力は、威圧を示すようにも思われた。親しみをあらわすふうでもあった。

ともかく見おろしている顔は、ばかに愛想よく笑っていた。

だがその笑いは、狡猾《こうかつ》に装われたものだということはすぐにわかった。

ともかく茶色の鳥打帽の下の、その陽焼《ひや》けした顔に、ぼくはまったく見おぼえがなかった。

「金谷君だろう？　一度、ゆっくり話したいと思っていたんだが、ちょうどいい機会だ。私も堀分君の葬儀に参列した帰りでね……」

そういうと、彼は堀分の自殺を担当した小竹という刑事だと名乗って、ぼくの前の席に坐《すわ》った。

坐りながらも、奥にひっこんだ眼窩《がんか》の中の黒目を、すばやく上下左右に動かし、ぼくの品定めをするようすである。そしてこの目の動きは、ぼくとの会話の間中、休みなく続いた。

第一印象で、その人間の人格を決定してしまうのはよくないかも知れない。だが、ぼくはその小竹という刑事をたちまち嫌いになってしまった。

だが、彼はぼくのそういう不快など、まるで感じ取らないようすであった。あいかわらず親しみ深そうな笑いを浮かべ、話し続けた。

「……聞くところによると、君は堀分君の自殺は信じられないと主張しているそうだね？」

ぼくは敢然として答えた。

「そうです」

「警察では自殺と決定して、もうそのしかるべき処置も終了している。だが、一人でも納得しない者がいるということは、私たちとしても気持ちよくない。そこで、一度、君の話をゆっくり聞きたいと思ってはいたんだ。いったい自殺が信じられないという理由は、どんなことからなんだ？」

さてそういわれると、狼狽《ろうばい》して、すぐさま答えられなくなる自分の未熟さ、信念のなさがいやになる。

ぼくは落ち着きをとりもどそうと、必死に努力した。

「それは……いろいろありますが……それはむしろ、警察の方が気づいているのじゃありませんか？　自殺前の夕食の時……堀分はふつうのようすで……いや、いつも以上に快活だったということは、そちらでも知ってることなのでしょう？」

「いや、金谷君、問題はそこなんだ。君のような若い人は経験が乏しいからむりもないことだがね、現実は必ずしもそうではないんだ……」

何かというと、老人や先輩は経験をふりかざす。腹だたしくなる。

経験は確かにたいせつだ。

だが、問題はその経験を、どう消化して身につけるかだ。経験してほうりっぱなしの奴《やつ》や、独断や偏見で消化して身につけている奴は、始末におえないのだ。

小竹刑事はその後者の口でもあろうか。……などと、勇ましいことをいうが、そう考えがまとまったのは、今こうしてこの日記を書いてからだ。小竹刑事に経験をふりかざされた時は、ただ立往生して、何の反論も出てこない情無《なさけな》さだったのだ！

その時は、ぼくは呆然《ぼうぜん》としてたずねかえしただけだ。

「というと……？」

「確かに自殺を覚悟した人間が、その直前には、沈鬱であったことは多い。だが、むしろ逆だったという例もかなりあるのだ。特に自意識の強いインテリゲンチアほど、この例が多い。つまり快活になることで自殺への道をまっすぐに進もうとか、あるいは死の前の情況を華やかに飾ろうとか……そういった心理が働くのかも知れない。どうやら堀分君もそのクチだったらしいように思える……」

農夫然とした容姿だが、意外に物がいえる刑事である。ぼくにはこのくらいの筋道立ったこともいえそうにもない。

呆然として返事のないぼくの隙《すき》につけこむように、刑事は話を押し進める。

「……親友として、君が堀分君の死に納得しない気持ちもわかる。だが、彼の自殺を否定する材料といったら、実の所、今いった彼の死の直前のそのようすくらいで、それも今いったようにも考えられる。あとは、彼の自殺を肯定するものばかりだ。例えば彼の性格だ。

私たちは彼の知人や、また彼が身辺に置いている小説や詩の本から、彼がロマンチックな性格の……それもかなり繊細で、虚無的な性格の男と知った。彼のどうやら愛読書だったらしいゲーテの『若きウェルテルの悩み』には、鉛筆でいろいろと感想が書き込んであって、かなり彼が主人公のウェルテル気取りだったこともわかる……」

こんな刑事からゲーテの名が出るのが、ぼくには何か、冒瀆《ぼうとく》のように思えた。それでなくとも、少なからず抱いていた嫌悪感もあって、ぼくは反撥《はんぱつ》した。

「ウェルテルを読んだ奴は、みんな自殺するというのですか？」

刑事の茶色の顔からひっこんでいた笑いが、また浮き出た。

「そりゃあ、暴論だな。だが、彼の自殺を立証するのは、何もこういった状況証拠による抽象論ばかりではない。状況証拠による具体論もある。堀分君の自殺した現場の机に、どんな物があったか知っているかね？」

「ええ、概略は……」

「ブロムラールの薬壜《びん》、砂糖壺《つぼ》、パーコレーター、コーヒー・カップ、ガラスのコップ……そして机の下にはコーヒー豆の挽割《ひきわ》り機、コーヒー豆を入れた缶等があった。カップにはわずかにコーヒーが残っていて、彼がすでに一杯、飲んでいたことを物語っていた。カップだが、このカップにも、パーコレーター、砂糖壺等々のどれにも、ブロムラールは検出されなかったのだ。つまり彼はブロムラールを直接口に入れて、コップの水で流し込んだにちがいない。そして、彼の胃の中にはそのブロムラールも検出された。そしてこの薬については、まだあまり皆が知っていない、重要な事実もあるのだ」

「どういうことですか?」

「事件の翌々日、遺体を引き取りに来たお母さんに会って、私たちも初めて知ったのだが、堀分君は薬品に対して特異体質だったのだそうだ。彼のおやじさんが医者だったことは知ってるね?」

「知ってます」

「それで彼の小さい頃に、お父さんがいちはやくそれを発見したので、今まで事無きを得ていたのだそうだ。薬といっても睡眠薬のある種類に対してだけ反応し、その時は少量でもひどく苦しみ出し、常人ののむ普通量でも死んでしまうかも知れない体質だったのだそうだ。睡眠薬というやつは副作用や中毒作用があるが、ともかく毒薬ではない。そういう物をのんで自殺するのは、わりあいその常用者が多い。致死量を知っているからだ。だが、堀分君がそれをのんでいた形跡はない。その点だけが、どうもひっかかっていたのだが、特異体質という話で、それもわかった。堀分君は少量をのんだだけでも、死ぬことを知っていた。ましてやかなりの量をのめば、まちがいなく死ねたわけだし、事実、彼はそれを確実と思われるくらい、たくさん飲んだらしい。薬壜からかなりの量が減っていたんだ」

小竹刑事の論理には何か強引な所があるような気がしてならなかった。だが、それを総合し、筋道立って反論する能力は、今のぼくにはとてもない。

ぼくは彼の理屈を追って行くのに精いっぱいの状態で、たずね返した。

「薬壜からかなりの量が減っているというのは、どうしてわかったのです？」

「その睡眠薬を持っていたのは、大平家の抱え運転手の藤木という男で、堀分君はそれを盗み出したということは知っているかね？」

「ええ、聞いています」

「藤木は新し物好きの、軽薄にモダンぶった不良だ。その不良仲間の薬屋の息子からブロムラールを、ドイツから直輸入した薬壜のまま買ったらしい。薬屋などではそんなに多量に売ってくれることはない。壜は高さ六センチばかりの極《ご》く小さいものだが、ともかく彼は不眠症というようなものではなかったから、ただの好奇心で手に入れただけのことだ。ところがその好奇心で初めて少しためしてみたその日に、そのためにうっかり寝過ごして、奥さんを車でつれて行く予定をだめにしてしまった。そのことで、奥さんにひどく叱《しか》られてから、藤木はあとは手をつけずに、そのまま自分の部屋の棚に乗せたままだった。だから、壜の中味はほとんど減っていないといっていいくらいだったそうだ。ところが現場の机の上でその壜が発見された時、中味は三分の一くらいは減っていたというのだ。医者の話ではそれだけのめば、ふつうの人間でも、命の方は保証できないそうだ。もちろん、異常体質の堀分君なら確実に死ねる」

ぼくはしばらく黙っていた。何か反論できると思いながらも、それが形になって口にまでは出ないのだ。

「何か不満足らしいが、自殺の原因をもう一度整理して考えてみよう。堀分君は性格的に自殺できる人間だった。そこに持って来て、危険思想で退寮処分という衝撃的な制裁を受けて、仲間はずれにされた……」

「自主的な退寮です！　それに危険思想じゃありません！　ストーム廃止を提案しただけです」

「今年になって校内に貼《は》り出された檄文《げきぶん》の二つばかりに、反戦秘密組織のＴＨＤの署名のものがあったはずだ。また校内で秘《ひそ》かにＴＨＤ発行のビラやパンフレットが配布されたことも私はつかんでいる」

「ビラのことは知っていますが、パンフレットのことは知りません」

「堀分君はそのＴＨＤの秘密分子だったのだ」

ぼくははげしく反撥した。

「彼の日記にそんなことでも書いてあったのですか？　それとも彼の書棚のうしろの方からでも、マルクスとかレーニンの本が隠してあるのが見つかったというのですか？」

「君はバカだね。地下潜入の秘密分子が、そんな物を人目にさらすようなことをすると思うのかね？」

だんだん横柄《おうへい》になった小竹刑事の口調に、ぼくは彼の正体を見たような気がした。

彼は突然、決心したように強い調子でいった。

「よしっ、それじゃあ、もっとほんとうの所を話してしまおう！　そうすれば君も彼の死を納得するだろう。君もＴＨＤと略称する東北反戦同盟のことは、知ってるだろう？　また、その秘密分子が二高にも潜入していることも、知っているだろう？」

話がとんでもない、しかも不穏なことに発展して行くことにぼくは警戒した。

「知っていますが……ともかく、彼がアカなんて、絶対考えられません！」

「どうもさっきから君の発言を聞いていると、赤色思想と反戦思想を混同しているね。反戦思想と赤色思想は、ある部分では重なっているが、根本的な所では、かなり違っている。しかし、国家転覆《てんぷく》を謀《はか》ろうとしている危険思想ということでは、まったく同じだ。両方とも不健全で許すべからざる思想だ。しかし君の発言を聞いていると、どうやらそういう心配はない、安全で健康な学生らしい……」

〝安全で健康〟といわれて、ぼくはかえって軽蔑《けいべつ》されたように感じられてならなかった。

刑事はひと呼吸置いていった。

「……よしっ、そういう君を信用して、思い切って重要な秘密を打ち明けよう。だが、これは絶対秘密だぞ。実をいうと、私は刑事は刑事でも、特高の刑事なのだ……」

唖然《あぜん》として声のないぼくの顔を見ながら、小竹刑事は話を続けた。

「……だから、事実を正しく、また詳細に把握しているつもりだ。堀分君はTHDの秘密メンバーだった。だが、ストームに対する批判檄文は、必ずしもその活動の線上で書かれたものではない。むしろ、個人的な不満や怒りに任せて、つい書いてしまったと考えたほうがよさそうだ。だが、それを導火線にして、前の反戦檄文の秘密までがばれてしまったのだ。堀分君を追放した学生たちが、どれだけ事実を把握していたかは怪しい。反戦思想もアカもいっしょくたにして、ただ直感的な無謀さで、堀分君を攻撃した所がある。だが、さいわいにも的《まと》ははずれていなかったのだ。そして、堀分君にとっては不幸にも、藪《やぶ》を突ついて蛇を出してしまったのだ」

ぼくは強く反論した。

「だが、ストーム批判檄文は、反戦檄文とはまるで筆跡が違っていました！」

しかし、刑事は自信に溢《あふ》れていた。

「当然だ。反戦檄文は組織の活動の一端として、メンバーの誰かが書き、堀分君は命ぜられてそれを貼ったまでだ。だが、ストームのほうは、今も説明したように、彼個人の批判と行動だった。彼自身の筆跡であるのがあたりまえだ……」

冷静に刑事の理屈を分析する余裕はなかった。

だが、直感的にいえることはあった。

小竹刑事は誤った先入観と偏見に毒されている。そこから出発して、この強引にして巧みな理屈を立てて行けば、まさに鷺《さぎ》を烏《からす》にすることだって簡単だろう。

もうぼくは口をきく元気もなくした。彼のいうにまかせた。

「……さっきもいったように、私は特高の刑事だ。今から一ヵ月ばかり前、THDの分子の一人が、大平邸に潜伏しているらしいという情報をつかんだ。それがどこからかということは職業上の重要秘密だからいえない。ともかく堀分君が大平家に寄宿を始めた時と時期的に一致するから、これもおもしろい話だ。以後、私たちは大平邸の動向を秘かに監視を始めた。そのうち、また一つの重大情報をつかんだ。君は堀分君が自殺した夜、THDで秘密集会がもたれ、我々の一斉手入れを受けたことは、新聞で読んで知ってるだろう？ えっ？」

返事をせかされて、ぼくはふきげんに返事だけをした。

「ええ」

「ＴＨＤはかなり固く秘密性を保持している組織で、我々もまだそのリーダーや幹部の名、資金源などを把握していなかった。だが、その情報によると、六月二十一日の午後七時半に、リーダーをはじめとする幹部がほとんど出席し、資金の提供や今後の運動方針の決定がおこなわれるということだった。我々は担当全課員を動員して、会場となったアジトの家を包囲し、急襲した。不意をついたうまい手入れのつもりだったが、リーダーや数名の幹部を初めとする、かなりの数を取り逃がしてしまった。どうも情報が誤っていたのか、リーダーは集会に姿を現わさなかったふしもある。だがともかく、この重大な集会に、メンバーであるべき堀分君は出席していなかったのだよ。我々は当然、彼も現われるものと思い、人手のたりなかったこともあって、その日は大平邸の監視はしていなかった。だが、彼はそのまま邸《やしき》にいた……つまり彼は、おそらく寮追放の失敗で、ＴＨＤから除名、ないしは謹慎処分を受けていたとしか考えられない……」

「彼はＴＨＤなどと無関係だったから、邸にいたまでですよ」

ぼくが投げつけた言葉も、偏見男の耳には入らなかったようだ。彼はしゃべり続けた。

「本来ならば、私は刑事事件の探索は担当しない立ち場なのだ。だが、たまたまそうして堀分君を監視していたという行きがかりや、本来担当する刑事が、八木山橋の投身事件の方にまわっていたこともあって、臨時的にかかわったというわけだが、まあ、事件に思想的背景もあったから、まちがいでもなかったわけだ」

「いや、それがまちがいだったのです！」ぼくの口から、つい激しい調子で言葉が飛び出していた。小竹刑事との会話の中で、これだけがぼくのもっとも勇敢で、直截《ちょくさい》な反論だったかも知れない。「……堀分がＴＨＤの分子だったという誤れる独断を持った人が、事件を大まちがいの結論に持って行ったのです」

だが、刑事は憎々《にくにく》しく自信に溢れていた。前よりも、もっと落ち着いた声になっていた。

「だがね、彼の自殺にはもっと決定的な理由があったのだよ。君は堀分君が文学的な感受性と繊細な感覚の持ち主であったことは認めるね」

狡猾な罠《わな》が行く手にしかけられていることを感じながらも、ぼくは認めざるをえなかった。

「まあ……」

「そういう彼が手痛い失恋をしたとしたら、どうだろう？　二歩も三歩も譲って、堀分君が寮やＴＨＤから追放されたことも、何の心の痛手《いたで》にもなっていなかったとしよう。私は特高の刑事だといっても、前にはずいぶん長い間、ふつうの刑事事件の探索にも携《たずさ》わっていたので、そのへんの人情の機微は心得ているつもりだ。君たち若い学生にとっては、神とか恋愛、友情とかいったものは、人生最大の問題らしい。そういうことで傷つきやすい心の堀分君が、手痛い目にあったらどう思う？　彼の心の中はそれまでのいろいろの事件で鬱積していた。その時、君たちのいう、女性《メッチェン》に、ひどく肘鉄《ひじてつ》を食ったとしたらどう思う。私はけっきょくこの最後のことが、自殺へのスプリングボードになったと判断しているのだ」

「そんな事実があったのですか？」

「あった。君はさっき、堀分君の日記……ということにちょっと触れたね。彼が倒れて死んでいた横の机に、何かを語りかけるように日記が置かれてあったのは……あるいはもう聞いているんじゃないか？」

「ええ」

「そんな置きかたをされていたのは、彼がそれを遺書がわりにしたと考えるのが妥当のようだ」

「どうとでも考えてください。あえて反論はしません」

「日記はその前の日の六月二十日で終っていた。そしてそこには北原郁子にひどい肘鉄を食って、絶望したことが書いてあった」

肘鉄などという卑俗な言葉に、ぼくはむっとなったが、それにこだわっている余裕はなかった。

「郁子さんにですか!?」

「そうだ。簡単な文章で、詳しいことは書かれていない。だが、その日の夕方、あのミルクホールの〝きたはら〟を訪ねて、郁子さんに会ったところ、もうあまり訪ねて来てほしくないといわれたとある」

「郁子さんにそういわれたと?」

「そうだ」

「なぜです?」

「危険思想分子の言動をして寮を追放されたりして、勉学に熱が入っていないようだ。こんな所でむだな時間を潰《つぶ》していると、ろくなことはない……そんなふうにいわれたようだ」

「ばかな! 寮の事件のあとも、ぼくは彼といっしょに二度か……三度、あの店に行って、郁子さんに会っています。だが、郁子さんはそんな気配を見せたことはありません」

「堀分君も納得しなかったらしい。それでかなり追及したらしい。すると北原郁子はいったそうだ。あなたや金谷さんとつきあっているうちに、私も女だからどうしてもある片方に気持ちが傾いて来た。話がもつれる前に、すっきりした形をつけておきたい。ともかくそれが危険を避ける道だと……。私は日記に書いてあったとおりをいっているだけだが、どうやら気持ちが傾いた一方《いっぽう》というのは君らしい……」

ぼくは狼狽に答を失った。

「……北原郁子は利口で勝気な人だが、それだけに思い切ったこともいう人らしいな。会ってみると良くわかる」

「すると、きのう郁子さんの店を訪ねた刑事というのは……」

「そうだ、私だ。彼女の口からも、日記の事実を確認した。初めは口を濁《にご》してなかなか答えてくれなかったが、やがて堀分君にそう告げたという事実を認めた。それで、彼が自殺にいたるまでにはいろいろの要素が積み重なっているが、決定的な引き金になったのはこのことだなと私は確信したよ」

「待ってください！　それは事実と違います！　堀分は確かに郁子さんに親しみを持っていました。いや、それ以上の……好意といっていいかも知れません。しかし、愛情といったものではありません。それはぼくだって同じことです。つまりぼくと堀分と郁子さんは、非常に強い友情で結ばれたトリオ……そういったものでした。もし彼が郁子さんに冷たい事をいわれたとしても……それは衝撃ではあったでしょうが、しかし失恋から来る痛手というようなものではなかったと信じます。自殺を考えるとか、そんなことではなかったはずです」

「君たちはね、好意とか友情とか裏切りとか……この頃はやりの小説のようなことをいって、楽しんでいるようだがね、現実に男と女がいて、そこに繋《つな》がりができれば、そんなことではすまないのが当然だよ」

彼はぼくの愛読している有島武郎《ありしまたけお》や武者小路《むしゃのこうじ》の白樺派の小説の世界をいっているにちがいなかった。冒瀆である。ぼくの頭の中は燃え上がった。

しかし反論が口に出て来なかった。自分の無能力なのが腹だたしい。

小竹刑事は決して洗練された教養の持ち主とは思われない。特高刑事である。職業上から寄せ集めた知識で、がさつな独断的信念をふりかざして、こちらをねじ伏せようとしているだけだ。

だが、それだけに、こちらの弱味や虚をつく、巧みな理屈だてで迫ってくるところがある。

そして情無いことには、まるでぼくはそれに立ち向かえないのだ。

立ち往生をしているぼくに、彼は休むことなく攻撃して来た。

「どうも君は何か満足していないようだが、よしっ、それでは、彼は自殺じゃないとしよう。だが、それなら何だというのだ。彼が死んだことは事実だ。それなら事故死というのか？　それとも殺されたというのか？　殺されたというなら誰にだ？」

〝殺し〟ということが、これまでぼくの頭に、何度か掠《かす》めないでもなかった。だが、それでは誰がということになると、呆然としてしまう。だから、それは考えるのはやめることにしていたのだ。

ぼくの沈黙を彼は嘲《あざけ》った。

「それ見ろ！　若い人は老人と同じで、いつも頑固だ。だが、君はいささか度がすぎている」

それなら、おまえは老人の方の頑固のクチだ。むかむかとそんな言葉が咽《のど》まで出て来たが、もちろん口には出さなかった。

小竹刑事は、もう一度、今自分の説明したことを冷静に考えなおせば、堀分の自殺も納得いくはずだというと、うしろの車輛《しゃりょう》に姿を消して行った。

外はもうすっかり暗くなっていた。ぼくはしばらくの間は、暗い列車の窓を呆然と見つめていた。時たま、近くを……あるいは遠くを、灯光がうしろに飛び去る。

少しばかり頭の混乱の糸がほぐれた時、ぼくははっと気がついた。

郁子さんが堀分は自殺ではないということをあまり主張しないほうがいい、つまらない危険に巻き込まれるかも知れないからだと、きのういったことだ。

もし堀分が自殺でないなら、殺されたという可能性が強くなる。事故死というようなことはほとんど考えられない。

……としたら、犯人として、ぼくが疑われる状況が出て来るからではないか？　郁子さんはそれを心配したのだ。

馬鹿《ばか》げた話だ。だが、さっき小竹刑事と話した雰囲気でもわかる。

彼等《かれら》は「肘鉄を食った」だの、「三角関係」「痴情に依《よ》る怨恨《えんこん》」といった彼等独特のヴォキャブラリーを綴《つづ》り合わせて、事件を作り上げてしまうのだ。

だが……正直にいえば、小竹刑事はぼくの……いや、ぼくたちの痛い所を突いて来たといえないこともない。

〝現実に男と女がいて、そこに繋がりができれば、そんなことではすまないのが当然〟ということだ。

ぼくは三人は厚い友情で結ばれていると認識して来た……といいたいが、告白すれば、認識しようと努力して来たというほかはない。

実はどこかで〝愛《リーベ》〟を期待していたところがないとはいえない。

だが、もしぼくか堀分のどちらかが、郁子さんのリーベを期待するなら、ぼくたちの篤い友情の絆《きずな》は崩壊してしまう。

ぼくたちはともに心の奥底でそのことを認識し、紳士的にふるまって来たのではなかろうか?

だが、郁子さんは女性である。そして時に直截で大胆な行動をとる人である。思い切ったことに出たのかも知れない。

だが……そのこともまた、郁子さんの言い逃れの理由のようにも思える。

郁子さんが、あまり店に来ないようにいったのには、もっともっと別の理由があるのではないか?

そして堀分は、ほんとうのところ、それをどんな気持ちで受けとめたのだろう?

堀分の日記を読んでみたい。

小竹刑事のことだ。日記の内容を自分の都合のいいように、適当に歪曲《わいきょく》している疑いも深い。

午後十時少し前に仙台駅におりて、その足で郁子さんの所に行こうかとも思った。郁子さんの話を聞けば、その間《かん》の事情も詳しくわかると思ったからだ。

だが、そのことにはぼくがからんでいることを思うと、躊躇《ちゅうちょ》の気持ちが起きた。

第一、夜ももうずいぶん遅くなっていた。

今晩はゆっくり考えよう。考えながら、日記を書こう……そう思って寮に帰り、今、ぺンをとっている。

だが、考えが乱れる。そしてさまざまの刺戟《しげき》的な事実が、走馬灯のように次々と脳裏を横切る。

自殺——特異体質——THD秘密分子——特高——失恋……。

まとまりがつかない。だが、そのまとまりのつかない物の中から、黒い雲の手がのびて、ぼくの……というよりは、ぼくたちのまわりを包みかけてくるのを感じる。

この正体のつかめない不安を、妙に表現しているように思える詩がある。

これもまた堀分が愛好し、ぼくに教えてくれたものだ。

作者の石川善助はこの仙台の生んだ詩人で、一昨年、汽車事故にあって三十歳の若さで死んだ人だ。

…………
もう日は翳《かげ》るよ
空に鴉《からす》は散らばるよ
だのになほも探してゐる
探してゐる　探してゐる

外界《さきのよ》のこころを
生の始めを
母を　母を

（「化石を拾ふ」より）

堀分の特異体質は、今でいえば薬品アレルギーというものでしょう。ただその頃はアレルギーという言葉はまだ一般的ではなく、大きく不明確な概念で、特異体質と呼ばれていたようです。

小竹刑事の役職の特高は、特別高等警察の略で、左翼運動を中心として、朝鮮・台湾人関係、出入国関係、新聞・出版物の検閲などを取り締《しま》る機関で、その創設も明治四十四年に、秘密裏におこなわれたというのですから、秘密政治警察であることは明らかです。

だんだん拡充されて、昭和の初めの頃には、全国の各警察署に配置されたようです。その検挙、取調べは過酷で、しばしば拷問もおこなわれ、情報収集や捜査のために、スパイも良く使ったといいます。

特高刑事の仕事はケチな強力《ごうりき》犯罪ではなく、国家の仕事をしているという意識が強かったのでしょう。刑事の中でも、エリート意識や特権意識が、強かったと聞きます。

特高刑事は、学歴の高くない人たちも多かったようです。だが、追及する相手は、高等教育を受けた確信犯が多かったので、取調べには威圧、長い留置、拷問などが多用されました。

左翼学生ではなかった私ですが、特高という名を聞くだけで、やはり恐怖を感じたものです。

この特高たちは東北帝国大学や二高にも、鋭い目を光らせていたようです。左翼学生たちの活動は、それまでの度重《たびかさ》なる弾圧や検挙で、すでに地下運動化していたのです。

大正の中期頃から昭和の初めにかけては、デモクラシーの思想と同時に、マルキシズム思想がインテリ階級や学生の間に、深く浸透した時代でした。

大正十一年には高等学校連盟（ＨＳＬ）という、マルクス主義の研究と実践を目的の学生団体ができて、この組織は急速に拡大し、ほとんど全国の高等学校に拡《ひろ》がります。

こういった思想は、これまでの日本の体制を正面から批判し、対決するものでしたから、当局の弾圧も急速に厳しくなります。

大正十四年には悪名高い治安維持法が制定され、十五年には学連事件といわれる京都帝大を初めとする全国大学の教授、生徒の検挙、昭和三年には三・一五事件といわれる社会主義運動者千六百人の大量検挙、続いて京大教授河上肇《かわかみはじめ》を初めとする教授の学園追放と、弾圧の手は拡まります。

ＨＳＬも大正十四年に解散を余儀なくされます。

しかしこういった弾圧は、どちらかといえば社会科学や思想の研究を第一にしていたこれまでの学生運動を、地下に追い込んで、実践的で尖鋭《せんえい》な闘争へと転換させたようです。

昭和三年頃から頻発《ひんぱつ》するようになった大学、高校、専門学校等の学校騒動が、左翼思想だけに起因するものだとは、もちろんいえません。だが、騒動は以後数年の間、全国に拡がります。

二高でも昭和二年に寮移転の際、自治をめぐっての寮則問題をきっかけに、同盟休校がすでにおこなわれていました。

また私の入学する一年前の昭和七年にも、生徒代表理事選出をめぐって、ストライキがありました。

しかし一方では、愛国的精神主義者……というのでしょうか、かなり右翼がかった学生もかなり多く、彼等たちの方は活動が公然としていますから、むしろ目につくことが多かったともいえます。

彼等は何か事あれば、それをすべて〝一部赤色分子の策動〟と解し、ストライキの時などには、学校当局を支援する傾向がありました。

ゴリこと須藤なども、そのタイプでした。

これはあとから知ったことなのですが、二高は三高や一高などに比べると、東北の風土環境も影響しているのでしょうか、どちらかといえば、かなり愛国的武士道精神の色が濃かったようにも思います。

この事件の起こった一ヵ月前の五月に、日露戦争の日本海海戦などで有名な東郷平八《とうごうへいはち》郎《ろう》元帥が死去していますが、この時には寮から弔電《ちょうでん》をうったり、以後一週間の喪に服したりしています。

ただこれなどは何も二高ばかりに限らないことでした。

東郷元帥は国民的英雄でしたし、国の大きな流れというものが、そういう軍国主義化への道をたどっていたのですから。

しかし昭和六年の満州事変の時には、仙台の第二師団に、血書の激励文や〝赤誠旗〟という旗を贈ったとか、師団より寮に戦捷《せんしょう》祝賀提灯《ちょうちん》行列の勧誘を受けたとかいうエピソードは、ちょっと考えさせられます。

いつの時代も、あとから振り返れば過渡期だといえます。

その中にあって、その過渡期の正しい意味を認識している人こそ、真の賢者なのでしょう。だが、私たちはそれほど賢くはありませんでしたし、第一、未熟でした。

……と、こんなふうに書くと、学校はさまざまの思想の波に、大きく揺れ動いていたように受け取られるかも知れませんが、そうではありません。

おそらく今の大学でも同じことでしょうが、そういうさまざまの思想学生の数は、絶対数から見れば少いものでした。ただその活動が激しいだけに、外面的にひどく大きく錯覚されるというだけのことだと思います。

多くの学生は二高生としての、また明善寮生としての今の生活を消化し、勉学し、また楽しむことで手いっぱいでした。

今ふうにいえば、そういう学生は日和見《ひよりみ》主義だ、ノンポリだのと、あるいは非難されるかも知れません。

しかし、多くの生徒が、中学を五年、あるいは四年で高校に入ったばかりの、お尻《しり》に殻《から》をつけたひよっこのようなものでした。

人生に対して考えを定めるには若すぎました。これからいよいよそれを学ぼうというところだったのです。

左傾学生のようにすでに人生観や社会観を身につけて、それを実践するのはむしろ早熟といえたでしょう。

私もそのひよっこ組の方の一人で、小竹刑事などに、アカと反戦思想を混同しているらしいと軽く笑われたりもしたのです。

そういう実践派の学生たちに遅れをとっている自分に、それとない劣等感を感じながら、私の心は休みなく揺れ動いているというところでした。

バーバリズムの意気軒昂《けんこう》派の連中に、君たちは衰弱しているだの、享楽主義だのと憤慨されると、ふらふらと自分の軟弱さを反省してみたりもしました。

左傾派にブルジョワの奴隷だの、自由の放棄者だのと非難されると、自分の社会認識の甘さと無智《むち》に嫌悪をおぼえたりしました。

ただ文学好みだったせいでしょう。どちらかといえば、美的感覚のない、粗野一点張りで常套《じょうとう》漢熟語をどなりちらすバーバリズム派よりも、時に社会や人生の真《まこと》を、尖鋭で専門用語の匂《にお》いのある外国語で迫って来る左翼学生の方に、わずかばかりの共感と納得をおぼえていました。

特に、おやっと心を動かしたのは、ＴＨＤの署名のある、千字にもみたない内容のビラを、ある日、見た時でした。

この不穏ビラは校内の教室、便所等に散布され、しばらくして学務員や小使いが、慌てたようすで拾い集めて回収していたものです。

THDが東北反戦同盟という地下組織の略で、かなりの活躍をしていることは、校内に貼り出されたビラや、人の噂《うわさ》で、私も知っていました。

しかし、それ以上のことについては、私はまったく無智でした。

けれど、たまたまそのビラの一枚を友達からもらって、内容に目を落した私は、ちょっと目を見張りました。

「人間は自分の生命を愛するものです。その命を守るためには、時に相手の命を奪って戦わねばならぬというこの矛盾を解決する道は、一つしかないはずです……」といった、平易簡明な語り口からして、これまでの赤色思想の不穏ビラとは、まったく違うものだったからです。

何か危険な気がしましたが、そのビラをとっておきたいと思いました。

だが、いささか感心して、別の友人に貸したりしているうちに、行方がわからなくなってしまいました。

小竹刑事からTHDの名を聞くまでに私がそれについて知っていることといえば、このことと、新聞に出た秘密集会一斉手入れのこととくらいでした。

六月二十六日　火曜

郁子さんに会った。

郁子さんにいわれたことが、いったい堀分にどれだけの衝撃を与えたのか、それがほんとうに彼の死に繋がるのか、いくら考えてもわからない。

おかげで授業に出ても、すべてが上の空なので、思い切って午後のドイツ語の授業はサボって、〝きたはら〟に出かけた。

きのうの夜、汽車で小竹刑事に会って、詳しく話をしたことをいうと、郁子さんはちょっと顔を緊張させた。それから、「外に出ましょう」と、お母さんに店番を頼んで、外に出た。

ぼくたちは定禅寺《じょうぜんじ》通りを西に、西公園の方にむかった。

郁子さんは堀分にあまり店に来てほしくないといったことを、肯定した。

だが、その理由となると、やはり妙に口を濁すのだ。

ぼくがあまりしつっこく追及したためかも知れない。西公園に入った頃、郁子さんは投げ捨てるようにいった。

「ともかく堀分さんは反戦主義者と疑われているんでしょ？　だったら、私の店に来ないほうがいいと思ったの。それで納得してちょうだい」

「納得できないよ……」こんな話をしていたら、いつまでたっても、堂々巡《どうどうめぐ》りだと思ったぼくは、思い切っていった。といっても、口に出した言葉は、ずいぶん曖昧なものになってしまったが……。「ほんとうは……ほんとうの理由には……刑事のやつがいったんだが……ぼくがからんでると……」

郁子さんはほんのひと呼吸置いていった。

「半分は……ほんとうよ」

「ほんとうよって……つまり……」

郁子さんは急に体をくるりとまわして立ち停《と》まると、ぼくの前に立ちはだかるようにした。まっすぐにぼくの顔を見る。

「あなたが好きだということよ」

またきょうは梅雨の晴れ間なのか、晴天になっていた。雨に洗われた木の緑が、ほのかに郁子さんの顔に映《うつ》っていた。

正直にいおう。小竹刑事からその事を聞かされた時も、また今じかにそういわれた時も、ぼくの背中に、戦慄《せんりつ》が走った。嬉《うれ》しい戦慄が……。

だが、ぼくはただちにそれを拒否した。

それを喜ぶなどというのは、死せる友への裏切りのように思えたからだ。

ぼくは郁子さんを咎《とが》めた。何かほんとうのぼくの気持ちを隠すように……。

「しかし、そうだからといって、いきなりそんなことを、堀分に宣告するなんて、残酷だ」

「なぜ？　堀分さんも私のことを愛していたからとでもいうの？」

ぼくたち自身の問題として〝愛〟という言葉が出たのは、初めてだった。だが、郁子さんは、何の抵抗もないようすで、実に滑《なめ》らかにそれをいった。

郁子さんの強い気性のせいだろうか。あるいは案外女性は、そういうことに、現実的な率直さを持っているのだろうか……。

ぼくにはわからなかった。

ともかくぼくは今まで経験したことのない微妙な会話に、かなりしどろもどろだった。

「郁子さんは……そんなふうに感じたのかい？」

ぼくはぼくなりに、うまい逃げを入れた反問をした。

だが、郁子さんははっきりしていた。

「私は男の人から愛される方の立ち場の女よ。そのくらいはすぐわかるわ。堀分さんは私が好きではあったけれど、好みのタイプではなかったわ。堀分さんの好みは、夢二調の抒《じょ》情《じょう》的楚々《そそ》たるタイプか、それとも逆に妖婦《バンプ》なの」

郁子さんに明快にそういわれると、それは良くわかった。

そういう抽象的な恋愛論のようなことになると、ぼくたちはよくしゃべりあっていた。

彼の好みの女性がどんなであるかも、ほぼ見当がついていた。

「だから、堀分さんは、あなたへの私の気持ちを聞いた時も、そんなに驚いたようすではなかったわ。ちょっと困ったような……だけど、笑った顔で、『これはまいったな……』って、そんなふうにいっただけよ」

「しかし、もう店に来てくれるなといわれたことは、衝撃じゃなかったのかな？」

「そんな、絶対来てくれるななんていいはしないわ。来ないほうがいいのじゃないくらいの調子だったわ」

「しかし、あの刑事はそんなふうにはいっていなかった」

「あの人は自分のつごうのいいように、日記の中のことを、大袈裟《おおげさ》に解釈しているんだわ」

「彼の日記は、今、どこにあるんだろう？」

「警察がまだ押収しているんじゃないかしら」

「それを見れば、彼の気持ちのほんとうの所が、もっとよくわかると思うんだが……。しかし、あの刑事なら、自分勝手に事実を歪曲してもおかしくないよ。何しろ偏見に充《み》ちた特高なんだから……」

「特高？」

郁子さんは驚いたように問い返した。

「そういわなかったかい？」

いってから、そういえば小竹刑事はそのことは人にいってくれるなと、駄目を押したことをぼくは思い出した。

「特高なんていわなかったわ。でもなぜ、そんな人が堀分さんの自殺のことを調べているの？」

あんな男の秘密なぞ、ぼくの知ったことかであった。ぼくは事情を話した。

郁子さんの顔はますます曇った。

「……ともかくそんな調子だ。あの刑事のいうことは強引なんだ。だがそれで、君がぼくに忠告してくれた、ほんとうの意味がわかったよ。堀分は自殺じゃないなんて、あまりいわないほうがいいという忠告だ。そんなことで、ぼくがへんな状況に巻き込まれることを心配してくれたんだろう？」

郁子さんは何かの物思いから、不意にさめたように、しばらく間《ま》を置いて答えた。

い？」

「えっ？　ああ、そうよ。ともかくへんな波風《なみかぜ》は起こさないほうがいいと思うわ」

「しかし……へんな波風といううけど……それなら君も、堀分は自殺だと信じているのか

い？」

郁子さんはまたはきはきした態度をとりもどしていた。

「じゃあ、何が考えられるというの？」

「あの刑事も、そんなふうに問い返した。じゃあ、事故死か、それとも殺されたとでも思

うのかって」

郁子さんはどこか投げつけるようにいった。

「わからないわ。私にもよくわからないわ。私だって、ほんとうのところ、自殺だって考

えたくない所があるわ。私はそれほど堀分さんに強いことをいったおぼえはないわ。でも、

もしそれが堀分さんの死んだ原因の一つの要素だなんていうなら、私……いやだわ。寝覚

めが悪いというの……」

郁子さんはそういうと、行きついた広瀬川縁《ぶち》に立って、じっと川面《かわも》を眺め始めた。

そしてぼくたちは、それからすぐわかれた。

郁子さんの気持ちは少しわかったようでいて、また新しくわからなくなった所もある。

もともと郁子さんにはそういう所があった。ぼくには追いつけないような飛躍した考え

や、大胆な着想をする人なのである。それがますます色濃くなった感じだった。

だが、そのはらはらするような不可解な所が、ぼくには魅力といえる。特に少しむきになると、キラキラとした輝やきを見せる目に、ぼくはいつも惹《ひ》きつけられてしまうのだ。

今のぼくには、郁子さんはまだ手がつけられないような不安がある。だがそれだけに、何か自分にいま以上の力を求めて、征服欲を感じさせずにはいられない所がある。

……と、こう書くと、やはりぼくは堀分とはちがった好意を……あるいは愛《リーベ》というものを郁子さんに持っているように思えてくる。

女の郁子さんはさすがに、そのへんのことを、正しく感じ取っていたのかも知れない。

だが、あんな妙な形で、彼女からその告白を聞こうとは……いや、今はそのことは考えまい！　堀分の死の原因が明確になるまでは、今はただひたすら、真相を追うことしか考えないようにしよう。

六月二十七日　水曜

食堂で夕食を終って出て来ると、高塚さんが現われた。大学病院の実習からの帰りだそうだ。大平先生から電話があって、ぼくに会いたいから同行して来てくれといわれたそうだ。

今夜は寮では午後九時から、霊屋《おたまや》で試胆会があるから全員ふるって参加せよという触れがあった。だが、さっぱり気が乗らなかった。

試胆会なんて子供じみている。暗闇《くらやみ》の中で、不意にワーッと脅《おど》かされれば、たいていはびっくりする。そしてそのあとで、おまえはそれで東北健児なのかとか、キンタマがあるのかとか、上級生に冷やかされるのではかなわない。

何とか不参加の口実はないかと思っていたところだ。だから、これさいわいと、高塚さんといっしょに寮を出た。

先生にやっと会えるかと思うと嬉しかった。しかも先生からのじきじきのお声掛りなのだ。

先生は書斎の大きなデスクのむこうに坐《すわ》っておられた。部屋の電灯はほとんど消して、デスクの上の電気スタンドだけが点《つ》いている。

そんなふうに夜の書斎で、先生と対話するのは、これで確か三度目である。

確かこの前の夜だ。先生は自分はこういう環境の中で、仕事をするのを好んでいるとおっしゃった。気分が集中できるからだそうだ。

薄暗がりにかこまれたほのかな明かるさの中から、先生はいかにも思索者らしい静かな声でいわれた。

「びっくりしたろうね。堀分君の死んだこと……」

先生が〝死んだ〟といって、〝自殺〟といわれなかったことを、ぼくは機敏に捕えていった。

「先生は堀分が自殺だったと思われますか？」

先生は沈黙された。やや逆光気味のスタンドの光の中では、先生の詳しい表情まではわからなかった。だが、沈鬱の色が浮かんでいることは察しがついた。

「私も何か信じられない思いがする。警察にもそのことはいったのだが、彼等は初めから堀分君は自殺だという、先入観念で事件にとりかかった所がある。だからとうとう予審判事の出張もないままに終ってしまった。警察からの報告を聞いて、判事は机上《きじょう》の上で処理してしまったらしい。どんな事でも、机上処理ということほど危険なことはないのだがね……」

「そして事件を探索して報告した刑事というのが、偏見の塊《かたま》りなのですから。先生、担当の小竹という刑事は、特高であることをごぞんじですか？　堀分をＴＨＤの分子だとにらんで、この邸をずーっと見張っていたそうですが……」

先生はちょっと間《ま》を置いていった。比較的おだやかな声だった。

「知らなかった。しかし不愉快だね」

「あの刑事はその独断的な考えから出発して、事件を解釈しているとしか思えません」

「彼等の考え方の欠陥を、私は指摘してやったのだがね。事故死や他殺は考えられない。だから残る所は自殺しかないという消去法で持って来て、あとは自殺の状況証拠をかなりむりをしてかき集め、自殺を否定する状況は捨て去っている……そういってやったのだが、じゃあそれなら自殺でない確たる証拠を出せとか、餅《もち》は餅屋にまかせろといわれると、反《はん》駁《ばく》することはできなくなってしまう。ともかくあの小竹という刑事は理屈だけはかなり筋を通していう。特高刑事なのか」

ちょうどその頃、奥さんが盆に紅茶を持って現われた。

奥さんもまた、先生やぼくと同意見だった。堀分が自殺だという結論はどうも納得がいかないといって付け加えた。

「……あの日は、ひょっとしたらいつも以上に陽気だった感じもしますわ」

先生も賛成した。

「あの前の日の夜か、書庫に本を取りに行ったら、堀分君がちょうどコーヒーを入れているところなので御馳走《ごちそう》になったが、その時も彼は元気そうだったな」

奥さんがぼくが今までちょっと考えていなかった意見を漏らした。

「薬をのんだのは、堀分さん自身の何かのまちがい……事故のようなものだとは考えられませんでしょうか?」

先生がデスクからちょっと身を乗り出した。

「ほうー、どうして?」

奥さんはそんなことをいい出してしまったことを悔《くや》むような、ためらい勝ちの調子になった。

「私……その……筋立ったことはいえませんが、ただ……あとから堀分さんはああいう薬に特異体質だったということを聞いて、ひょっとしたらそのことを忘れて、うっかりのんでしまったのではないかと……その時、ふと、そんなことを考えたりしたのですが……」

「そういう命にかかわることは、忘れるものじゃないよ」

先生はかなり強い調子だった。

奥さんはますますおぼつかないようすになった。

「いいえ、ただ特異体質の話を聞いた時、ちょっとそんなことを考えただけなのですが……」

「第一、そんな時間に、堀分君が睡眠薬をのもうとしたのがおかしい。彼はそんなに早く寝る男ではなかったし、たいていはそのあと、また厨《くりや》の方に行って、女中たちと話したりすることが多かったんだろう?」

「第一、藤木の部屋から黙って薬壜を持ち出したというのがおかしい」

奥さんの眉《まゆ》が癇性《かんしょう》にしかめられた。ちょっとこわい美しさになる。

「車を運転する人がそんな物を持っていてはいけない。第一、先生がいつ不意に外出するかわからない時に、そんな物をのんでいて眠り込んでしまっていたりしたら困るでしょう。そんな物はすぐ捨てなさいと、ひどく叱っておいたのですが、捨てなかったのですよ」

先生の声はにがにがしかった。

「どうも藤木は行状が悪いね。まあ、しばらくはがまんしよう。どのみち、もう長くはないだろうし……。いや、金谷君、というのはね、近いうちに私はこの邸をたたむつもりなのだ。実はそのこともあって、今晩、君に来てもらったんだ」

「邸をたたむ……といいますと……」

「何の学問でもそうだろうが、特にこの考古学では、立体的でかつ総合的な研究がおこなわれなければ、とても実《み》のある成果があがらないことは、君にももう何度か話したね」

「はい」

「学派とか学閥といった組織は、そういった立体総合研究という意味では、有効な所もある。だが不幸にして……いや、ひょっとしたらしあわせなのかも知れないが……私の今の
「ええ……」

考えは考古学の主流からはずれて、いささか異説を唱える所があって、比較的立ち場が孤独だ。これでは大きな成果があがりそうにもないと前々から思い悩んでいた。さいわい先祖が残した動産、不動産と……まあ、財産だけはかなりある。しかしこのままだと維持費ばかりかかって、まったくむだな話だ。そこで一大決心をしてね。邸も財産もすべて処分して、ちょっとした考古学研究所を作ることにしたのだ」

「というと……この邸を売り払うと……？」

奥さんが微笑しながら、口を添えた。

「ええ、そうなの。先生は思い立つと、あと先のことも考えず、どんどん実行なさる方なんですよ。二週間ばかり前に、お話を聞かされた時には、もうすっかり処分も、研究所の建物も決まっていたくらいですから……」

「すると、このりっぱな邸も人手に渡るわけですか……」

一番残念そうだったのは、むしろぼくかも知れなかった。

先生はあいかわらずの、なだらかな口調だった。

「邸のかなり大きい維持費と手間を考えれば、むしろそれのほうが楽だともいえる。これからはそういう余分な労力は必要なくなるから、まあ私もせっせと著述ができると思うし、研究所自体も利はあがらなくても、損はしない目安は立っている。あとは私たち二人の夫婦がつましく生活して行けばいいのだから、これはたいしたことはない……」

大平先生はまったく書斎の人のように思えたが、けっこう実務的計画性と実行力を持っていることを、ぼくは初めて発見した。

「それで、ここを引っ越されるのは、いつ頃の話なのです？」

「来年の一月……遅くとも二月までには、すべてを完了したいと思っている」

「研究所はどこに作られるのです？」

「中杉山通りに、恰好《かっこう》の木造三階建ての洋館があったので、しばらくしたら改造工事を始める予定だ。研究所の設立準備事務所として、すぐまたその近くの小さなしもた家《や》を借りる契約もすました。堀分君が死んだ夜にあった来客というのは、実はその会計事務所長になってもらう人物だったのだ」

「先生の御自宅の方は……？」

「これはまだ決めていないが、なあーに、夫婦二人と女中一人くらいの住める小さな家に引っ越せばいいから、市内のどこにでも見付かると思うが、厄介《やっかい》なのはいま離れの書庫にある、かなり膨大《ぼうだい》な書籍と発掘物や、その他の参考品だ。研究所ができたら、すぐそこに移すつもりだが、その前に整理や梱包《こんぽう》をしなければならない。それでひとつ君に、これから毎日曜に、手伝いに来てもらえないかと思ってね。それからもしできたら、夏休みの間は、ずっとここに泊り込んで手伝ってもらいたいとも思っているんだが……。こんどの夏休みは、何かもう予定があるのかね？」

「いいえ、別にありませんが、しかしぼくにできるでしょうか？　考古学のことなんて、まるで知らないようなものですから……」

実際、そのとおりだった。

先生の著書で、考古学に興味を持ったというだけで、実際の発掘現場だって、実のところ、まだ一度も立ち会ったことはない。

折にふれて、先生から発掘品を見せてもらい、勉強はしている。しかし、縄文と弥生《やよい》の区別だってまだ曖昧だった。石器などというものになると、どうしてそれが自然の砕石《さいせき》と区別がつくのか、途方に暮れる状態なのだ。

先生は「なに、今は基礎的な勉強がたいせつで、専門的なことはかえって自然に身につけて行くほうがいいのだ」とおっしゃるが、ぼくはやはり考古学者むきではないのかと思う、この頃である。

先生はぼくのためらいをふり落そうとするように、気軽な口調になった。

「なあーに、そんなに固苦しく考えることはない。整理といっても引っ越しのための大まかなものだ。それにわからないことは、高塚君が指導してくれる。文学書もかなり買い込んでいるが、これは荷厄介になるから大部分は処分したい。もし君の欲しいものがあったら持って行ってもいい……」

口では躊躇の色は見せていたものの、実は断わる気はまったくなかった。ほんとうは胸をわくわくさせていた。

そこに持って来て、文学書をもらえる機会もあるという。

ぼくは芝居をやめた。

「じゃあ、できるだけやってみます」

「そうか、それはありがたい。実をいうと、堀分君と二人で、今年の夏はそれをやってもらおうという心積《こころづもり》だったのだがこういうことになってしまって……」

先生の声は急に曇った。

先生の邸を辞したのは、午後八時少し過ぎだった。

門を出ようとした所で、皮ジャンパーに鳥打帽の黒い姿に、ばったり出会った。今晩は尖鋭なプロレタリアートでも気取っているらしい、藤木運転手だった。

「よう、二高の書生さん！　君の親友、気の毒なことをしたな……」

言葉といっしょに、酒の匂いがとどいて来た。かなり酔っているのだ。

「……しかし、いい迷惑をしたぜ。おれの薬なんかかっぱらってよ。へんなものをたくさん持ってやがるってよ。警察に……まるでおれが殺したような調子で、さんざん絞《しぼ》られてよ……」

彼には堀分の死を悼《いた》む気持ちなど、まったくないのだ。腹がたった。だが、その怒りも、すぐに忘れた。

先生のついさっきの思いがけない申し出を思い出すと、胸が楽しくはずんだからだ。だが……堀分の死を考えると、急にそのふくらんだ胸も、しぼんでしまう。何か彼の死をいいことに、ぼくだけが幸運をひとりじめしているような気がしてくるからだ。

もちろんそうではない。これは運命としかいいようがないと思う。としても……地下の彼にそれも運命としてあきらめよといえるだろうか？　とてもいえない。そしてぼくだけが幸運であるということに、何とも落ち着かない罪の意識を感じるのだ。

まったく、運命というやつは、気まぐれに苛酷《かこく》である。

六月二十九日　金曜

学校正門横の板壁、寮食堂の壁などに、ＴＨＤの同文の煽動《せんどう》文が、何枚か貼り出されてあった。

アンチ・ゾルを主題にとりあげて、日本の軍国化に警鐘《けいしょう》を鳴らすもので、あいかわらずの平明な文章であるのには感心する。

内容は賛同する所もあるが、だが世界の風雲急なる現在、緊急の状況到る時、それなら何をもってこれに当たるべきかということに、大いなる疑点がある。

〝……またあらためた形で、諸君と接触することを意図しています。この問題に就《つい》ての、諸君の賢明な思索を期待します〟と最後にあった。

七月二日　月曜

この前のＴＨＤの煽動文に慷慨《こうがい》する、赤色粉砕剣士と名乗る男の血書の檄文が、食堂に貼り出されていた。

〝……赤色分子ノ正体ヲ暴キテ果断ナル破邪ノ剣ヲ執《ト》ル事ヲ誓ウ。諸兄ヨ我ガ剣ノ下《モト》ニ集《ツド》エ……〟と、あいかわらずの調子である。

血書者が誰かは、ほぼ確実に想像がつく。応援団団長の三年の稲沢さんだ。指に繃帯《ほうたい》をしているのでわかる。

ゴリが彼の横に坐って、熱心に話していた。

不穏の黒雲が明善寮の上に、影を落し始めたように感じられてならない。

アンチ・ゾルはアンチ・ゾルダート（反軍人）の略です。

中学以上の学校に軍人の教官が置かれて、軍国主義思想を浸透《しんとう》させることを主目的にした軍事教練制度が確立したのは、大正十四年のことだといいます。

この施行には、前述の大正半《なか》ば頃から、学生間に拡がり始めた、マルキシズム思想の防禦《ぼうぎょ》の目的もありました。

当然、強い反対運動が起こります。

学生社会科学連合会（学連）を初めとして、全国の大学、高校の学生が火の手をあげ、進歩的な教授たちが応援を始めました。

反対運動は小樽《おたる》高商軍教事件で、クライマックスに達します。

小樽高商の軍事教官が、札幌・小樽地区に大地震が起こり、無政府主義者たちが争乱を起こしたという想定のもとに、軍事教練をおこなおうとしたのです。

学校関係ばかりでなく、労働組合、争乱の共謀者と想定された朝鮮人労働者もこれに加わり、軍教反対運動は全国に拡がりました。

事件そのものは、問題の教官の謝罪という形でおさまります。しかし、政府当局は返す刀で、全国高等学校の社研の解散命令、そしてついには京都府特高による京都帝大、同志社大学の学連関係学生の検挙というような、休みない弾圧の手を進め始めます。

アンチ・ゾルの思想や行動は昭和に入ってもくすぶり続けますが、左翼思想運動と同じように多分に潜在化します。

そして抵抗の姿勢は、学校や寮の伝統的自由や自治の、強固な主張という形で現われるようになった……という考えもできます。

いわゆる高校生独特の長髪や蓬髪《ほうはつ》、汚い腰手拭《てぬぐい》、高下駄《げた》、そしてストームや、コンパといった野蛮主義《バーバリズム》も、見かたを変えれば、その表現の一つだともいえます。

高下駄をはいて銃を担《かつ》ぎ、軍事教官を怒らせたというようなエピソードに、そのへんの事情が象徴されているように思えます。

しかし日本のファッショ軍国化は、その間にも急速に進み、やがて悲劇的な戦争へとはまり込んでいくわけです。

〝探偵は玻璃《はり》の衣裳を〟

七月三日　火曜

大興奮の局面転換が始まった。

堀分の死は、自殺ではないかも知れないという人が現われたのだ。あるいは殺されたのかも知れないという。

しかもいったのは警察の刑事なのだ！　秋津という名だ。

食堂で夕食をとっている時だ。

また、賄《まかない》のおじさん《オンツァン》が入って来て、ぼくの耳元に、警察の人が金谷さんに会いたいと、玄関で待っていると伝えた。

私服を着た人間かときくと、そうだという。またあの小竹刑事かと思うと、げっそりした気持ちだった。

といっても、しかたがない。重たい足取りで玄関に出てみると、小竹刑事ではなかった。

長身にダブルの背広をまとった、三十半ばかと思われる、おおよそ刑事らしくない人物だった。無帽であるのも、典型からはずれていた。

彼は秋津刑事と名乗った。

「実は折り入って、君に話したいことがあるんだが……。ちょっと〝瞑想《めいそう》の松〟の方にでも、いっしょに歩いてもらえないかな」

この前、高塚さんといっしょに歩いた道を、ぼくは秋津刑事とつれだって歩き始めた。遠く右手の官林杉漆《すぎぞえ》の木立ちが、すでに濃くたれこめた夕闇の中に、黒い塊まりを作っていた。

「頼みたいことを話すためには……どうも君にだけは正直の所を話す必要がありそうなんだが……」

この前、小竹刑事も同じように『君にだけは……』という調子で、話を始めた。いささかうんざりした気持ちだった。だが、小竹刑事の時ほど、不愉快ではなかった。威圧の感じのない、静かな談合調だったからだろう。

「……実は本来ならば、堀分君の事件も、私あたりが担当するところだったのだろうが、ちょうど同じ時に、別の事件があってね……」

「八木山橋の自殺ですか?」

「ああ、それも小竹さんから聞いているのか。これもちょっと厄介でね。それに、かかりきっていて、ようやく手があいた……といっても、落着したわけではないが、ともかく二日ばかり前、少し時間ができたところで、小竹刑事から堀分君の方の事件の詳細も聞いた……」

「どう思いました？」

ぼくはまったく良い返事など期待していなかった。ところがすっぱりした応答が返って来たのだ。

「満足でないね。君あたりが、さかんに自殺を否定しているとも聞いたが、それもわかる気がする」

ぼくは密《ひそ》かに胸をときめかせた。

「じゃあ、調べなおすのですか？」

だが、刑事の返事は、さっきに比べて、ずいぶん調子が落ちていた。

「……と、そうあっさりいうわけにはいかない。ともかく判事も自殺ということで結審したのだし、これを覆《くつが》えして再捜査ということになると、堀分君が自殺直前まで陽気でその気配はなかったとか、はっきりした遺書はなかったとか……そんな漠《ばく》とした情況を今更あらためて持ち出してもどうにもならない。実をいえば私もどこか納得はいかないが、けっきょくはそういう結論しかないだろうと考え始めた時、ちょっとひっかかることにぶつかった」

「何です？」

「解剖所見による検案書も見たんだがね、そこにちょっと変な物を見つけたんだ。といっても、ある意味では、解釈のつく部分もあった。睡眠薬中毒としてはあまり例のない、重症の肺のう血水腫《けっすいしゅ》と発疹《はっしん》があったというんだが、これはあとから特異体質ということがわかったので、解釈がつくことになった。胃内容と肝臓から検出された睡眠薬の残存量が、必ずしも多くないことも、それで納得がいくと医者は説明してくれた。だが、そうなると、こんどはかえってひっかかることが一つ出てくるのだ。机の上にあった睡眠薬の罎《びん》の残った量だ。持ち主の藤木の証言によると、一回のんだだけで、あとはまったく手をつけていなかったというのだ。だから、ほとんどまだ罎いっぱいだったといっていいらしい。ところが机の上にあった罎は三分の一くらいは減っているのだ。十五グラム以上の減り方で、これだと常用者でもほとんど致死量になるという。体の薬の残存量はそんなに多くないということと、これは矛盾する。それでもう一度、検案した医者を訪ねて、このへんの所をたずねた。医者の答は曖昧《あいまい》だった。普通、そういう状態は考えられない。しかし、特異体質であるから、あるいは体の他の部分へ多量に吸収されて、検出部分だけが、残存量が少なかったという可能性もありうる。ともかく、特異体質の研究は、まだあまり進んでいないので……と話は曖昧になるのだ」

「小竹刑事もそのことには気づいているのですか?」

秋津刑事の歯切れのいい調子が、急に鈍った。

「……と思うがね。まだそのことについては話していない」

「あの人は自殺説に都合の良い所ばかり拾って歩いている感じです。初めから堀分に偏見を持ってかかっているのです。特高刑事として……」

同じ刑事仲間ではあるが、ぼくは思い切っていってやった。

秋津刑事は、ちょっと意外そうな顔をした。

「知ってるのかね? 特高だと?」

「ええ、あの人がそういったのです」

「そうか。ともかく話を進めよう。この薬のなくなった量と、堀分君の体から検出された残存量との矛盾はひどくひっかかるのだが、それだけで自殺説をどうこうというにたるものではない。それで黙っていたのだが、きのう小竹刑事からまた、へんな話を耳に入れた。とたんに、私は何かもやもやとしたものが、妙に形をとり始めた」

「へんな話というと……?」

「君はきのうは、大平先生の所に行っていないのかい?」

「ええ、この三、四日、行っていません」

上杉山通りを北にしばらく行って右に折れると、丘にむかって坂道になる。

確か月は十五夜に近いはずだったが、雲が重くたれこめているのか、ひどく暗い。両側にちらほら見える陶器焼工場のたたずまいも、おぼろに黒いだけである。足元の道どりもいささかおぼつかない所がある。

だが、話に熱中していたぼくたちは、そんなことはあまり気にもしなかった。

「小竹刑事は君に自分の身分も明かしていたというから、これを話すのも都合いいのだが、実は彼はあれ以後も、あの邸《やしき》の監視を続けているのだ」

当惑と驚きをまじえて、ぼくは問い返した。

「堀分はもう死んでしまったというのにですか!?」

「私も詳しいことは知らない。小竹刑事は必ずしも堀分君だけを疑っていたわけではないらしい。特高という彼の仕事は私たちとまったく違っていて、おまけに非常に機密的なものなのだ。ともかく彼は引き続いて大平邸に見張りを置いていたらしい。そして妙な情報をつかんだ。人の出入りの観察や、使用人たちからのそれとないわずかの聴き込みだけの判断なのだが、どうやら何か邸で盗難があったらしい」

「盗難？」

「何が、いつ、盗まれたか、まるでわかっていないが、盗まれた場所は書庫で、何か大平先生の大切な物らしい。ともかく、それを聞いた瞬間、私ははっとひらめいた。ひょっとしたら、そのことと堀分君の死と、何か関係があるのではないかということだ」

「良くわかりませんが……」

「書庫というのは、堀分君の部屋と続きになっているのだろう？」

「そうです。書庫は十七、八畳の広さで、それに続いて堀分のいた畳の間の六畳があるのです。六畳の方は本を開いたり、ちょっとした調べ物の時に使うという感じになっていて、書庫と合わせて、離れになっているのですが……」

「今の所は、まったくの仮定だ。まだまだいろいろ納得のいかない所があるから、深く追及しないでほしいのだが、こういう考えは仮説として成り立つんじゃないか？　泥棒がいた。そいつは書庫の中のある品物が狙《ねら》いだった。だが、それには続きの六畳にいる堀分君がじゃまだった。そこで堀分君を眠らせて、中に忍び込もうとした。だが、堀分君がその薬に対して、まさか特異体質とまでは知らなかった……」

「そうか！」まさに目から鱗《うろこ》が落ちる思いと同時に、秋津刑事の明快な解明に感嘆しながらぼくは叫んだ。「つまり堀分はある意味で事故でありながら、実際には殺されたようなものだというわけですか!?」

「まだ感心してもらうには早いんだ。ともかくこの仮説を事実として証明するためには、書庫で盗難がほんとうにあったのかどうか確認しなければならない。また盗まれたのはいつのことで、どういう品物なのかも知らなければならない。君におねがいというのは、こなんだが……」秋津刑事の語調が落ちた。「……君はすでに小竹刑事が特高だということも知っているので、説明しやすいのだが、すでに事件は小竹刑事の担当として落着《らくちゃく》しているんだ。それを別の刑事がまた洗い直しているということになると、いろいろむずかしいことが起こる。小竹刑事が知ったら気分を悪くするだろうし、特にあの仕事にある人は、誇りが高くて感情の激しい人が多いので、やっかいだ……」

ぼくたちは〝瞑想の松〟の、闇の中に黒々と伸び出た枝の下に出た。二高入学以来、何度、その下に来たことか……。独りで来たこと、そう、堀分と郁子さんの三人で来たこと、だが寮の上級生に引きつれられてのことが一番多いように思う。ここで校歌や寮歌を唄《うた》い、コンパを開き、天地浩然《こうぜん》の気に浸ったのだ。

だがこんな夜に、警察の刑事などという人間と現われようとは、思ってもいなかった。

その刑事は近くの腰掛け岩の隅に坐《すわ》って、煙草《たばこ》に火を点《つ》けた。ふたつきの箱入りの、ゲルベゾルテというドイツの煙草だ。

「……ともかく、今のところ、私ひとりの考えとして、ひそかに探索を続ければいいのだが、困ったことには大平先生の邸は、ほとんど絶えず特高の監視の目が光っている。そんな中に、用のない私がのこのこと歩み込んだら、弁明に困る。もう少し仮説に自信ができれば、その時はしかるべく覚悟するつもりだが、その前に何とか内聞の形で大平先生に会いたい」

「わかりました。それでぼくにそのことを先生に伝えてもらいたいというのですね？」

「何とか邸の外で……小竹刑事に知られないようにして会えないだろうか？　いや、実をいうと、こんな形で大平先生に会うのは、たいへん残念なんだ。私は年来、先生をたいへん尊敬していてね」

「はあ……」

「先生の御著書も何冊か読ませていただいているし、実は去年、県庁講堂で開かれた先生の講演も拝聴させていただいてるんだ」

こんな所に、しかも刑事に、大平先生の心酔者がいるとは思ってもいなかった。

さっきから秋津刑事にインテリゲンツを感じていたが、それがまちがいないことがわかった。

「それじゃあ、秋津さんも考古学の方の研究を……？」

「いやあ、研究なんて、そんな大それたものじゃない。興味を持って、その関係の本を少し読んでいるというだけだ。それで先生の講演も聞きに行ったのだが、大いに啓発を受けた。特に印象に残っているのは、人間は物を考えたり判断する時、多かれ少なかれ善悪とか、正邪とかいった枠の中に何でもはめようとする。だが歴史を考える上には、こういう倫理的価値判断は、絶対排除しなければいけない。さもないとたいへんな事実誤認や、まちがった学説を立ててしまうというような話だ。考えてみると、私たちの探偵の仕事もまさにこれにあたる。善悪とか正邪というような価値判断で、探索したり推理したりすることは禁物だ。あるいは小竹刑事などはこの過ち《ヽ》を犯《おか》しているかも知れないふしがある……」

最後のほうの言葉には、特高の小竹刑事がどういう存在なのか、はっきりわかってくるようなものがあった。

警察という権力組織の中の人間関係が、なかなか複雑なのは想像がつく。その上、秋津刑事のような、これもまた典型からはずれたタイプとの関係では、なかなかむずかしいものがあるだろう。

ぼくはすっかり秋津刑事に好感を持っていた。だが、今度は親近感もおぼえ始めた。ぼくは何としてでも、刑事の頼みを実現したいと思った。第一、ようやく堀分の死に、真実の光を浴びせる糸口がつかめたのだ。この機会を逃がすことはできない。

「先生と会うこと……何とかやってみます。忙しい……というより、奥さんが先生の健康と仕事を心配なさって、なかなか不時の面会は許可なさらないのですが……」

「そのことは、それとなく聞いている。そのこともあって、さっきもいったように外で会いたいのだが……」

「明日の水曜日は、先生は講義のために大学に出られます。その時、大学のどこかで会うことができるかも知れません」

「そう願えればありがたいがね」

「先生に、盗難事件があったことを警察が知っていることや、その事情なども話していいのですか？」

「そのために会うのだから、やはり正直に告げておいてもらったほうがいいだろう。特高が邸を見張っているというような話は、不愉快に思われるだろうがね」

「小竹刑事に口止めはされたんですが、先生にも堀分が死ぬ以前に、そういうものがあったことを話しました。確かに不愉快なようすはなさいましたが、それだけでした」

「そうかね。よろしく頼むよ」

「堀分の死の真相がわかるのでしたら、何でもします」

「おや、雨が降って来たかな」

秋津刑事が頭上の黒い松の茂りをふりあおいだ。なるほど、冷たい物が、ぽつりと顔に感じられた。

ぼくはその足で、まっすぐ先生の邸に行った。

市電の終点の荒町をおりる頃《ころ》には、雨は小降りながら休みない状態になっていた。ぼくはその中を、大平先生の邸まで突っ走った。

先生に話を伝えるためには、少し策を弄《ろう》した。厨口《くりや》から入って、照代さんを通して、まず高塚さんを呼び出して、用件を伝えたのだ。

奥にもどった高塚さんは、しばらくしてもどって来ると、先生が承諾されたことを伝えてくれた。

午後三時半に大学の国史研究室に来てくれという。

「しかし、すると……今晩もまたこの雨の中を、特高の刑事か何かが、この邸を見張っているというのかね」

ぼくの話を聞いていた高塚さんは、むっとした顔だった。

「そうかも知れません。こうして出入りしていると、ぼくまでが……何というんですか……アカか何かの伝令……」

「レポというんだよ」

「そう思われるかも知れません」

「腹がたつね。出て行って、ぶん殴って、追い返してやろうか」

高塚さんの体格なら、それも簡単だろう。だが、今は重要な時機だ。話がこじれてはたいへんだ。

「よしてくださいよ。そんなバカな……」

ぼくの慌てたようすに、高塚さんは笑った。

「冗談だよ」

雨はますます本降りになりかけたので、ぼくは照代さんから傘を借りて邸を出た。

市電の東五番丁をおりた所で、公衆電話に入って、別れ際《ぎわ》に秋津刑事から教わった番号に電話をかけ、先生が承諾の旨《むね》を伝えた。午後三時に大学正門で待ち合わせることにする。

寮にもどりついた頃には、雨はますますはげしくなった。これを書いている今は、吹き降りにさえなっている。

窓のガラスが時折り音をたて、雨足の跡が走る。

波瀾《はらん》含みの事件の未来の前兆のようで、期待と不安とが入りまじって胸を駈《か》けめぐる。

秋津刑事は切れ者で、信頼が持てそうだ。

もし彼の仮説が正しいなら（ぼくには絶対正しいと思えるのだが）、堀分は死に切れない死をとげたのである。くやしかったであろう。
だが、堀分よ、君の魂に、安息を与えることのできそうな人物が現われたのだ。君が敬愛する詩人、萩原朔太郎《はぎわらさくたろう》の詩の一節に、こんなのがあったのを思い出す。もちろんこれも君から教わったのだが……。

とほい空でぴすとるが鳴る。
またぴすとるが鳴る。
ああ私の探偵は玻璃《はり》の衣裳《いしょう》をきて……

（〝殺人事件〟より）

秋津刑事がこの玻璃の衣裳を着た探偵になるならば、君も満足だろう。いっしょに期待しよう。

高塚さんや秋津刑事とつれだって歩きながら、私たちが行く先の目標にした〝瞑想の松〟は、仙台北部の台の原の東端にある老松で、現存します。

高山樗牛《ちょぎゅう》が二高生時代、この松の下の根方に坐って、瞑想にふけったということから、その名があります。

樗牛は明治二十一年二高（当時は第二高等中学という）に入学し、二十六年に東京帝国大学に入って、離仙しました。

しかし、卒業後の二十九年には、再び二高教授として来仙します。だが、すでに文壇の寵児《ちょうじ》であったために、六ヵ月余で辞職して上京しました。

七月四日　水曜

一晩、はげしく降り続いた雨も、朝にはやんだ。だが、おかげで道はひどいぬかるみになった。

「降ればあんころ、乾けば砂漠」といわれるほど、仙台のぬかるみはひどいのだ。

大阪から来たフケは、仙台なんて中央機関と文化の最北の出先地で、実は都会的田舎にすぎないのだと、彼独特の調子で分析したことがある。

〝森の都〟とか〝杜《もり》の都〟とかいうが、実はそういう田舎びたことでしか、自慢することができないのだともいった。

そこで官員の新米の多くが、まず実地見習としてここに流される。それからまた中央にもどって格をつけてから、こんどは上級管理職としてまた仙台にもどる。

それからまた中央にもどれば高級官員で、末は次官か大臣かだが、たいていはそのへんでおしまいになるのだとも解説した。

仙台は教育都市としての特色も持つが、実はその官員の家族と、そういう官僚出世街道を習おうとする地方選良の子弟が群れ集まっているにすぎないそうだ。

こういう社会的に物を見る目というのは、ぼくにはまったくない。フケの厳しく鋭い目に、ただ感嘆の舌を巻くだけだ。

仙台が田舎の都会だろうと、官員の町だろうと、こののびやかに柔かい自然をぼくは愛する。

東に宮城野《みやぎの》や榴《つつじ》ケ丘があり、西には広瀬川、そのむこうに青葉山、八木山あり、やや足をのばせば松島、野蒜《のびる》の海、金華山……と、自然の恵《めぐみ》に事欠かないのだ。

(もっともこれには、ぼくの生まれ育った北海道があまりに広大で、しかも自然が厳しすぎるせいもあるかも知れないが……)

とはいえ、この仙台のあんころ状ぬかるみ道だけは閉口だ。

あまり高下駄《げた》をはかないぼくだったが、とうとうそれをはいて寮を出た。

しかしこの高下駄も便利のようでいて、案外不便な所もある。何しろぬかるみが深いし、その上に荷馬車のわだちの跡が所嫌わずついているから、下駄を踏み入れて体をとられたり、よろけたり。大学の門につくまでにとうとう一度尻餅《しりもち》をついて、惨憺《さんたん》たるありさまになっていた。

だが、秋津刑事はあいかわらずの紺のダブル服のダンディーな姿で、ズボンの裾《すそ》にも泥のはねかえし一つつけず、涼しい顔で待っていた。

いったいどうしてそこまで来たのかわからない。ふしぎな人である。

ぼくたちはさっそく、国史研究室に行った。

大平先生はぼくの目には珍しい洋服姿であった。それも詰襟《つめえり》の……。

高塚さんもすぐ横の椅子《いす》に坐って、同席した。

秋津刑事は尊敬する先生の前に出て、やや恐縮のようすであった。

しかし先生は高塚さんを通してのぼくの伝達で、秋津刑事のだいたいの所をつかんでいたのかも知れない。ぼくが初対面の時と同じように、飾り気のないくつろいだ調子で接せられた。

盗難事件のことも、自から進んで話し始められた。

「……どうも警察にまで嗅《か》ぎつけられたようで、困惑しているのですが、盗難事件の方はしばらくは内聞にしてもらえませんか。そう約束していただければ、洗いざらいお話しいたします」

「はい、約束します」秋津刑事はきっぱりといった。

「私の目的は堀分君の死の真相の解明です。そしてその仮説として、それが盗難事件に関係があるのではないかという線が、出て来たにすぎないのですから……」

「堀分君の自殺については、私も金谷君と同じように、どうも割り切れない気持ちですから、それがはっきりするというのでしたら、何でもお話しましょう。書庫から盗まれたのは、実は骨なのです……」

「骨……といいますと……？」

先生の顔に、ちょっと笑みが浮かんだ。

「原人……といったらおわかりになるかな……まあ、非常に大昔のものと思われる人間と疑われるものの、日本で発見された骨……そういったらいいでしょうか……」

先生は学者によくある、頭ごなしに難解な学術用語をふりかざす人ではなかった。ぼくが感動したあの青少年向けの本を書かれたのと同じように、その道に詳しくない人には、いつも根気の良い啓蒙《けいもう》的な態度で話されるのだ。

「つまり日本にいたかも知れない、旧石器時代の人類……そんなものなのでしょうか？」

先生はおやという顔をしてから、微笑された。

「ああ、そうでしたね。そういえば、あなたはこの方面にも詳しいと……」

「とんでもない！　詳しいなんて！　二、三、そういう本を読んだだけで……」

「いや、ともかくそれなら説明しやすくて助かります。旧石器時代の日本に人類がいたかどうか、まだ今の私には何ともいえませんが、あるいはひょっとしたらいたという仮説を考えても、むだではないと私は思っているのです。そういった関係の本を少しでも読んでいらっしゃるならもうおわかりと思いますので、詳しい説明は省きますが、ともかく旧石器時代には、日本には人類がいなかったというのが通説です。ただ、調べてみると、ほんの少数の学者が、必ずしもそうではないのではないかという発言をしたり、少数の暗示的な石器を資料として手に入れたりしています。実は私ももうずいぶん前に、ある所でそういう暗示的な石器めいたものを発掘して、あるいは……と考えていたのです。たまたまそんな時……七年ばかり前の話ですが、この高塚君が私のところに、問題の盗まれた人骨破片を持って訪れて来たのです。

　高塚君はもう小学校の時代から、化石や石器、土器の発掘に興味を持っているという熱心な研究者で、その人骨も長野県のある山道の崖《がけ》の近くに落ちていたのを発見したというのです。発見した地層がずいぶん古いもので、そんな所から見つかるのはおかしいので、あるいは動物の骨かも知れないが、私の論文を読むと、人類の可能性もないではないと思われたので持参したというのです。

骨は人類と思われるものの、右大腿骨《だいたい》と左上腕骨《じょうわん》……と考えられる部分で、それも両方とも両末端が欠落していて、しかも私はそういう人体解剖学的なことにはあまり詳しくないので、実のところ何ともいえませんでした。しかし、高塚君といっしょに発見現場に行ったり、またその後よそから入った別の情報などを聞くうちに、これは……という、疑いをますます濃くしました……」

「つまり、旧石器時代の人類という疑いをですか?」

刑事らしくない刑事は、身を乗り出してきいていた。

「そうです」

「じゃあ、論文でそのことは発表されたのですか?」

「いや、正面からその説を主張したことは一度もありません。問題が問題だけに、もっともっと立証事実となる豊富な発掘資料とその検討が必要です。性急なことをやるとせっかくの研究も台無しになってしまいますからね。実は三年前です、兵庫県の海岸で高塚君とほぼ同じような状態で、非常に古い人類と疑われる骨盤を拾った人がいるのですよ。しかし、話に聞くとまったく問題にされず、投身自殺者の骨か、墓場からこぼれ出たものを利用したのではないかと、ペテン師のように見る人さえいるというのです」

「わかりました。しかし……しかし、どうもわからないのですが、そんな骨を盗み出して……失礼なことをいうようですが、何かお金になるのでしょうか？」

「私にもわかりません……」先生の声にも、困惑がはっきり出ていた。中指と薬指で、鼻の上の眼鏡をちょっとずりあげる。「……ですから、何かの拍子に棚の別の所に何気なく移したのか、それとも高塚君が持って行ったのかとも思って、調べてみたのですが、そうではありませんでした。それでこれはもしかしたらと……」

「それはいつのことでしょうか？」

「日曜日……七月一日のことです。実をいうと、近々、あの邸を引き払って、別に研究所を作ることになっているのです……」

先生はこの前、ぼくに話されたその間《かん》の事情を手短かに説明されると、言葉をついだ。

「……それで、整理の大まかな見当をつけたいと書庫に入ってみて、初めて発見したのです……」

「その前にそれが書庫に確かにあるのを見られたのは、いつです？」

「堀分君が死ぬ三日くらい前ですか……ちょっと本を見たくて宵の口に行った時は、確かにあったと記憶しています。そう、あなたは、盗んだ犯人は、そのために堀分君を睡眠薬で眠らせたと考えているとか……」

「まだ仮説ですが。ちょうど先生の旧石器時代の人類のように……。それで、その骨というのはどういう状態で置かれていたのでしょう？」

自分の仕事になると、秋津刑事は急に先生への遠慮を忘れたように、きびきびとなった。

「底が布引きの箱に、五面がガラス張りの深いふたを上から置くもので、外からも容易に観察できるようになっていました」

「錠というようなものは？」

「ありませんでした。まさかあんな物を盗む者がいるとは思ってもいませんでしたから……」

「盗難と思われてからも警察に届けられなかったのは……あるいは犯人が内部の者だという疑いを持たれたからですか？」

刑事は鋭く斬《き》り込んでくる。

平静な先生の表情が、珍しく狼狽《ろうばい》に少し崩れた。だがすぐに潔《いさぎよ》い調子で答えられた。

「確かにそれもあります。だが、今一つ、へたに警察沙汰《ざた》にして、状況をこじらすと、盗んだ者が返そうと思っても、返せなくなるのではないかと心配したからです。先刻も話に出たとおり、盗んだところでどこかに売れるというものでもなし、けっきょくは持てあますほかはありません。といって、そのままどこかに捨てられたのでは、こちらとしては泣くになけません。それで、皆にとっては何の価値もないものだから、どこにでもいいから見つかるようにして置いておいてくれと、それとなく邸内に言い拡《ひろ》めてあるのですが……」

「先生の書庫に、そういう骨があることは、お邸の中のたいていの人が知っているのですか？」

先生が答えるまでに、少し間があった。

「そうだと思います。掃除に来た女中などに、これは一万年よりもっと前の人骨だと話してやって、気味悪がらせた記憶もありますし、そんなことから口伝えに聞いて、誰《だれ》でもが知っているかも知れません。しかし、邸の者が盗みをするというのはとても考えられません。第一、今もいったように、あの人たちには気味悪いだけで、何の価値もないものなのですから」

「だが、同じ道の学者や研究者なら、やはり価値のあるものではありませんか？」

先生は即答した。

「必ずしもそうは思えません。先刻も話したとおり、今の考古学の定説では、そんな骨の存在など、墓場の骨と疑ってかかるほうがいいものですからね」

「例えば、そういうことに狂的な学者か研究家がいて、売るとかそういうことは考えないで、盗んだというのはどうでしょう?」

「まず考えられませんね。あの骨だけで、旧石器人日本存在説を主張することはとてもむりですし、第一、主張したとしても、その骨はどこから発掘したか、出所を詳しく報告しなければなりません。まさか、私の所から盗んだものともいえないでしょう。たった一つ……実際にはあまり考えられないのですが……盗まれた理由を考えるとすれば、私に対するいやがらせというくらいでしょうか?」

「何か心当りがおありなのですか?」

先生はかなり強い調子で、首を横にふった。

「いや、ありません。ただ、そういうことの他は、何も考えられないという意味でいったのです」

「しかし、もう一つだけ理由が考えられないこともないように思うのですが」

「どんな?」

「だが、先生御自身にはその骨はたいへんな価値があるということです」

「えっ?」

意味不明の言葉に、先生は当惑のようすだった。

しかし、秋津刑事はそれには明快に答えなかった。

「ともかくもしそうならば、これはもう少し時を待たなければわからないと思います。ともかく私の主目的は、堀分君の死の真相を解明するということですから、もう少し立ち入った質問をお許しねがえませんか？　それがはっきりすれば、骨の盗難の件もはっきりしてくるかとも思うのですが」

「けっこうですよ」

「もし私の仮説が正しいとすれば、盗難があったのは堀分君が亡くなった六月二十一日の宵……それも七時から七時半くらいの間ということになるので、その間の邸の人の動きを少し詳しく知りたいのです」

「つまりあなたは骨を盗んだ人物は邸の中の者だと……？」

「いいえ、まだ何ともきめていません。この仕事は学問とちがって、予見は禁物ですから」

「しかし、それならほかの者にきいていただかないと……。私は書斎の方にいたので、そういうことはまるで知らないといっていいのです」

「先生のごぞんじの範囲でけっこうです。先生は御夕食は？」

秋津刑事はその職業らしい、手馴《な》れた口調で質問を始めた。

「あの日は来客があるので、少し遅くしてくれといって、まだとっていませんでした」

「つまり堀分君の死が発見された時にも、まだとっていなかったという意味でしょうか?」

「そうです」

「その来客があったというのは、何時頃でしょう?」

「七時二十分です」

「帰られたのは何時頃です?」

「七時四十分です」

「すると、ちょうど堀分君の亡くなっているのが発見された頃と、同じ時間でしょうか?」

「そのようですが、私は奥の書斎にいたもので、その時には知りませんでした。十分ほどたって、家内がしらせに来まして……」

「それで、すぐ離れの部屋に行かれたのですか?」

「ええ、行きましたが、中には入りませんでした。近くのかかりつけの医者がちょうど現われたり、そのあとで変死かも知れぬということで警察にしらせたりで、ごたごたし始めたものですから……」

「すると中の様子はごぞんじないのでしょうか?」

「知りません」

「申し訳ないのですが、警察にも初めから自殺だという先入観があったようで、調書を読んでみても部屋のようすは、必ずしも詳しくなかったものですから……。高塚さん、あなたはいかがでしょうか？」

「ぼくは当時、邸にいなかったので、まるで何も知らないといっていいのです。東一番丁に映画を見に行って、帰って来たのは九時少し過ぎでしたので……」

秋津刑事はちょっと考えてから、初めはつぶやくようにしながらまた口を開いた。

「……先生の所のお客さんが帰られたのは七時四十分……確か照代さんとかいう女中さんが事件を発見したのも七時四十分というと、時間的には同じですね」

「ええ、家内の話によると、玄関で客を見送って食堂にもどると、誰もいないので当惑したそうです。ちょうどその時、離れの方に行っていた女中の一人が駈けもどって来て、事件をしらせたといいますから……」

「お客さんというのは、どういう方でしょうか？」

「三隅君といって、会社とか機関の設立や会計に詳しい人物で、東京の友人に推薦してもらって、研究所設立の会計事務の責任者として招聘《しょうへい》したのです」

「というと、東京から仙台に来られたのですか？」

「そうです。あの日の前日、来仙しています」

「とすると、今はどこにいらっしゃるのでしょう？」

「仙台ホテル……いや、そうでなく、芭蕉館です。仙台ホテルはいま改装中で休業しているのでした。三隅君の来仙の連絡や案内は、家内に任せてあったのですが、仙台ホテルの休業のことを忘れていたそうで、慌てて列車到着前に、迎えに飛んで行きました」

「すると今も芭蕉館に滞在されているわけですか？」

「そうです」

高塚さんが口を入れた。

「いや、先生、ひょっとしたらきのうあたりから、もう事務所に移って、そこで住んでいるのではないでしょうか？」

「ああ、そうか。刑事さん、そうかも知れません」

「場所はどこでしょう？」

「研究所設立予定の建物のすぐ近くの、やはり上杉山通りです……」

その所在を詳しく聞いてから、ぼくたちは国史研究所を辞した。

「これからその三隅という人の所に行くのですか？」

ぼくの質問に、秋津刑事はうなずいた。

「ああ、そのつもりだ。よかったら、君もいっしょに来ないか？」

刑事という職業の仕事ぶりに、ぼくは少なからず興味を持ち始めていた。しかも秋津刑事の事情聴取ぶりには、なかなか歯切れの良さがあるようだ。堀分の死の真相を究明する、救世主になりうるかも知れない。

「行きます。さっきの話で思い出したのですが、そういえば先生の奥様が、仙台駅にその三隅という男を出迎えに行っているのを、ぼくの友人の一人が見ているんです」

「評判によると、先生の奥さんは美しい人らしいから、君たちのような学生もかなり知っているらしいね」

「ええ、見たのは須藤という上級生ですが、盛岡の実家の法事に行った帰りで、仙台駅のフォームで、ちょうど到着の列車からおりて来る男の人を、奥様が出迎えていたそうです」

「堀分君は奥さんと同郷の郡山の出身だったらしいが、あの高塚という人もそうなのかい？」

「いいえ、高塚さんは長野県の出身で、さっき話した旧石器人の骨のことで先生と知り合ってから、先生の片腕のようになっている人です。すごく優秀な人で、きっと研究所の所長あたりになるんじゃないかと思います」

「それなんだが、ちょっとふしぎに思うんだが、でも彼は今、医学部にいるんだろ？　どうして歴史の方じゃないんだ？」

「先生の考古学はかなり科学的なんです。けれど、専門ではないので、そのへんが弱味だと考えられているんです。それで高塚さんにはその方面をがっちりおさえてもらおうと思って、先生の方から希望されて、高塚さんに医学部に行ってもらったんです」

「そうか！　骨とか……そういうことは、解剖学等に関係して、重要というわけか……」

訪ねる家は、市電の環状線の錦町でおりてすぐだった。しかし、〝大平先史考古学研究所設立準備事務所〟の表札がうちつけられていなければ、簡単に見逃がしてしまうようなしもた家だった。

玄関の土間を入って、すぐ左手の部屋に新しい絨毯《じゅうたん》が敷き詰められ、これも新しい長椅子やテーブルが置かれて事務所になっていた。新しい家具調度の匂《にお》いが、ほのかに漂っている。

だが、このかなり豪華な部屋の中で、三隅さんの姿は、ますます貧弱なものに見えた。かなり小背の体つきの人だったからである。

そういう人は性格もまた、それに似てくるのだろうか。どことなくせかせかとした感じで、しゃべる調子も早口であった。

歳《とし》は三十少し過ぎか、ともかくも、こんな人物に事務や経理の才があるのだろうか疑われるところがあった。

だが、容姿や態度だけで、人は判断できない。そんなことをいえば、大平先生だって体格はこんどは逆にがっちりしすぎて、学者らしくない厳《いか》つさがある。もっともいったん人に接せられると、その仁徳《じんとく》が浸《し》み込むようにこちらに伝わってくる所が、大違いだが……。

秋津刑事は三隅氏が先生の奥様に見送られて、玄関を出たあたりのことを集中的にきいた。

玄関から門にたどりつくまでには、大きくくねった車道が、十五、六間《けん》の長さで続いているのだ。

「その間に、誰かが大声をあげたとか、騒ぎが起こったようすがあったとか、そういうことは耳にしませんでしたか?」

「大声? さあ、何も聞かないようでしたが……」

「騒ぎも?」

「聞かなかったようですが……」

「誰か人の影を見たとか、感じたとか……そういうことは?」

「なかったようですが……」

ぼくには秋津刑事が何を考えているのか、ぼんやりわかるような気がした。

「正確なところ、三隅さんが奥さんと別れて玄関に出られたのは、何時頃のことです?」

「七時四十二分か三分でした」

「良くおぼえていられますね」

「ちょうど腕時計を見たのです。話は一時間くらいはかかるかと思っていましたが、先生は何か他《ほか》に用件でもあって、上《うわ》の空というのか……こう不機嫌というのか、ろくに口もきかれないで……初めてのことですから、いろいろ私も自分自身のことを話したいと思ったのですが、ろくに話もしないで、ばかに早く面会が終ったので、奥様に送られて玄関を出た時、ちらりと時計を見たのです。それが七時四十二分か三分だったことをおぼえているのです。ですから、会っていたのは、二十分そこそこというところですか……」

「初対面なのでしょう？　不機嫌とか上の空とか、よくわかりましたね？」

秋津刑事はちょっとぼくには考えつかない、奇妙な鋭さの突き方をする。さすがに商売である。

「ええ、それはわかります……例えばこんなこともありました。先生に私を委任者にする何通かの信用状に、印鑑を押してもらおうとしたのですが、やはり上の空だったのでしょう。私の名の下にまちがってはんを押そうとされたりしましてね。ご注意申しあげると『ああ、そうか！』と慌てておっしゃって、正しい所に押されましたが……」

「なるほど……」

「ああ、それに先生自身、今夜はちょっと急ぎの用があるので、詳しいことは近々もう一度会って話そうと、面会を打ち切られたのですから……」

「そうですか……」

秋津刑事も見当がつきかねる調子だった。

事務所を出ると、ぼくはきいた。

「玄関を出たところで、何か人影を見なかったかと三隅氏にきいたのは、犯人が邸の外の者ではないかという考えからですか?」

「そんなところだ」

「だとしたら、外部の人間ではないようですね」

「まだ何ともいえない。広い邸だ。塀を乗り越えたりしての出入りなら、どこからでも可能だろう」

「そりゃあそうですが……。しかし、大きな声とか騒ぎを聞かなかったかとたずねたのはどういう意味ですか?」

「もちろん照代さんという女中が、堀分君の死体を見つけ、悲鳴をあげて食堂に駈け込み、みんなが騒ぎ出したのを、邸を出て行く三隅さんが聞いたかどうかを知りたかったのだ。邸はずいぶん広そうだが、どうだ、玄関と門の間あたりから聞こえる距離なのか?」

「さあ……かなりの距離ですから、聞こえないともいえるし、あるいは聞こえることもあるかも知れないといえるし……。しかし、なぜ、そんなことが重要なのですか？　もうその時には堀分は死んでいたのじゃありませんか？」

「ああ、確かに。死体検証は比較的早くおこなわれたから、死亡時刻は午後七時頃、前後に二十五分くらいの幅をつけたくらいの間で、まずまちがいないということだ」

「堀分は六時五十分に食堂を出て、離れの部屋にもどったのですから、するともう少し幅が狭くなって、六時五十分から七時二十五分の間ということになりますね。どっちにしても七時四十分の発見時間とは関係ないと思いますが……」

「小竹刑事のような失敗はしたくないからだ。どんな事実も貪欲《どんよく》に集めるだけで、今から自分勝手な材料ばかり集めると、またとんでもない失敗をしかねない」

「じゃあまだ何の見当もついていないのですか？」

「ああ、残念ながら。第一、ぼくの仮説には、まだ不可解な大きな問題がいくつか残っている。例えば、もし私の仮説が正しくて、堀分君は眠らされるために薬をのまされたとしたらだね、いったいどこでどう、その薬をのまされたかということだ。薬の入った壜を除いては、どこにも薬の痕跡《こんせき》は発見されなかったのだ。堀分君が知らずにのまされたというのなら、その壜からのんだなどということはありえない」

「ひょっとしたら……薬をのまされたのは離れの部屋ではなく、夕食の時という考えは……？」

「ほう、君もそんなふうに考えるかい？　私もその可能性はあると思っている。だが、そうだとすると、あのブロムラールという薬が、どのくらいたって効力をあらわすかとか……そういうことを、もう少し詳しく調べる必要があるだろうし、先生の邸に行って、関係者から夕食時の状況を具体的に詳しくきかねばならなくなる。どうしても事が大きくなって話は表沙汰になる。だが、この前もいったように、こっちにも事情があって、あまり話を大袈裟《おおげさ》にしたくない……」

秋津刑事はぼくが期待するほど、颯爽《さっそう》とはしていないのか……。

ここで盗まれた骨に関しての、日本の旧石器人類について、今少し説明しておきましょう。

第二次世界大戦前までは、地質学の時代区分でいえば洪積世《こうせきせい》といわれる、一万年以上前の旧石器時代は、日本には人類がいなかったというのが定説でした。

一万年以後の沖積世《ちゅうせきせい》といわれる地層から石器、土器は発見されますが、それより下の洪積世の地層からは、そういうものは発見されなかったからです。

洪積世の地層はロームといわれる粘土、砂、シルトが等量にまじりあった土壌です。俗に赤土といわれて、関東地方の台地や丘陵《きゅうりょう》の関東ロームはゆうめいです。

ですから、昔の考古学の発掘では、トレンチの底が赤土になった時は、これ以上は無遺物層だからと、何の疑いもなくそれ以上掘ることはしませんでした。

だが、その考えに、微《かす》かながら疑いを持っている人もいました。

明治二十四年に来日した、イギリス人医師のマンローは、考古学にも造詣《ぞうけい》が深く、三十八年には神奈川県の渓谷《けいこく》で、人工の痕跡があると疑われる石片を発見して、日本にも原始的な人類がいたのではないかと報告しています。

また、大正七年には、京都帝国大学の国史学教授の喜田貞吉《きたさだきち》氏が大阪府の国府《こう》遺跡の発掘の際、遺跡の下層から旧石器らしい物を発見して、日本にはきわめて古い時代から人間が住んでいたのではないかと報告しました。

しかし東京帝国大学教授の鳥居龍蔵《とりいりゅうぞう》博士などは、これをまっこうから否定しました。だが、資料を見ただけの否定論で、現場の調査も発掘もなかったのです。それから約四十年後に、同じ国府遺跡の再調査で、それよりすぐ下の層から、明らかに旧石器の資料が見つかるのですから、大平先生が日頃いっていたように、学問は机上の論ではだめであることを痛感します。

大平先生が秋津刑事に説明した、非常に古い人類の骨を拾った兵庫県の人というのは、直良《なおら》信夫氏のことです。その骨は兵庫県明石《あかし》市の西八木海岸で拾われたので、明石原人と名づけられました。

しかし、その頃の時代ではこの発見はあまり問題にされず、直良氏が別の場所から発掘していた旧石器時代の粗石器（打製石器を当時はそう呼んでいました）も、前出の鳥居博士によって、まっこうから否定されるありさまでした。

大平先生は、このへんの事情をのみこんでおられましたから、自説を発表するのに慎重で、高塚さんの持ち込んだ化石骨も、まだ公表を控《ひか》えていたのです。

ですから先生は、当時はまず自説の確立のために、その周辺から固めることに意を注いでおられたようです。

先生がそれまでに集められた旧石器時代の石器が、自然品ではなく、人工によって打ち欠いて刃物状にしたり、尖《とが》らせたりしたものであることの立証としての、細《こま》かい計測や拡大鏡下の観察、日本列島地層形成と動物化石の研究、海外の旧石器時代研究文献の収集……というようなぐあいです。

その点で先生は歴史学者というよりは、科学者といったほうがいいかも知れません。

今ではこの方面の研究もたいへん進んで、打製石器の観察理論も確立し、顕微鏡で検討するという急速な進歩ですが、先生はその先駆者だといえるでしょう。

旧石器時代人存在説は、戦後、劇的に幕を開けます。

きっかけは、貧しい行商生活をしながらも、考古学に情熱を燃やしていた青年、相沢《あいざわ》忠洋《ただひろ》氏でした。

群馬県笠懸《かさかけ》村岩宿の崖のローム層から、人間によって加工されたと思われる黒曜石の石片をいくつか発見したのでした。昭和二十四年のことです。

相沢氏自身も無遺物層といわれる物の中からのその発見に当惑しますが、やがてそれを明治大学考古学研究室に持ち込みました。

そして現地で何度かの発掘がおこなわれ、打製石器にまちがいないことが判明します。初めこそ学界は懐疑的でしたが、その後は各地の発掘で、その事実が確認され、今では旧石器時代人類存在説は、定説となっています。それどころか、二、三万年前にも、人類がいたことが確実視されています。

大平先生の研究当時の頃と比べると、まさに隔世《かくせい》の感があります。

付け加えておきますが、極《ご》く最近になって、明石原人を日本原人と考えることには、重大な疑義が出て来てはいます。

その石膏《せっこう》模型（実物は第二次世界大戦の戦災で焼失）を統計処理して、コンピューターにかけた結果、原人より新しく、ネアンデルタール人とも違い、むしろ現代人に非常に近い形という線が出て来たからです。

しかし、直良氏がフィールドに出て、実証的に研究を展開し、日本に旧石器時代に人類が存在する考えのさきがけとなった功績は、否定できません。

七月八日　日曜

大平先生の書庫整理の手伝いに行く。

先生、高塚さん立ち合いで、書庫の本の配置を教わったり、整理の手順を打ち合わせたりしているうちに、ほぼ一日が潰《つぶ》れてしまった。

骨が盗まれたという箱も見た、縦三十センチ、横十五センチ、高さ二十センチくらいのもので、中が空白なのが、何ともむなしい。

午後、郁子さんも来訪。

書庫で、何冊かの文学書をめぐって話をしているうちに、何となく夕暮れになってしまい、けっきょくあまり働かなかったようで反省している。

いつものように、先生をかこんで、食堂で夕食。

「本来ならば、ここに堀分さんもいるんですから、こうしましたわ」

と、奥様が陰膳《かげぜん》を作る。

一同、しんみりする。

「先生は、こういうことには、まるで気がつかないで、平気で人をお使いになるので困るんですが、これ手間賃といっては何ですけど……」

といって、奥様が帰りに金を包んだものを、差し出された。

固辞したが、奥さんも頑固に押しつけられるので、ありがたくちょうだいした。

七月十日　火曜

二日ばかり前から、空がからりと晴れあがって、ばかに暑くなる。こんどは本格的な夏の到来の感じである。

同時に、学期末試験の到来でもあるわけだ。

勉強しなければ……と思うと同時に、堀分が死んだのに、自分だけがこんなふうに学ぶことができているのが、申し訳ないような気持ちにもなる。しかしこれが現実というものだろう。

秋津刑事がようやく現われた。授業を終って学校から出て来るぼくを、校門の前で待っていたのだ。

こんどは逆に南にむかって、上杉山通りを歩いて、短かい話をした。

堀分の残した日記から、何かをさぐれないかという線はもうだめだったという。

すでに、家に返却されて、お母さんは火葬の時、棺に入れていっしょに焼却してしまったのだそうだ。

秋津刑事はまた、ブロムラールという薬についても、何人かの専門家にあたったという。その薬は睡眠薬の中でも、作用が速《すみ》やかにあらわれるものだそうだ。通常量では、十分か十五分くらいで眠くなるという。

そのかわり持続時間も短かくて、三、四時間のところだそうだ。

しかし、実際の服用量も曖昧《あいまい》な上に、特異体質ということになると、専門家でも何ともいえない。まあ、作用時間は短かくなる可能性のほうが濃いといえるかも知れない……そんなところだった。

秋津刑事はわりあいきっぱりとした調子でいった。

「……これだと、堀分君が夕食時に薬をのまされたという可能性は、まだ捨て切れない所もある。それで決心した。先生の邸に乗り込むよ。だが、何も表立って、波風を起こすこともないと思う。君におねがいというのはここの所なのだが、あしたは水曜日だから、先生はまた大学に講義に出られるね？」

「そのはずです」

「どうだろう、その帰りに、先生に同行させていただいて邸に入りたいのだが……。刑事のくせに、文学や歴史の本に凝っている変わり者というのが、署内の私の評判だ。先生のところに、歴史の話をうかがいに行ったということで弁解がつくかも知れない」

「先生は大学まで車で往復されますから、車にいっしょに乗って邸に行ったら、監視の刑事の目につかないかも知れません」

「そういえば、先生は自家用車をお持ちだな」

「それで〝お坊っちゃん学者〟だなんて、悪口をいう人もいるようです」

「しかしそうしたとしても、私が邸を出る時は、ごまかしようもない。まあ、本当のところこのへんの所はどうでもいいんだ。この頃はどうやら小竹刑事も、そう毎日、毎晩、張り込みを置いているわけでもなさそうなんだ。ひょっとしたら、あすあたりは監視はないかも知れない。第一、そうこそこそするのはいやだ。あの小竹刑事だ。いずれにしろ、いつかは、私が堀分君の死で動いていることは察知するだろう。その時はその時の覚悟もできている」

なかなか警察という世界も厄介らしい。秋津刑事の複雑な気持ちもわからないでもない気がする。

ぼくは話を引き受けると、すぐに大学の高塚さんの所に行った。先生に連絡するには、この方が早まわしであることを、この前からおぼえたからだ。

運良く、すぐに高塚さんをつかまえた。

高塚さんは電話で先生に連絡してくれたので、すぐに手順はきまった。

先生も高塚さんも、ぼくと同じように、堀分の死に対しては、深い疑惑を持っていることが良くわかる。

七月十一日　水曜

秋津刑事の、大平先生の邸《やしき》での捜査の模様が、気になってしかたがない。とうとう夕食後の勉強を放棄して、先生の邸を訪問した。

秋津刑事はもうほとんどの聴取を終ったらしく、最後のしめくくりという感じで、先生と二人で応接間で話していた。

船来品のシャンデリアや家具のある、広く明かるい部屋だった。

話に聞くと、こういう家具もいっしょにして邸を売り払う契約ができているそうだ。自分のものでもないのに、無念のような、もったいないような……。

「……あの夜、客の三隅さんが書斎を出られたのは、ちょうど七時四十分、掛時計を見られたので、正確だというわけですね?」

「そうです」

大平先生は学問や研究のことになると、夢中になって時間を忘れられる。しかし、他の日常生活や約束のことになると、きっちりしたかたなのだ。もちろん時間についての記憶もいい。

「少し立ち入ったことをおうかがいするようですが……三隅さんの話によると……何かわりあい早くお話を切り上げられたようですが……」

なぜ秋津刑事がそんなことにこだわるのか、ちょっと当惑するところがあった。

しかしシャアロック・ホウムズのような名探偵というのは、そんな見当はずれのことをききながら、事件の核心に迫っていくところがある。秋津刑事もそうだというのだろうか……。

「三隅氏が二十分も時間に遅れたのですよ。彼はそういいませんでしたか?」

「いいえ。ああ、それであの人にいわせると、先生はごきげんがあまりよくなかったと……」

「気がついていないのですかね。どうも時間にだらしない人なのでしょうか……。約束は七時だったのですよ……」

刑事は前のテーブルに置いた、小さな紙片に目を落したまま話を聞く。事件当日の時間経過がメモしてあるらしい。アラビア数字が並んでいるのだけが良く見えた。

「……あとにすぐしなければならない用もあって、二十分も遅れられたので、困ったのです。それで詳しいことは、もう一度会ってということにして切り上げたのです。それから急いでその仕事にとりかかっていると……」

「奥様が事件をしらせに来たのですね……」秋津刑事は紙片のメモに目を落しながらいった。

「……それが、七時五十分頃《ごろ》……」

「こんどは時計を見たわけではありませんから、そう正確ではありませんが。仕事を始めてから十分くらいと思いますから、そのくらいだと思います」

「三隅さんと話していられる時、奥さんがお茶を持って来られたようですが、それは何時頃でしょう？」

「えっ？　ああ、そうですか……」

「女中頭のはるさんという人の話によると、奥さんが茶の間の茶箪笥《ちゃだんす》の前で、そのしたくをしていられたようだとか……」

「ああ、そういえばそうでしたが、その時は話に熱中していて……何時頃だったか……ちょっとそのへんは曖昧《あいまい》ですが……」

刑事はメモにちょっと軽い書き加えをした。

「お客さんがいらっしゃる時は、ふつうはこの応接間で会われるのでしょうか？」

「そうですが……あの時の夜は、ちょっとこみいった内密のことや、いろいろの書類も必要としたので、書斎に来てもらいました」

「どうもありがとうございました。大いに参考になりました」

「……というと、何か少しはわかったのでしょうか？」

「わかったというより、少し方向がついた……とでもいったらいいでしょうか……ともかく堀分君がただの自殺ではないという線は、強く出て来ました」

「つまり殺されたと？」

「そうです。おかげで、きょうは一つ、新しい事実を聞くことができました。女中の照代さんが、堀分君が倒れているのを見つけ、怪しんで声をかけながら渡り廊下を渡ろうとした時、何か人の気配が、書庫の方で、さっと動いたのを感じたというのです。あるいは、先生はごぞんじでは？」

「ええ、ちょっと聞いています。しかし、取り調べの刑事さんは、取り上げなかったようです。何かのまちがいではないか、あの歳頃《としごろ》の娘は、何にでも怯《おび》えて、見ない物でも見たというと……」

　思ったとおりだった。あの小竹刑事は、自分の都合のいい所ばかりを拾い上げて、都合の悪い物は捨て去っている。

「姿をはっきり目で見たわけではないので、小竹刑事に頭からおまえの勘違いではないかといわれると、すっかりおじけて、以後は口を閉ざしてしまったようです。しかし、私には少し気を許してくれたのか、また話してくれました。いや、それを裏書きする状況証拠もあるのです。自殺という先入観があったせいか、調書にも部屋のようすについては、詳しい説明はありませんでしたが、今、調べてみると事件直後、書庫の通路の奥の、裏庭にむかう窓が開いていたのを何人かの人がおぼえていたのです。あの窓は外側に観音開きのガラス窓があり、その内側にも同じ型式の板戸の窓がついていますね。今、見て来ました」

「内側の板戸は窓からの直射日光を避けるためです。本が傷《いた》みますのでね」

「調書によると縁側のガラス戸も雨戸も、すでに閉められていたそうです。もし照代さんが人の気配を書庫の方に感じたとしたら、その人物はその窓から逃げたのではないでしょうか？　ともかくそのガラス窓のねじこみ錠がはずされて、内側の板窓とともに、大きく開いていたということを、皆の証言から確かめました。あとは裏口からでも、塀を乗り越えてでも、広いお邸ですから、逃げ出すことは簡単です」

「すると、犯人はやはり外部の者と……」

「そうも考えられますが、何も外の者とは限らないともいえます。そのまま、ぐるっとまわって、また邸の中にもどることも簡単ですから……。第一、外部の者が、堀分君にひそかに睡眠薬を盛るというのは、そう簡単なことではありません。化石骨という特殊なことを知っているというのも、外部の人間とは思われないことです。いや、どうもいろいろとありがとうございました。またご迷惑をおかけするかも知れませんが、その時は、よろしくおねがいします」

ぼくは帰ろうとする秋津刑事を追って、いっしょに帰っていいかたずねた。

「いいとも」

「監視の刑事に、ぼくといっしょに門を出て来る所を見られてもいいでしょうか？」

「さっき車で入って来た時、見たんだが、今晩は誰《だれ》もいなかったようだ。どうやら危険分子の件は見込み違いと思い始めたのかも知れない」

「良くそんな短かい観察で、わかりますね」

刑事は微笑した。

「そりゃあ、ほんとうはそっちのほうが商売だからね。だが、ここまで来たら、もうあとにはひけなくなりそうだ。小竹刑事は邸の使用人などにも秘かにあたって、内部の様子を聴き込んでいるらしい。私が今晩、堀分君の件で訪問して、詳しい聴取をしたことも、すぐに伝わってしまうだろうからな。しかしおかげで、堀分君の死はそう簡単なものではないことは確信がついた。あえて火の粉《こ》をかぶっても、捜査を進めてみる決心がついた」

秋津刑事がどうやら本格的に事件に取り組んでくれるらしい。嬉《うれ》しかった。たずねるぼくの声も、いささかはずんでいたようだ。

「つまり堀分の死は自殺ではないことは、もうはっきりしたのですね？」

「ああ、そのことはほぼ確信がついた」

ぼくたちは門を出た。横目使いにひそかにまわりの闇《やみ》を見て、監視の刑事がいるかどうかさぐってみた。だが、ぼくにはさっぱりわからなかった。

「しかし、秋津さん、どうして堀分が死んだ時のことより、堀分が死んでいるのが発見された七時四十分前後のことを気にされるんです？」

「必ずしもそうとは限らない。君が来る前に、堀分君の死亡推定時刻の前後のこともずいぶん調べたよ。初めから予見をもって、事実を取捨選択する前者の誤ちだけは犯したくないから、今は手に入るものは余計なことと思われるものでも何でも、貪欲《どんよく》に取り込んでおこうとしているだけだ。ただ調べているうちに七時四十分前後のことも、どうやらかなり重要ではないかという考えは固まって来ている」

「どうしてです」

「発見者の女中の照代さんの、現場の部屋に人の気配を感じたという証言だ。もしそうなら、その現場にいた人物は、書庫の窓を開いて外に飛び出したり、裏庭をまわって、また邸に飛び込んだりで、発見騒ぎの七時四十分直後に皆の前に姿を現わすことは不可能だったのではないかと思うのだ」

「もしその人物が、邸の内部の者だとしたらでしょう?」

「そのとおりだが、さっきも先生にいったように外部の者という可能性は薄いね。ともかく、今夜調べた事件の時間的な経過をもう一度まとめてみて、ゆっくり考えてみたい。あした、もう一度、会わないか? 私としてもまとめたものを、君に話すことで、もう一回検討してみたい。ああ、いけないいか、もうすぐ学期末試験……そうだろう?」

試験準備は気にならないこともない。

だが、堀分の死のほうが、今は重要だ。玻璃《はり》の衣装《いしょう》のこの探偵の、積極的な好意にそむくこともできない。

なあーに、学期末試験である。落第《ドッペリ》に直接関係はない。

適当にこなしておけばいいし、まあいささかの自信もあったので、ぼくは喜んで承諾した。

秋津刑事は西公園の源吾茶屋で、明日、午後三時に会おうと指定した。

七月十二日　木曜

待ち兼ねた気持ちで、源吾茶屋に飛んで行く。

あいかわらず、朝から暑い。

桜岡神社の小道の方から、パナマ帽に蝶《ちょう》ネクタイ、白の麻服の、ひどく洒落《しゃれ》た服装の男が来る。見たら、それがすっかり夏服姿に変えた秋津刑事だった。

何かの本で見た、野口《のぐち》雨情《うじょう》の写真に似ている。

まったく刑事らしからぬ人だ。

源吾茶屋の奥座敷の風通しのいい所に席をとる。刑事はビール、ぼくはその茶屋の名物の、ごま餅《もち》というのをごちそうになる。

刑事はかなり、細かい字で書かれた一枚の紙を取り出した。

「……邸にいる人たちの姓名と年齢、それに事件当夜の時間経過を追った状況をまとめたものだ。まあ、読んでみたまえ……」

大平義一（主人）44
大平美穂（夫人）36
高塚健雄（大平先生助手、東北大学医学部生徒）22
堀分義雄（下宿人、二高生徒）19
山際はる（女中頭）25
島野きみ（女中）20
多田照代（女中）18
藤木源吾（運転手）24
菅原平造（庭師）52
高橋一留（庭師）29
〔桑山達三（番頭）65・自宅より通い〕

5・05頃　高塚、外出。
6・00頃　食堂で夕食が始まる。会食者・堀分、藤木、番頭・桑山、女中三人。この間に、二度ばかり、夫人も食堂に顔を出す。
6・50頃　夕食後の談話に一区切りがつき、堀分、離れの部屋へ、藤木、車庫横の別棟へもどる。番頭、桑山帰宅。
6・52頃　女中きみ、洗濯物を取りに裏庭に行き、離れに灯《ひ》がつくのを見る。
7・20　玄関の来客用のベルが鳴り、女中照代、応対に出て、玄関先であとから来た夫人といっしょになる。三隅氏の訪問。夫人にまかせて、厨《くりや》にもどる。
7・40　女中照代、堀分の変死を発見。厨に駈《か》け込む。ほぼ同時間、三隅氏、夫人に送られて玄関を出て、辞去す。
7・50　警察、女中頭はるの通報を電話で受ける。
同時刻頃、大平先生、夫人より事件のことを書斎で聞く。
9・10頃　高塚、帰邸。

「この二人の庭師というのも、邸に住んでいたのですか……?」ぼくは紙から目をあげていった。「……年寄りと、それと比べると、ずっと若い人が庭で働いているのは、時々見ましたが、住み込みだとは知りませんでした」
「そうだ。庭の南奥に物置小屋といっしょになった小さな別棟がある。そこに住んでいて、全然別の生活をしているから、もちろん本屋《ほんおく》に食事をしにくることはない。しかも、あの夜は高橋一留という若い方は、四時に仕事を終ってから、すぐ飲みに出ている。ああ、君はなかなか厳密に物を考える男らしいから、彼の外出も書きとめておくべきだったかな。帰って来たのは深夜近くで、かなり酔っていたそうだ。彼等《かれら》の出入りは、いつも南西隅の塀にある裏手の潜《くぐ》り戸からだそうだ」

「この前、話に出た、夕食の時に堀分の何かに薬を入れるという可能性は、どうだったのでしょう？」

「そのことだが、結論からいうと、可能性はほとんどないそうだ。この前も話したように、あの睡眠薬はかなり即効性のもので、十分から十五分できく。特異体質の人の反応についてははっきりわからないが、この時は毒となるのだから、もっと反応は早くなると考えていい。ところが、実際のところ、あの夜、堀分君たちの夕食が終ったのは六時半くらいのことで、あとの二十分近くは、いつもよりずっと長いおしゃべりをした。それも君が堀分君非自殺説の理由の一つにしていたように、かなり話に花を咲かせた雰囲気でね。もし夕食に薬をのまされたなら、その間に反応が出るべきだ」

「夕食後のお茶か何かに入れられたという可能性は？」

「堀分君はあとのコーヒーに腹がだぶついていてはまずいといって、食後はふつう茶は飲まなかったそうだ」

「そういえば、そういうことを、彼から聞いた記憶があります」

「ともかく、時間の順を追って、先に話を進めよう。六時五十分頃、皆は夕食の席を立ってばらばらになった。この時、女中のきみさんが、洗濯物をまだ干しっぱなしにしてあったことを思い出した。慌てて堀分君のあとを追うようにして、厨口から外に出て、裏庭にむかった。この時、そこのメモにあるとおり、きみさんは書庫の窓から、電灯の光がついたのを見ているから、堀分君がまっすぐに部屋にもどったのはまちがいない。女中たちは夕食後のかたづけものに忙しくなる。七時二十分に、食堂の壁の上の方にとりつけてあった、玄関から通じるベルが鳴った。女中たちはこの日七時に、先生に三隅という名の来客があることは知っていた。大切な密談なので、先生の書斎に案内したら、あとはいっさいかまわないでいいというようなこともいわれていた。本来ならこのあたりの時間は、堀分君が食堂にもどって来て、来客の取り次などをしてくれることも多かったから、『あら、堀分さんはまだ来てないの？』というような軽いやりとりがあった……」

「だが、もうその時には、おそらく彼は死んでいたのですね？」

「そうだ。六時五十二分に部屋にもどって、コーヒーを作り、飲み始めるまでに十五分くらいかかったとしよう。つまり七時十分頃までには、堀分君はコーヒーを口にしたと考えられる。さっきもいったように薬の反応は早かったはずだから、七時十分から十五分くらいの間には、堀分君はもうだめになっていたのではないかと思うね。さて、七時二十分に、三隅氏が訪れて、玄関のベルを押す。慌てて女中の照代さんが、小走りに廊下を抜けて、玄関に出た。あとから奥さんも出て来たので、彼女は応対を奥さんにまかせて、厨にもどった。それから約二十分が流れる。この間に、奥さんは書斎にお茶を持って行ったらしく、女中のはるさんが茶の間の前を通りかかって、奥さんが茶簞笥の前にいたのを見ているが、きのう、君が聞いたとおり、先生は時間ははっきりしないという。さして重要なことではないようだが、ともかく本人の奥さんにきいてみて、この時間は確かめよう。七時四十分に、三隅氏は用件を終って書斎を出た。奥さんは近くの自分の居間で、客のことをそれとなく注意していたそうで、すぐ廊下に出て玄関まで送った。ちょうどこれと同じ頃、照代さんが離れの部屋に行って、変事を発見した。堀分君は女中たちにシェークスピアの戯曲の続きを読む約束だったらしい。それが三十分以上たっても現われないので、女中たちも気になりだした。照代さんというのが、特に堀分君には親しみを持っていたらしいね？」

「ええ、そうです」

「彼女が離れの部屋にようすを見に行った。離れと母屋は三間《けん》ばかりの長さの渡り廊下でつながり、離れの入口には雨戸状の横開きの扉があって、それは開いていた。そのむこうはまっすぐ廊下になって、突き当りから書庫に入り、左手は六畳の部屋になっている。照代さんはその廊下に堀分君の足が、奇妙な形で出ているのを見つけた。怪しみながら、渡り廊下を通って中に入った彼女は、変事を発見して、大声をあげて厨に走りもどった。ちょうどその頃、三隅氏は玄関を出て門にむかっていた頃と思われるが……」

「そのへんのことを気にしていられたようですが、どうでした？」

「玄関から門までの道と、母屋の東端の厨までとは十五間《けん》くらいは離れているだろうか。門に近づけば近づくほど、もっと離れるから、実際に見てみると、聞こえなくてあたりまえかとも思われて来た。ともかく厨からもっと近い玄関にいた奥さんも、騒ぎを聞いていないのだ。しかし、建物の中どうしでは、壁や建具にじゃまされて、かえって外より聞こえにくくなるかも知れない……。ともかく奥さんは何も知らずに食堂にもどってくると、誰もいない。ふしぎに思っていると、女中頭のはるさんがもどって来て、事件をしらせた。奥さんははるさんに医者と警察に至急連絡するように命ずると、書斎の大平先生の所に、事件をしらせに行った。これが七時五十分頃だ。あとは医者が来る、警察が駆けつけると、大騒ぎになる。東一番丁で映画を見ていたという高塚君が帰って来たのは、ずっと遅れて九時十分頃……まあ、そういった所が、時間を追った、あの日の夜の事件の展開だ」

　ぼくは紙から目をあげてたずねた。

「それで……考えがまとまったというか……何か推測がつくようなことが浮かんだのでしょうか？」

「一番重要な事実は、この前も話した照代さんの何か人の気配が、奥に逃げた感じがするという証言だ。その人物を、仮に堀分君に薬をのませ、書庫の骨を盗もうとした犯人だと想定しよう。犯人としては、堀分君を眠らせるだけが目的だったと思われる。あとになって、堀分君が当惑した顔で、何だか知らないが急に眠たくなって寝てしまってと弁解することくらいの笑い話で、おしまいにしようとしたのだろう。だが、離れに骨を盗みに入った犯人は、堀分君が死亡しているのを発見してびっくりした。これでは殺人になる。犯人はすばやく堀分君の死を自殺に工作することを思いついた。まだ持っていた、ブロムラールの壜《びん》から、薬をもっと多量に外に出して、どこかに始末する。つまり堀分君が死を覚悟して、致死量を上まわる大量の薬をのんだと見せるためだ……」

「そうか！　それで堀分の体に残っていた薬の量と、壜の中の減った量とが、大きく違っていたわけですね」

秋津探偵の解釈は、筋が通っていた。

「堀分君が異常体質で死んだと、犯人が理解したかどうかは怪しいが、ともかく状況を自殺に工作したほうがいい。そこで、いかにも堀分君がその壜から直接薬をのんだように、それをテーブルに置いた。またコップを出して来て、やかんにあった水をそれに少し入れて、いかにもそれで薬をのみくだしたように見せる。テーブルの上には日記も置く。犯人がどれほど日記の内容を知っていたか怪しいが、何か多少でも自殺を裏づけることが書かれてあれば、それに越したことはないという賭《かけ》ではなかったろうか。いや、あるいは堀分君が寮を追放になった事情を知っていて、それが動機になることを当てにしたのかも知れない。犯人はまた実際に薬を混入したものを、取り上げて持ち去ることも、忘れなかったと思う。ともかく、こんなことをしているうちに、照代さんが現われて、びっくりして声をかけて離れに入って来ようとした。追い詰められた犯人は、書庫に逃げ込み、そこの板とガラスの窓のしまりをはずして、外に逃げ出した。これが今の所の私の一つの想定なのだが……」

「犯人が持ち去った、薬をまぜた物というのは何だったのでしょう?」

「君は何度かあの部屋で、堀分君にコーヒーをご馳走《ちそう》になっているのだろう?」

「ええ」

「その時のことを思い出して、私がこれからいうもののうち、何か欠けている物があったら、いってくれたまえ。堀分君がコーヒーを飲む時、口にするものばかりだ。杜撰《ずさん》な捜査だったが、さすがにこのあたりだけは、細《こま》かく記載されていた。もちろん、そのどれにも薬の痕跡《こんせき》はまったく発見されなかったことは、君も良く知ってのとおりだ……」

秋津刑事は手帳を開いて読み出した。

「……コーヒー豆の入った缶……これには半分くらいの豆が残っていた。それからコーヒー豆碾《ひ》き機……下の引き出し箱には、粉末がかなり残っていたが、もちろんこれにも薬の痕跡はなかった。三分目ほどコーヒーの残ったパーコレーター、八分目ほど砂糖の入ったガラス製の砂糖壺《つぼ》、三分目ほど残った無糖練乳《エバミルク》の缶、わずかに底にコーヒーの残ったカップ、スプーン、それからさっきいった水が半分くらい残ったやかん……このやかんは彼が夕食を終って引き上げる時、コーヒーを入れるために、いつも必ず水を入れて厨からもらって持って行くものだそうだ。念のために、その時、他《ほか》に何か持って行った物はないか確かめたが、何もなかったそうだ。彼が口にしたと思われるのはこのくらいだが……どうだろう?」

ぼくはしばらく考え込んだ。

「別に……何も思い浮かばないようですが……」

「彼はコーヒーを飲む時、菓子類をつまむというようなことはなかったかね?」

「なかったようですが……」

「熱いコーヒーや紅茶を受け皿に流してすする人がいるが、堀分君にはそういうことはなかったかね?」

秋津刑事には、丹念な細かさがある。ぼくは秘《ひそ》かに感心した。

「ないようです。性格的にいっても、彼はなかなかの気取り屋で、そういう品の悪いことは好まないと思います」

刑事はやや気落ちしたようすだった。秋津刑事との、源吾茶屋での話は、大体こんなところだった。

あのようすでは、彼もまだ犯人についての見当まではまるでついていないように思える。あるいは嫌疑者として、ぼんやりと誰かを思い浮かべてはいる。しかし、口にする段階ではないというのかも知れなかった。

そのことは、帰りに郁子さんの所に寄ったことで、はっきりわかった。

高塚さんが店に来ていて、ぼくの顔を見るなり、気むずかしい声でささやいたのだ。

高塚さんは、ぼくや堀分ほどではないが、それでも時どき〝きたはら〟に現われるのだ。

「おい、金谷君、あの秋津とかいう洒落者《しゃれもの》の刑事、何だかぼくを疑っているようすなんだ」

ぼくは当惑した。

「疑っているって……何をです?」

「だから、ぼくが堀分君の死んだことに、何か関係ありはしないかということさ」

「まさか！　秋津さんがそういったのですか?」

「もちろん、口に出して、はっきりそういいはしない。しかし、きのうのことだ。ぼくをつかまえて、あの日の夜は映画を見に行ったというが、どこの小屋だ、誰か知った人に会わなかったか、映画はどんな筋書きだったのかとしつっこく聞くんだ」

「細心に物事を調べる人なのですよ」

「しかたがないから、〝制服の処女〟の筋書きを、かなり詳しく物語ることになってしまったよ」

「あら、高塚さん、あの映画を見に行ったの?」

隅のテーブルで小声で話しているぼくたちの横に、つい今現われた郁子さんが声を入れた。

「ああ、評判だからね」

郁子さんがちょっと冷やかすようにいった。

「高塚さんは山の中に石のかけらを掘り出しに行くか、ボート漕《こ》ぎに行くかのどちらかの人だと思ったのに、そういう芸術関係にも趣味があったのね」

「困ったな。そんなふうにいわれると、ますますあの刑事に疑われてしまうよ。ぼくだって、映画は好きだ」

ぼくはいささかいらだたしく割って入った。

「しかし、高塚さんを疑うって……つまり高塚さんが堀分に睡眠薬をのませたり、骨を盗んだりしたというんですか？　馬鹿《ばか》げてますよ！　高塚さんが自分で見つけた骨を、自分で盗もうとするなんて！」

「ぼくだって、あの刑事に、そういいたいよ。だが、ともかくしつっこく、そのことをきくんだ」

「高塚さんの考え過ぎですよ。ともかく今はどんな事実でも偏見なく集めて、それから事件の真相を組みたてて行くのが、あの人の捜査方針だということです。そのために、詳しい聴取をしたのですよ。ほかの人にもそうだったにちがいありません」

「いやに、あの刑事に肩を入れるね。じゃあ、君にも、堀分が死んだ時、どこにいたか、細かくききほじったかい？」

「そりゃあ……」

ぼくは言葉に詰まった。

そしてそれで気がついた。

刑事は犯人は内部の者の疑いが、濃いという。

だが、それは事件の時、邸にいた内部の者という意味ではないのだ。

もっと大きな意味での邸に住んでいる者……いや、大平先生の邸に関係あるすべての、内部の者といっているにちがいないのだ。

あるいはぼくも含まれるかも知れない。

さいわい高塚さんは、そんな所で話を打ち切ったので助かった。それ以上、話が展開したら、ぼくはもう何も弁解の言葉はなかったのだ。

高塚さんはぼくを捜して、〝きたはら〟に寄ったのだそうだ。

いなかったら、寮の方に行くつもりだったという。

大平先生が今度の日曜も、ぼくが邸に来てくれるかどうかきいて来てくれといったのだそうだ。

「……もう学期末試験だろう？　もし都合が悪かったら、遠慮なく断わったっていいんだぜ」

高塚さんは付け加えた。

「大丈夫です。行きます」

ぼくは承諾した。

七月十五日　日曜

先生の邸に手伝いに行く。

午後一時半頃、先生と高塚さんと、離れの部屋で、本の整理移動についてまた相談しているところに、照代さんが来て、秋津刑事が来ていると取り次いだ。

やがて秋津刑事が、奥さんにつれられて現われた。

この前の夜の失礼を詫《わ》びると、捜査は、はかばかしい進展はしていない。しかし、続行していると報告した。

「……事件について私が再捜査をしていることが、すでに内部にも知れましてね。蒸し返しの必要はないと、上司にいささか叱責《しっせき》されました。そのためでしょうか、いろいろの他の事件の探聞や、情報の蒐集《しゅうしゅう》を必要以上に命ぜられて、こちらに手がまわりかねる状態なのですが、暇を盗んで、何とか続けて行くつもりです……」

刑事にはひそかな決心が感ぜられた。頼もしかった。

また、刑事はそれから微笑して付け加えた。

「……なあに、いささか開き直りでしてね……。こうなったら、かえってこそこそと動かなくて気楽になりました。きょうはまた、御邸の門の前に、張り込みが置かれているようですが、堂々と大手を振って入って来ました」

大平先生の眉《まゆ》がしかめられた。

「またですか？　まだ、ＴＨＤのメンバーがこの邸にいると……そう、思っているのですか？」

「あの課のことは、私も詳しくは知りません。だが、また張り込みを始めたのですから……そうなのでしょうか……」

秋津刑事はそれから、以後、あまり捜査は進展していないがと前置きして、報告をした。

「……あれからまた、設立準備事務所の三隅さんの所に行って、いくつか新しい事を聞いて来ました。あの夜、約束の時間に遅れて、先生のご機嫌を損じたのは、どうも自分の腕時計が遅れていたためらしい。宿に帰って来てから、それに気がついたということです。それからもう一つ、注目すべき事実を思い出してくれました。奥様に送られて玄関から歩き出した時です。門の方の暗闇を、何か人影のようなものが、すーっと消えて行った気がしたというのです。この前の時は、まったく思い出さなかったが、私にあれこれときかれたあとでゆっくり考えてみると、そんなことがあったという記憶をとりもどしたと……」

「とすると、犯人はやはり外部の者と……」

「というより、犯人は外に逃げたとも考えられるという所でしょうか……」刑事は含みのある訂正をすると、言葉を続けた。「……それから三隅さんが書斎で先生と会っていた時のことですが……」

先生が覆い被《かぶ》せるようにいった。

「ああ、それですが、あの時、家内はお茶などは持って来なかったようです。いや、私はそういうことになるといささかぼんやりで、それに、用件の方に気を取られていたので、あなたにそういわれると、何かそんな気になってしまいまして……。家内にただしたところ、持ってこなかったとわかったのです」

先生はまだ部屋にいた奥様に視線を投げた。

奥様は微笑してうなずいただけだ。

「そのようですね。三隅さんもそうだといっていました。それで、先生、実はきょうおうかがいしたのは、先生があの事件の前の夜も、ここで堀分君と話して、コーヒーをご馳走になったということについてなんですが……確かそうでしたね？」

「そのとおりです」

「堀分君がどのようにして薬をのまされたかに、まだこだわっているのですが、そうしてコーヒーを飲んだ時、何かへんな味がしたとか、あとで少し眠たくなったとか……そういうことはなかったでしょうか？」

「つまり……薬はその前に何かに混入されていたと……そういうことなのですか？」

先生はやや当惑の面持《おもも》ちだったが、やはりまちがいなくポイントは突いていたようだ。

「いささか溺《おぼ》れる者は藁《わら》をもつかむなのですが……万が一とも考えて……。すでにその時には、睡眠薬が何かに混入されていたのだが、たまたまその時は堀分君はそれを口に入れず、先生だけがそれをとられた。もちろん量は少なかったので、先生は何ともなかったのだが、翌日、今度は堀分君はそれを口に入れ、特異体質のため死亡した。かなりひねった考えですが、あらゆる可能性を検討してみたいと思ったものですから……」

「なるほど、そのご職業の人は、さすがに考えられますね。しかしそれなら、話はむしろ逆のようです」

「はあ?」

「むしろあの夜は、私の方が口に入れたものは少なくて、堀分君の方が多かったといえそうなのです。いやね、あとから来た私に、堀分君がコーヒーを出そうとして、砂糖がもうふたさじぶんくらいしかなくて、これでたりるだろうかというので、私はブラックでいいといったのです。ですから、エバミルクも入れてもらわずに飲んだのですから。それからいささか雑学ぶりを発揮して、上等な豆のおいしさをほんとうに味わおうとしたら、濃い苦味のあるブラックを飲まなければ意味がないとか、フランス料理では肉をたくさん食べた時には、濃いブラックを飲む。コーヒーにはもともと胃液の分泌を良くする作用があるからだとか……そんなことを話しました。堀分君はかなりコーヒー通だったようですが、そういうことは知らなかったようで、ずいぶん熱心に聞いていました」

「そうですか……」

刑事に失望は隠せなかった。だが、かなり執拗《しつよう》な人である。きのうぼくにやったのと同じように、手帳を取り出した。もちろん堀分がコーヒーを飲む時に、口をつけそうな物を読み上げたのである。

だが先生もぼくと同じように、何も欠けている物は指摘《してき》できなかった。

しばらくして、ぼくは秋津刑事といっしょに、先生の邸の門を出た。

書籍の梱包《こんぽう》の材料を註文《ちゅうもん》に行く用があったからだ。

門を出る時、ひそかにまわりに注意した。だが、あいかわらずどこに監視の目があるのか、さっぱりわからなかった。

秋津刑事のほうは、いたって涼しい顔だった。まるでまわりを気にしていないように、ぼくにいった。

「先生の奥さんというのは、何度見ても、品のある美しい方だね。良い家の出なんだろう」

「ええ、福島の郡山の在の、平野というたいへんな資産家だとか……。しかし、奥様はその養女なんです。ほんとうの実家は、万屋《よろずや》みたいなことをやっていて、あまりいい暮らしはしていなかったようです。しかし、まさに掃溜《はきだめ》に鶴《つる》というのか……天稟《てんぴん》の貴族的美しさて、しかも頭も気立ても優れていて、そこを見込まれて、平野家に養女に来たらしいのです」

「というと、その実家の方には、まだ子供がいたのかな?」

「ええ、確かお姉さんと弟が……。ぼくも詳しいことは知らないのですが、この二人はどうもあまり奥様似ではなかったようです。特に弟の方は何か不良というか、素行の悪い人で、奥様もこれには心配しているというような話を、聞いたことがあります」

「まったく、造化の神というやつは、かなり気紛《きまぐ》れだな。しかし奥様は、大平家に嫁に来たのだろう?」

「ええ、そのあとで、養家の平野家に男の実子が生まれたとか……」

「なるほど、時々聞くケースだな」

ぼくたちは、それからすぐに別れた。

七月二十一日　土曜

試験《エクサーメン》終了。まあまあの出来《でき》だと思う。

さっそく手回り品を持って、先生の邸にうかがい、今日から離れに泊ることになる。

そして今、この日記を書いている。

ついこの前までは、堀分がいたこの部屋で寝泊りするのかと思うと感慨無量だ。寮を出る時、奥山があいかわらずのフケだらけの頭を手でひっかきまわしながら、うまい話だなとうらやましがった。

彼の故郷は、遠く離れた大阪である。おれの家は貧乏で、帰る汽車賃もむりだから、夏休み中寮で茹《ゆだ》っているつもりだというのだ。

その腹癒《はらい》せなのか、半ばふざけるようにいった。

「しかし、そんな所に泊っていると、堀分が化《ば》けて出てくるゾオー」

これは堀分の死に対する冒瀆《ぼうとく》というものだ。彼の死はほんの冗談という物にならない。深刻なものなのだ。

それにたとえ幽霊でも、ぼくは彼に会いたい！

あのハンサムだった堀分だ。きっと凄味《すごみ》のある美少年の幽霊であるにちがいない。

その堀分と、一夜をゆっくり語りたい。

そうだ！　そこで彼に死の真相も、犯人の名もききたい。

いや、彼もまた犯人までは知らないのだろうか？　コーヒーを飲んだ直後、何か訳のわからぬままに苦しみ、そして死んで行った……おそらくはそれが真実なのだろう。

だが、彼は何かを知っているにちがいない。自分の恨《うら》みを晴らすべき何かを……。

ぼくは幽霊を信じよう。そして堀分の現われるのを期待しよう。

秋津刑事はあれ以後現われない。エクサーメンの事を知っていて、遠慮しているのか?

それとも上司や小竹刑事等との間のごたごたで、捜査がはかばかしくないのか?

頼りにするのは、今は彼しかいない。頑張っていることを祈る。

七月二十六日　木曜

暑い。

だが、ぼくの享楽は、すべてこの暑さを源泉にしているのだから、愉快な話だ。

朝まだわりあい涼しいうちに、書庫の整理を少しする。

だが、日盛りはお互様にたいへんだからという先生の意見で、午後三時頃までは、大休憩になる。

その間に、ぼくは松源寺淵《ふち》に水泳に行くのを日課にし始めた。邸の裏の潜り戸から出れば、五分とかからない。

市の西を蛇行して流れる広瀬川は、たくさんの淵を作って、泳ぎに適した所が多い。その中でも松源寺淵は広さも水深も充分なので、よく賑《にぎ》わっていた。

中学生などは縁《ふち》から、盛んに飛び込みをやっている。

帰って午後三時か四時までは昼寝。それから夕食までまたちょっと整理をして……というと聞こえはいいが、面白そうな本があると、つい読み耽《ふけ》ってしまうので、たいして何もやらないこともある。

だから、本格的な仕事ということになると、夕食後、先生や高塚さんが現われて、指示を受けながらの数時間だけということになってしまう。

おまけに先生は、ぼくが気に入りそうな本があると、

「これも持って行きたまえ。これもだ」と、惜しみなくくださるので、恐縮してしまう。

十時から十時半頃には、仕事は終る。

蒸し暑い日が続くが、この邸は木立ちに覆われているから、夜になるとぐっと涼しくなる。だから、縁側の戸を開けっぱなしにし、書庫の奥の窓も開けて、廊下から部屋に風を通すと、極楽だ。

その風の通り道に寝転がって、読んでも読みきれないほどある本の一冊を手にする。

まったく、夏の暑さあっての楽しみだ。

読書に疲れると、目をつむって少し物思いに耽る。そういう時は、努力して堀分を思い浮かべようとする。きっとこうやって、何度もくりかえしていると、そのうち、堀分がほんとうに現われる。ぼくは今はそういう信念を持ち始めている。

ちょうど座禅のようなものだ。

今、寮では……というより、全国の大学、高校で、ひどくこれがはやっているようだ。六月初めの頃だ。寮生たちが寮内に座禅堂の開設を、学校当局に承諾させたという話も聞く。

それを聞いた時、堀分はあいかわらずの皮肉《ケニッシュ》な調子で語呂《ごろ》合わせをしたものだ。

「そんな座禅なんて偽善だよ。悟りを開きたいというなら、場所に選《え》り好みがあるかい。便所だって、雑踏の中だって、寝転んでいたって、まわりを断ち切って悟りを開かなくては、本物じゃないはずだ。そんな悟りは、まさに彼等が乱用する漢熟語の、形骸《けいがい》的っていうやつだ」

堀分よ、だからぼくはこうして、気楽に寝転んで、精神神秘の世界の中で、君と接触しようとしているんだ。堀分よ、少しでも感知することがあったら、近づいて来てくれ。

ぼくは意識を凝らす。すると、この頃はぼくは形而上的《メタフイジユツシユ》な、堀分の霊の分子のような物が、まわりから包みかけてくるような感じになり始めているのだ。

体のすぐそばに漂う分子は集合を濃くし、ついに形而下《マテリアル》の具象的存在としての堀分の姿となって現われるのも間近い……。

さっきも、そうして、堀分の呼び出しに没頭していたら、急にその具象的な声で呼びかけられたのにはびっくりした。

実際のところ、瞬間は、ほんとうに堀分が現われたのかと思ったほどだ。

だが、それでびっくりしたのだから、形而上《メタフイジュッシュ》の神秘を信じているようで、なあにほんとうはぼくはかなり俗っぽい現実人間なのだ。

驚いて目を開けた。縁先の庭に、秋津刑事が立っていた。

よほどぼくはびっくりしたようすを見せたのだろう。刑事は慌ててあやまった。

「ごめん、ごめん、とろとろしていたんだな。いま、母屋の方で何人かの人にまた会って来てね。帰りに、ちょっと顔だけ見せようとして寄ったのだが……」

「何か新しい進展はあったのでしょうか？」

「君には申し訳ないが、いろいろの事件に追いまわされて……というより、追いまわされるようにしむけられてといったほうが、正しいのかも知れないが……ともかく、こっちの方は何の手もつけていなかったというのが、偽らざるところだ。ようやくちょっとした時間ができたので、今、また関係者から話を聞いて来たのだが、どうもこの事件には、何か妙にチグハグな所がある……」

「チグハグ？」

刑事は縁先に坐《すわ》り、二本の指でゲルベゾルテの形をなおして、火を点《つ》けた。

「例えばいろいろの人の証言が細かい所で、あとになってしばしば追加されたり、訂正されている。例えば、照代さんが現場で人の気配を感じたことは、あとになってはっきりしてきた。また、三隅氏は、門にむかう時、人影が外にむかって走ったのをあとで思い出したという。大平先生も、奥様はほんとうは来客中は書斎に来なかったと訂正される。日常生活の些細《ささい》なことだ。もちろん、すべて記憶違いだったり、思い忘れだったりかも知れない。だが、もっとふしぎなことがある。その最大の物は、なぜ犯人は自分にとっては無価値な、化石骨などを盗み出したかということだ」

「先生もいったように、いやがらせでは?」

「だが、先生はすぐそのあと、そういう恨みを買うことはないと断言した。また、三隅氏が約束の時間に二十分も遅れたことも気になる。彼の弁解だと、腕時計が遅れていたということだが……。高塚君がその日に限って、映画等を見に行ったというのもひっかかる。調べてみると、どうも彼はそういう方面には、ほとんど興味を持っていない男らしい……」

さすがに刑事である。そういうことまで調べたらしい。

ぼくは先輩のために、ひとこと弁解した。

「しかし、〝制服の処女〟というのは、かなり評判になっていた映画ですからね」

「知っている。私も見た。彼は映画の筋書きもきちんと話してくれた。しかし、あの映画はずいぶん前から小屋にかかっているものだからね。前かあとに見て、筋書きをおぼえておくこともできる」

「じゃあ、高塚さんは嘘《うそ》をいっていると……?」

「わからない。ともかく今まであげたことも、日常生活上での、大したことのない食い違いや、物忘れや、矛盾ともいえる。おそらくはどれもが本当かも知れない。しかし、このほかにもまだまだいくつかのチグハグがあって、いささか数が多過ぎるように思える。刑事の勘からすると、どれか一つか二つは、まちがいや嘘のように思える。どうやらこの事件は、そのチグハグを細かく洗って、緻密《ちみつ》に組み立てなおして行くことが、突破口のように思えて来た。誰かがどこかで、事実をねじまげている。それを発見することが、事件解決の糸口になりそうだということだ。それで君におねがいがある」

「何でしょう?」

「今、話した事実の小さな歪曲《わいきょく》や嘘は、その性質が性質だけに、ふとしたことで正体をあらわす。さいわい君はしばらくこの邸にいる。もしその生活の中で、これはおかしいと思うものがあったら、何でもいい。私にしらせてくれないか?」

ぼくは承諾した。

七月二十八日　土曜

抱え運転手の藤木は不愉快な男だ。

夕食の食堂では、彼と顔を合わせざるをえないから、うんざりだ。ともかく、何でも軽薄に物真似《まね》をして、しかも少しも恥じるところがないのだから、鼻持ちならない。

ろくにわかりもしないのに、伏字だらけの社会科学の本を手にして食堂に現われて、ぼくに議論をふっかけたりする。

ぼくがその方面には、詳しくないことをからかっているふうがある。

そうかと思うと、〝恋愛至上主義〟等という言葉を、口先で転がす。しかし、何かの本で仕入れた知識であることが見え透いた意見ばかりだ。その証拠に話は首尾一貫していない。往々にして矛盾したことをいっても、けろりとしている。

しばしば、「我々インテリゲンチアーとしては……」などというせりふを吐いて、自分はそれだと思っているらしいから、ますます鼻持ちならない。

土曜の午後と日曜、それに大平先生が月に一度、東京に行かれる時は、休暇になるので、洒落込んで外出したり、外泊したりする。

そういう時は皮ジャンパーに鳥打帽で、ひとかどのインテリゲンチアー・プロレタリアートを気取って出て行く。そうかと思うとダブルの背広、セーラーパンツにステッキという、モボ・スタイルになったりもする。気障《きざ》に主体性のないことおびただしい。

モボ・スタイルの時は国分《こくぶん》町の何とかという、支那服の女給がいるカフエーに行くそうだ。

「あれで、藤木さんは千葉心中の運転手を意識しているところがあるのよ」

たまたま、きょうの夕方、邸の食堂の夕食に来ていた郁子さんはそういって笑った。

きょうは土曜日で、藤木はモボ・スタイルで夕方から出かけて、夕食にはいなかったのである。

千葉心中は、ぼくの生まれたか生まれない頃の事件だが、話だけは知っている。

それでぼくは冗談をいった。

「いくら、あの事件の運転手気取りだといっても、相手がいないのじゃ、しかたがないだろう」

「秘かに奥さんを空想しているのじゃないかしら?」

「先生の奥さんを?」

「そこが、あの人の臆面《おくめん》もないところよ」

郁子さんは食後、離れに来て、ぼくと高塚さんの本の整理を手伝ってくれた。

ぼくは郁子さんが好きだ。だが、おかしな話だが、第三者がいる時の方が、気が楽で、もっと郁子さんを好もしく思える。

ぼくが臆病なのかも知れない。

それとも、郁子さんの照射する個性が、ぼくにはいささか強過ぎるためだろうか？

途中から先生も入って来られた。

郁子さんも、ずいぶんの数の本を、先生からもらった。

十時、今日の仕事を打ち切る。郁子さんを家まで送る。

十一時半。邸の外の戸締りを見回る。自分から引き受けた役だ。

手伝い料ということで、奥さんが過分な報酬をくださる。食事や宿泊の世話までしてくださった上にこれでは、まったく何かしなければ、申し訳が立たない。そういえば、堀分も同じような気持ちだったことをぼくにいっている……。

門の脇《わき》の潜り戸の閂《かんぬき》をおろそうとすると、藤木がステッキをひっかつぎ、したたかに酩酊《めいてい》して帰って来た。

「よう、同志！　奥さんの下部《しもべ》として、忠実に働いとるな！　欺《だま》されるなよ。あれで、どうして、どうして、きびしいんだぞ……」

相手にする気もなかった。寄りかかってくる彼の体を押し離して、ぼくは潜り戸のしまりをした。

だが、蹌踉《そうろう》として、横手の車庫にむかって行く彼の後姿を見送りながら、ふと思った。

さっき、郁子さんがいった藤木の奥さんへの空想は、ひょっとしたら、的《まと》を射ているのではないかということだ。

それが睡眠薬のことで叱責された。日頃の行状についても注意された。奥さんに対して特別な感情があっただけに、彼は怒りにのぼせた。そうでなければ、使用人が主人に叱責されたにしては、感情的すぎる感じがあるではないか……そんなふうに思ったのだ。

自分を何だと思ってるんだ！

ぼくは腹の中で、秘かに罵《ののし》った。

ともかく不愉快な男である。


日記にある千葉心中事件というのは、そこにもある通り聞き憶《おぼ》えの事件ですので、ちょっと資料にあたって調べてみました。

事件は大正六年です。

子爵芳川寛治の二十七歳の若い夫人が、同家の二十四歳の抱え運転手倉持陸助と、千葉駅付近の線路で心中した事件です。

夫人は重傷を負い、運転手は自分は軽傷だと知ると、短刀を咽《のど》に突き立てて絶命しました。

華族の夫人と、その使用人で平民の一介の青年とが、情死したのです。悲恋ロマンス好みの大衆を大いに刺戟《しげき》しました。〝千葉心中の歌〟などという流行歌もできました。

以後、金持ちとか華族の夫人やお嬢さんと、運転手や使用人の書生とが、手に手を取って駈け落ちとか、情死とかいう事件が、良く起こるようになりました。

〝自由恋愛〟とか〝階級意識を捨てた愛〟とかいった言葉も盛んに使われるようになります。

第二次世界大戦終了前までは、日本もまだまだ封建体制の色が濃く糸を引いていたのです。

華族や富豪、軍人といった上流階級の令嬢は、深窓《しんそう》の存在として、そう自由な行動もできませんでした。

つい身近な使用人……書生とか抱え運転手とかいった男性に心を動かすことになります。またそうすることで家に対する反抗を示します。

まだ車の少なかった当時です。運転手もいささかの智的《ちてき》存在として、今とは少し違った趣《おもむき》もあったようです。

たまたま資料にぶつかったのですが、仙台では昭和七年には、まだ自動車は千台に達していなかったということですから、その数の少なさがわかります。

〝どこから犯人は逃走した？〟

七月二十九日　日曜

たいへんなことが起きた。しかし、起きてみると、納得するところがある。犯人が何のために、化石骨を盗んだかということだ。

犯人から、盗んだ骨と交換に、大金を要求して来たのである。

秋津刑事は、この前、骨は他《ほか》の人間には何の価値はなくとも、先生自身には、やはり大きな価値があるのではないかと、やや意味不明の念を押した。その意味がわかって来た。あるいは刑事はその時から、すでにこの事件を予測していたのではないか？

夕刻、日盛りの暑さはやや衰えたので、本の整理をぼつぼつ始めていると、高塚さんが入って来た。緊張していた。

すぐ先生の書斎に来てくれという。

「何かあったのですか？」

「つい今だ。藤木君がポストに手紙が入っているといって、差出人の名のない先生宛《あて》の封筒を持って来た。開いてみると、新聞の活字を切って繋《つな》いだ文で、化石骨を盗んだのは自分たちだ。二千円と引き換えに返してもいいとあったんだ」

「二千円！」

「終りにＴＨＤと署名してあった。といっても、これも活字を切り抜いたものだが……」

書斎に入ると、先生が顔をまっかにして怒っておられた。

「何がＴＨＤだ！　そんな名を騙《かた》って！　許せない！　ただの泥棒にすぎないやつめが！」

先生としては珍しい悪罵《あくば》と激昂《げっこう》ぶりだった。

デスクの上に置かれていた手紙を、ぼくは見た。

大小の不揃《ふぞろ》いの活字が、行の列を曲げて貼《は》られてあるのが、まがまがしかった。

〝化石骨は当方の手にある　組織の運動資金として　金弐《に》千円也《なり》を必要とす　交換に骨を返却する　用意されたい　交換方法についてはおって通知する　警察に通報の時は即刻骨は処分する　ＴＨＤ〟

ぼくはたずねた。

「警察に通報するなといっていますが、秋津刑事にだけはそっとしらせたほうが……」

先生は鋭く割って入った。

「いや、やめてくれ！　ともかく、あの骨だけは返してほしい。へたな騒ぎを起こして、話をだめにしたくない」

「じゃあ、金を払うと……？　しかし、もし奴等《やつら》がほんとうに骨を持っているとしたら、堀分を殺した犯人も彼等かも知れないのですよ」

興奮のために、つい先生に対して、失礼な口ききをしたと反省した。だが、もう手遅れだった。

しかし先生は、ぼくの言葉など、ほとんど耳に入っていないようだった。

いつもはデスクのむこうの椅子《いす》で、根のはえたように動かない先生だった。それが立ち上がって、いらだたしく歩き回られ始めた。

やがて先生の口が開かれた。決意の色があふれていた。

「高塚君、君は準備事務所の三隅君の所に電話して、すぐにここに来るようにいってくれ。金谷君は、桑山の所に走って、至急、彼をつれてきてくれ。それから、このことは、今のところ、我々だけの秘密にして、できるだけ平静にふるまって、他の者には感づかれないようにしてほしい。外にまだ監視の刑事がいるとしたら、すぐ漏れてしまう危険がある」

番頭の桑山氏の家は、健坊小路にあった。そこを訪ねて、彼といっしょに邸《やしき》に帰って来た時には、もう午後七時をまわっていた。

遅れた夕食を高塚さんといっしょにとっていると、桑山氏が先生との打ち合わせを終って、書斎から出て来た。

まわりに女中さんたちもいなかったので、ぼくは低い声できいた。

「先生は……やはりお金を払われるのですか？」

「まあ、そういうことですが……」

「お金……都合がつくのですか？」

「そりゃあ、これだけの家ですから……といいたいんですがね。邸を始末して、ほとんどがもう研究所の名義になっていますし、残ったのは先付小切手でね。先生は精いっぱいじょうずな商売をされたつもりのようですが、やはり何といっても武家の商法です。私にも相談されず話を取り決められたので、妥当《だとう》な売り値の七、八割の安さで処分されたらしいですよ。おまけに額の半分くらいは未払いの何枚かの先付小切手なんです……」

桑山氏は自分をさしおいて取り引きがおこなわれたことが、少なからず不満のようだった。

「じゃあ、二千円なんていう金は、むりなのですか？」

「いや、何とかなるでしょう。多少の現金は都合つくでしょうし、先付小切手の一部をすぐ支払ってもらうように、先方に交渉するそうですから」

照代さんが、この時、また給仕に現われたので、それでその話は打ち切りになってしまった。

ともかく、敵がどう出て来るのか、明日まで待たなければならない。

しかし、それにしても、たかが骨のかけらに……といったら、確かに先生や高塚さんには怒られるかも知れないが、けっきょくは考古学には門外漢のぼくには……二千円という金は、バカげた額にしか思えない。

だが、敵はそこのあたりも、正確にのみこんで、先生が金を払うと計算していたのだ。

そして理解できる。そのためには、堀分を殺してもかまわないと考えたことも……。

笑わせる。何が反戦だ。平和主義だ。そのためには人を殺してもいいというのか？　平和を勝ちとるためには戦ってもいい……つまり殺してもいいというのは矛盾だとは、彼等が宣伝ビラで指摘していることではないか？

ＴＨＤの正体見たりだ！　その根本的に誤れる主義主張のために、堀分が殺されたと思うと、腹がたつ。大平先生とはまたどこかでちがった、めちゃくちゃな怒りをぼくは持つ。

当時の二千円という金額を、ちょっと試算してみたのですが、今でしたら一千万をゆうに越し、千二、三百万円にもなるでしょうか……。

やはり、かなりの高額です。

ここで、次の日記に出てくる大崎八幡《はちまん》については、少し説明しておいたほうがいいでしょう。

市の西北部にあるこの八幡神社は、伊達政宗《だてまさむね》公の建立《こんりゅう》になるもので、慶長十二年の完成です。

社殿は今は国宝になっています。

当時は市電はまだこの神社下の道まで通じていませんでしたが、青葉山や作並温泉への寮生行進をする時などに、私もしばしばその大鳥居を仰ぎ見たりしていました。

だが、事件の日までは、中に入ったことはありません。

しかし、境内《けいだい》のようすは、事件に重要なので、その概略を説明しておきましょう。

南端の北四番丁の通り（現在国道四十八号線）から北にあがると、大鳥居があり、そこから急な傾斜の石段となっています。

上りきった所から、杉の古木の並木の参道となって、境内はそれに沿って、細長く本

大崎八幡宮境内略図

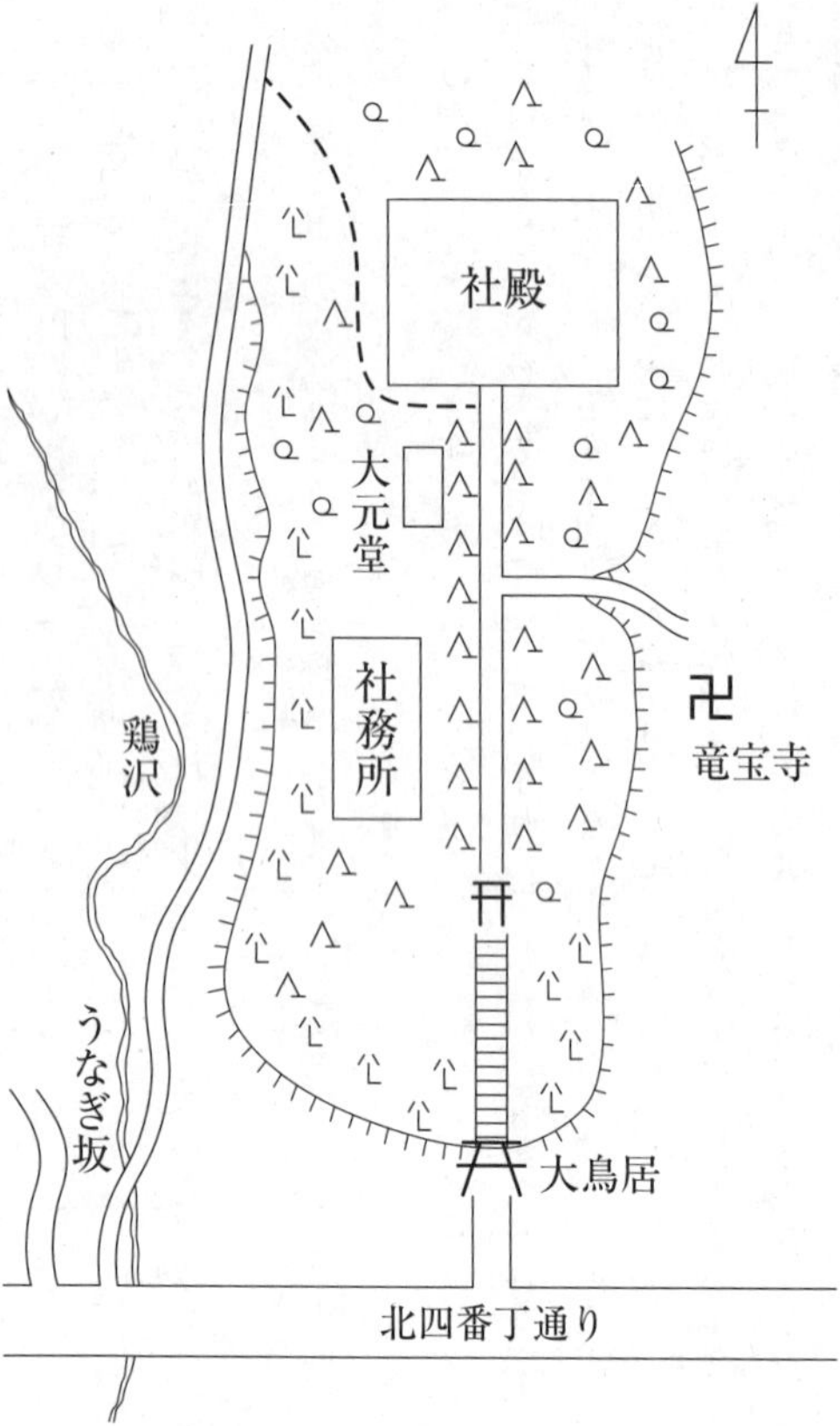

殿にむかってのびています。

東側はややゆるい崖《がけ》となって北にのび、その下は町並になっていますが、西側は杉木立ちの中に雑木をまじえ、下ばえに灌木《かんぼく》や笹《ささ》を茂らせています。

そこに社務所、やや奥の社殿に近いほうに、大元堂といった二十平方メートルにもみたないような小さな御堂《みどう》があります。

西側の方も崖ですが、こっちは切り立ったもので、その下には鶏沢《とりざわ》といわれる、急傾斜の沢が流れ、沢と崖との間に道が走っています。

四番丁通りから来るとすれば、国見峠に行くうなぎ坂のもう一つ手前の、やや狭い道が崖下のその道になります。

道は北にのぼりつめれば、八幡神社の裏手に出ます。

つまり、神社の境内に入る道としては、この社殿西裏側からのものが一つです。それから東側の崖を切り開いて、東から参道の途中に出る道が一つあります。

この道はすぐ隣の別当寺の竜宝寺からあがってくるものです。

残る入口は、初めに説明した北四番丁通りから大鳥居をくぐってくる正面の参道で、つごう三つの入口があると考えてもらえばいいわけです。

その簡単な図を、描いておきましょう。

七月三十日　月曜

深夜、これを書いている。興奮と、不可解の当惑が入りまじった気持ちだ。

ＴＨＤの指示の連絡が来たのは、もう夕方も午後四時をまわった頃《ころ》だった。

しかも連絡の手紙は、八百屋がリヤカーで邸に届けた、野菜の箱に入っていたのだ。厨《くりや》でそれを見つけた照代さんが、旦那《だんな》様の名の字が貼ってある、へんな封筒が入っていたと、怪しみながら書斎に届けたという。

敵は、ぼくたちがこんどは郵便受けにも、注意を払っているのではないかと警戒したのだろう。

事実、きのう、ぼくたちの間で、郵便受けを休みなく交代で監視していようか、という話も出たのだ。もし、ＴＨＤのメンバーの一人が、直接、手紙をほうりこむのなら、それをとっつかまえることもできる。

だが、ともかくも骨だけは無事に取り返したいという先生は、断固として反対された。むりもない。仲間の一人をつかまえられて、組織の連中が激昂したら、骨が破壊や遺棄をされてしまう可能性が濃くなってしまう。

邸に警察の監視がまだ続けられているかどうかは、わからない。だが、もしそうなら、たちまち警察にも事件がしられてしまう。

ますます事態は悪くなる。

そこで、ともかくそれとない様子で、ぼくと高塚さんとが、頻繁《ひんぱん》に郵便受けと邸の建物の間を往復し続けたのだ。

だが、いつまで待っても連絡はこないうちに、午後になってしまった。

ぼくたちはもちろん、いつも平静な先生も、いらだちを隠しきれなくなっていた。

先生は番頭の桑山氏と三隅氏を駈《か》け回らせて、昼少し過ぎには、すでに要求額の二千円の現金も用意されていたのである。先付小切手の額をうんと割り引いて、先方に現金を支払わせたとも聞く。

だからあとはもう、むこうの指示通りに動くだけという、準備態勢にあったのだ。

高塚さんから敵の連絡があったと聞いて、ぼくはすぐ先生の書斎に飛んで行った。

先生の机の上には、次のような連絡文があった。あいかわらず、活字文字の切り繋《つな》ぎである。

〝本日午後十一時大崎八幡宮の大鳥居を出発し　参道を神殿にむかえ　懐中電灯の点滅で

所在を示す　そこに行け　持参人は大平夫人　他の者の代人および同行　境内立ち入りを一切許さず　現金は小型のボストン・バッグに入れて持参のこと　ＴＨＤ〃

先生は化石骨の無事のためには、敵のいうままに行動するほかはないと決意されながらも、さすがにその裏ではいろいろと考えられていたのだ。沈着な声でおっしゃった。

「骨が実物であると確認がとれれば、こちらもすぐ行動に出たい。そのための対策をうとう」

現金を持参せよと指示のあった奥さんもまじえて、ぼくたちはかなりの議論を交わして、相談をまとめた。

奥様は十時四十分頃までに車で、八幡宮下から少しはなれた道に行っておりる。運転手の藤木は、そのあとで神社の西崖下の道をのぼって、社殿裏手に行き、車を目につかない所に隠す。そして裏からの境内入口の見える所に位置をとって、身をひそめて監視する。

ぼくは東側の竜宝寺からの入口を監視できる所に、十時半に行って身をひそめる。

高塚さんもその時間には、石段をあがった鳥居付近の木に隠れ、奥様がくるのを待つ。

そして、十一時にあがって来た奥様をやりすごしてから、敵に気取《けど》られない充分の距離を置いて、あとをつける。

そのほかに、社務所裏にも、いま一人、監視を置くことにした。

境内の入口は、ぼく、高塚さん、藤木の三人で固めて、敵を袋の中の鼠《ねずみ》にする上に、袋の中にもみかたを一人入れておこうという作戦だった。

その助っ人《すけと》として、高塚さんはゴリさんに声をかけようと提案した。

「……須藤は短艇部の中でも、一番腕っぷしの強いやつですから、いざとなれば、きっと役立つと思いますよ。夏休みなのに、故郷《くに》にも帰らず寮でゴロゴロしているはずですから、指導者のぼくが声をかければ、喜んで飛んでくるはずです」

ゴリさんは袋の中に入るという状況のために、十時頃にはもう境内に潜伏《せんぷく》することになった。

しかし、誰《だれ》もが、骨が確実にこちらの手に入ったとわかるまでは、いっさい行動を起こさないことを固く約束した。

もしその前に、境内やその付近で、怪しい者を見たりしても、そのままにしておく。そういうとりきめだった。

一番問題になったのは、どうして化石骨が本物かどうかを確認するかだった。まちがいなくそれを鑑定できるのは、先生か高塚さんしかいない。もし敵がにせものを持って来たら、みすみす大金をとられてしまうだけになる。その点では敵は一方的に有利で、こちらは不利だった。

先生はいった。

「しかし、あんな物のにせをこしらえるとか、石膏《せっこう》で複製するとかいうことを、彼等は考えるだろうか？　実物を持っていたところで、彼等にとっては何の価値もないものだ……」

高塚さんも賛成した。

「ぼくもそう思います。敵が奥様を金の持参人に指定して来たのは、骨と金を交換したとたんに、こちらが力で反攻に出るのを警戒してのことだと思います」

「家内には私と君とで、骨の実物大の図を描いたり、手触《てざわ》りを教えたりしておこう。君も私も、あの骨については、自分の掌《てのひら》以上に良く知っているから、その点は大丈夫だ。美穂、おまえは金を渡す前に、まず骨の方を確かめたいと断固、主張するんだ。できるかな？」

先生の声は、少し不安そうになった。

だが、奥様は毅然《きぜん》としていた。

「だいじょうぶです」

奥様は骨を確認して、交換を終ったら、速《すみ》やかにぼくたちの目に入る所に移って、懐《かい》中《ちゅう》電灯の光を大きく頭の上で振る。

ぼくたちはその合図を見たら、いっせいに飛び出して、敵を入れた袋をちぢめる。ちぢめる方向は、神殿の裏手方面である。

というのは、その位置の関係上、藤木は奥様の光の信号を、どうしても見られないからだった。そこで彼のみは、そのままその場にとどまって、ぼくたちに追いたてられて逃げてくる獲物《えもの》を、待ち伏せようという作戦だった。

高塚さんは、八幡神社の見取図を、かなり詳しく描いた。仙台滞在も長い高塚さんは、何度かそこに行っていたのだ。

(ぼくは何度か、大通りから鳥居を見ただけで、中に入ったことはない)

ぼくたちはその図の上に、皆の潜伏地点や、行動予定線を描《か》き込んで、もう一度検討してみた。

ぼくの体に何ともいえない、わくわくした緊張の戦慄《せんりつ》が走った。戦場の作戦本部の将軍たちや、昔の軍師も、ひょっとしたらこんな気持ちではなかったかとふと感じた。なるほど、戦争がなくならないはずだ。

同時にぼくはまた、この作戦がうまく成功しそうな自信に、わくわくもしていた。

ＴＨＤのような地下組織の連中は、こういう掛け引きには熟達しているかも知れない。だが、こちらには大平先生や高塚さんという、もっと天才的な頭脳があるのだ。きっと敵をおさえるにちがいない。

奥様はすぐにボストン・バッグを買いに町に出た。そしてそこに金を入れ、準備はすぐに整った。

十時十分前、ぼくは邸を出て、二十分には、竜宝寺の方から入る道と、参道のぶつかる少し手前の、太い杉の幹のうしろに隠れた。

微風のある、比較的涼しい夜だった。十二、三夜かと思われる月の光が、その涼味をますます爽《さわ》やかにしていた。

しかし、境内の中は、鬱蒼《うっそう》とした杉木立ちの茂りに覆われて、月の光もおぼろになっていた。

幹のうしろからそっと目を出して、参道の南を見やっても、少し先はもう暗い闇《やみ》のベールにさえぎられてしまっている。

大通りから潜伏地点に来る間も、姿をひそめて待つ間も、人影一つ、見なかった。

社務所の裏手に隠れているはずの、ゴリさんの気配でも感じられないかと、その方にも気をくばってみた。だが、まったく何もわからない。

しかし、堀分とは犬猿の中だったゴリさんが、今はこうして堀分のかかわる事件を手伝っているのかと思うと、何だか皮肉な気がした。実のところ、どこかすっきりしない気持ちがしないでもなかったが……。

ぼくの腕時計の文字盤は、蛍光塗料の塗られた最新のものだ。月の光で良く読めた。それに何度目を落したことか……。

十一時になると、ぼくは参道のむこうの闇に、必死に目をこらした。

二分くらいたったろうか。その中から、奥様の何か白めの着物の色が、しだいに形を集めながら現われた。

高塚さんはよほど巧みに、身をひそめながら尾行しているにちがいない。まるでその気配は感じられなかった。

奥様の手に持つ、ラグビー・ボールくらいの大きさのボストン・バッグが、ぼくの目にもおぼろにわかった。ぼくとの距離は三十米《メートル》という所だったろうか。

奥様の足がちょっと停《と》まった。左手先の大元堂の建物の方を、見ているようすだった。奥様はやや速度をはやめ、そこにむかって歩き出した。

あとから聞いたのだが、奥様はその時、大元堂の北角の所で、懐中電灯の点滅の合図を見たのだ。

しかし、奥様とはかなり距離をとり、東側の杉並木の幹のうしろを拾って潜行していた高塚さんは、それは見なかったという。

奥様の姿が速足に参道をはずれ、大元堂のうしろに隠れた。

ぼくは飛び出したい思いを必死にこらえた。深夜の暗さと静寂とが、今更のようにどっと八方から包みかけてくる、長くて短かい時間だった。

実際には時間は二分を切れていたというところか……。

その間に大元堂の裏手の木立ちの中に入った奥様は、犯人と対面していた。といっても、当然、犯人はふろしきのようなもので、顔を完全に隠していた。詰襟の霜ふりの学生服のような物を着て、頭にはつばのおそろしく広い、麦藁帽《むぎわら》をかぶっていたともいう。

取り引きは、ひどく簡単にすんだ。

あるいは敵も、あらかじめ、そのあたりのことは計算していたのかも知れない。

奥様のまず骨の方をあらためたいという発言に、黙って手にした新聞紙を差し出した。

奥様はボストン・バッグの持ち手を腕に通したまま、いそいで新聞紙を開く。懐中電灯で見る。指で軽く触ってみる。

先生や高塚さんから教わった化石骨に、まちがいないように思えた。

そこで奥さんは腕から、ボストン・バッグをはずして、相手に渡した。

このあとのタイミングは、ぼくたちにとって、もっともむずかしいところであった。敵はバッグの中をあらためるのか? そうしないか? どちらの方向に逃げるのか? 予測はつかなかった。

ぼくたちはいろいろの仮定を設けて、その時の処置法をきめ、奥様に教えた。敵は中をあらためることなしに、ただちに逃走するという方法をとった。

その時は、すぐに奥様は、ぼくや高塚さんの見える所まで走り出て来て、懐中電灯の信号を送ることになっていた。

奥様はそのとおりに行動した。

ぼくは合図を見るやいなや、走る塊《かたま》りとなって飛び出した。力があまりすぎて、地上に露出している杉の根らしいものに靴先をひっかけた。危《あや》うく前のめりに転びそうになった。

体を泳がすようにしてつんのめりながらも、ぼくは突進した。奥様の目の前に行ってから、ようやく体の平衡《へいこう》をとりなおしたようなものだ。

「どこです!? 奴《やつ》は!?」

ぼくは叫んだ。

奥さんはぼくの剣幕に、ややたじろいだようすだった。それから身をよじって、うしろをふりかえった。

「あっちです」

「それが……いそいで、ここに飛び出して来たので……良く見ていなかったのですが、あっちのほうに!?」

「どっちのほうに……」

奥様は南の、社務所の裏の方を指さした。

そのほうにむかって走り出そうとした時、ようやく土を叩《たた》く足音がして、高塚さんが現われた。

「奥さん、骨は……?」

「これです」

奥様は手にしたものを、さし出した。

ぼくと高塚さんとでは、一番気にかかるものは違うようだった。

ぼくはともかくも、敵をつかまえることだった。彼は堀分殺害の犯人かも知れないのだ。

だが、高塚さんにとっては、骨がほんとうに手にもどったかを確かめることが、第一だったらしい。

ぼくはちょっといらだった。

「高塚さん、すぐつかまえなければ!」

ぼくは叫んで、下ばえの笹を蹴散《けち》らして、走り始めた。

「奥さん、大丈夫！　本物です！」

高塚さんの声をうしろで聞き、社務所の黒い建物の裏にむかいながら、ぼくはゴリさんの現われるタイミングの遅いのを、ちょっと怪しんだ。

だが、その時、その方向から、人影が走り出て来た。

「須藤さんですか!?」

ぼくは呼んだ。

「おう、おれだ！」

紛れもなく、ゴリさんの声だった。

「そっちに、犯人は……!?」

「いや、来ないぞ！」

うしろから駈け寄ってくる足音がして、高塚さんの声がいった。

「ほんとうか!?」

ぼくたちはいっせいに速度をゆるめた。高塚さんがいった。

「それじゃあ、社殿の裏の方向しか……奥さんの見まちがいかも知れない！　よしっ、君たちは裏手の方にむかって追い詰めろ！　ぼくは念のために、鳥居の方を調べに行くっ！」

ぼくは北に方向を転じて、ゴリさんといっしょに走った。

走りながら、ぼくには不吉な予感が走った。すぐにそれはほんとうになった。

社殿の横を走り抜けて、裏に出たとたん、のっそりとこちらにむかって立っている、藤木運転手の影を見たのだ。

それにむかって、ぼくは叫んだ。

「藤木さんですか!?　誰か来ましたか!?」

「いや、誰も……」

棒立ちとなったぼくは、瞬間、呆然《ぼうぜん》として、次の行動を失った。

「ほんとですか!?」

「ほんとだ。ネズミ一匹、通らなかった」

「藤木さん、そこにそのままいてください！　須藤さん、もどってみましょう！」

ぼくは再び南に転じた。

奥様は手に、骨を包んだ新聞紙を持ったまま、大元堂と参道の間に立っていた。

「奥様、犯人はほんとうに、あっちの方に走ったのですか!?」

ぼくは息を切らせながらたずねた。

「いいえ、さっきもいったように、確かではありません。バッグを手にした犯人がうしろむきになるなり、私も背をむけて、こっちの方に行こうとしたのですから。ただ、笹をわけて行く音が、社務所の方にむかって行くような……そんな感じがしたのです」

「だが、そうだとしたら、須藤さんが見逃がすはずは……」

ゴリさんはうなずいた。

「……ありません。ぼくは社殿の角のかげで、がっちりその方向を見ていたのです。木にじゃまされている上に、この暗さだったので、奥様や犯人の姿はまったく見えませんでしたが、犯人がこっちにむかってくりゃあ、絶対、つかまえたはずです」

「ぼくの声は聞こえました!?」

「ああ、遠くで聞こえた。ああ、終ったな。よしっ、犯人がこっちにくりゃあ、飛び出して行ってつかまえるよりは、待ち伏せて行って不意をつくほうがいいと、そのまま目をこらして立っていたのだ。だが、何の気配もない。とすると、奴は裏の方に逃げたなと思って、歩き出したんだ。すると、むこうから人影が走って来た。瞬間は、犯人かと思ったんだが、金谷の声がかかったのでそれとわかった」

高塚さんが、闇の中にひたひたと足音をさせてもどって来た。

「石段の下まで行ってみたがいない。当然といえば当然なのだが……。犯人が参道の方にまわって逃げたとしたら、ぼくか金谷君が必ず見てるはずだし、社務所の裏手の方は、須藤君、君がいた……」高塚さんはちょっと言葉を切ってから、ゆっくりといった。「……とすれば、考えられることは、犯人は西側の崖をおりたということだけだ。しかし……いや、ともかく、そっちの方を調べてみよう」

ぼくたちは、西側の崖縁に走った。それぞれに手にした懐中電灯の光を、下に投げかける。

崖は二十米近くあったろうか。ほとんど垂直に切り立っていた。蔓草《つるくさ》の跋扈《ばっこ》するところどころに、ひっかかるようにして木がはえていた。風雨で崩壊が続いているのだろう。根が露出しているものも多かった。

崖下には、北四番丁通りから神社裏にあがる道が走っていた。藤木運転手が、奥様をおろしてから、車であがって来た道である。

ぼくたちは南から北に、崖縁沿いに、かなり注意深く見てまわった。

ところどころ、やや傾斜がゆるい所もあった。だが、やはり犯人が上り下りすることは、とても不可能にも思えた。

そのうち、藤木運転手がたたずんでいるのが見える所まで来てしまった。

高塚さんが声をかけた。

「おい、やはり誰も見ませんでしたか？」

「ああ、誰も」

「もういいです。こっちに来てください」

まだ崖の下に光を投げていたゴリさんが、うまくもない冗談をいった。

「ここの崖から逃げたとしたら、犯人は黄金バットだ」

高塚さんが答えた。

「ロープでのあがりさがりなら、できないこともない。しかし、もしそうなら、この状況だと、ロープは残っているはずだ。注意してみたつもりだが、そんなものはなかった。第一、土が崩れたり、蔓草の乱れたあともない……」

ぼくたちの包囲の網に、隙間《すきま》があったとは思えない。とすると、犯人はその中から蒸発したように、消えてしまったことになる。

ぼくたちは念のために、もう一度、崖縁から笹の茂み、木の下と、かなり注意深く調べた。

たった一つだけ、犯人の逃走経路を物語っているような物が見つかった。縁の広い麦藁帽だった。くしゃくしゃに折れ曲り、かなり泥に汚れていた。

奥様は犯人がかぶっていたのは、確かにこれに似た物だったといった。

だが、落ちていた場所が奇妙だった。大元堂と社務所の中間の、杉の木の下だったのだ。

その位置だと、ゴリさんの目に入らないはずがない所だ。

「須勝、おまえ、よく居眠りをする癖があるが、まさか、やってたんじゃないだろうな?」

「とんでもない!」

ゴリさんはむきになって否定した。だが、その帽子も、犯人がどのような方法で逃げたかを説明する、手掛りにはなりそうもなかった。

ぼくたちは崖の下の道にまわって、そこも調べた。しかし、やはり手掛りは何もなかった。

〝どこから犯人は逃走した?
ああ、いく年もいく年もまへから、
ここに倒れた椅子がある、
ここに凶器がある。……〟

(〝干からびた犯罪〟より)


また、堀分の好きだった、萩原朔太郎の詩の一節である。

だが、この事件では、あった物は、麦藁帽子だけである。それもはたして犯人の物かは判然としない。

ぼくたちは、呆然とした思いで神社を去るほかはなかった。

七月三十一日　火曜

松源寺淵《ふち》の水泳から帰ってくると、秋津刑事が待っていた。離れの縁側に坐《すわ》って、扇子を使っているそのようすには、いらだちがあった。

ぼくの顔を見るなり、かけて来た声にも、いつもにもない刺《とげ》があった。

「金谷君、いったい、きのう、ここで何があったというのだね？　どうして、ぼくにしらせてくれなかったのだね？」

ぼくは返事に詰まった。きのうの夜のことは、秋津刑事に伝えるかどうかについては、まったく相談をしていなかったのである。

ともかくぼくたちも、それから先生も、呆然とした思いで、そんなことまでは、考えがまわらなかったのだ。

「……この邸は、いまだに特高の連中が見張っているのだ。その話によると、おとといの宵《よい》の口から、いつも静かなこの邸の人の出入りが、急にあわただしくなったというじゃないか。研究所事務所の三隅氏や、君につれられた番頭の桑山氏が訪れたり、また出て行ったりした。この二人は、翌日のきのうになると、もっと頻繁《ひんぱん》に邸に出入りしたたし、その他にも高塚君や君も何か急用がありげに出入りしたという。そして、そのまま君たちは出づっぱりになって、おまけに奥さんまでが十時を過ぎてから、車で出かけたという。何があったか、小竹刑事も当惑している。そして、中をさぐるのなら、おまえしかいないと、ぼくにお鉢がまわって来たのだ。さあ、何があったのだ？　警察にも……それもこのぼくにも、秘密にしたいことがあったというのかね？」

ぼくのやることは一つしかなかった。先生の書斎に飛んで行って、指示を求めたのだ。

先生はすっかりもとの落ち着きをとりもどされていた。

「そうだったな。それを忘れていた。秋津刑事なら、すべてを話したまえ。骨はとりもどせたが、堀分君の事件のほうは、みごとに棒にふってしまった。その点で、私も内心忸怩《じくじ》たるものがある。すべてを話して、秋津刑事の捜査の助けになるのなら、そうしたい……」

ぼくは離れにもどって、事件の経過をこまかく話した。

話を聞き終った刑事の顔には、くやしげな色がありありと浮かんでいた。

「私にだけは……そっとしらせてくれればよかったのだ！　そうであったら、あるいはきのうはその場で、事は解決したかも知れない……」刑事は急に、少し暗い顔になった。

「……先生は、それほど、私を信用してくれていないのだろうか？」

急にぼくは秋津刑事を、なぐさめる立ち場になってしまった。

「いや、そうではないのです。ともかく先生には、あの骨を取り返すことが重要だったのです。先生には、あれがどんなに価値あるものだったか……それは秋津さんだって良く知っているはずではありませんか？」

ようやく刑事も気を取りなおしたようだった。

「わかった。ともかく八幡神社に行って、その時の状況を、もう一度詳しく教えてくれないか？」

わずかの夕暮の気配にも、蜩《ひぐらし》は敏感らしい。神社の境内では、すでに何ヵ所かで、澄んで高い声を奏《かな》で始めていた。

そしてぼくの案内での実地検分が終る頃には、その声は果敢な大合唱となって、姦《かしま》しいくらいになっていた。

秋津刑事は杉の古木の切株に、腰をおろした。立枯れか倒木で、始末されたものらしい。

煙草《たばこ》に火を点《つ》ける。

「いや、ありがとう。だいたいのことはわかった。すると、君たちはお互いには、姿を見ることはなかったのだね。奥さんの懐中電灯の合図があるまでは……？」

「ええ……いや、必ずしもそうではありません。ぼくの方はだめでしたが、高塚さんの方は、奥様のあとをついてくる時、ぼくが隠れているのを、一度、ちらりと見たといっていました」

「須藤君は？」

「ゴリ……いや、須藤さんは、奥さんが犯人と取り引きをしている頃、大元堂の裏手に人の気配を見た……というより、何か感じたような気がしたとはいっていました。何しろ暗がりですし、木がたくさんはえているので、見通しはほとんどきかなかったのです」

「すると、奥さんの懐中電灯の合図も見なかったのだね？」

「ええ、そうだそうです」

「藤木運転手は位置からすると、何も見なかったんだろうな？」

「ええ、まるで何も気づかなかったと……。秋津さん、何か考えがありますか？」

「いや、まだまとまらないが、確かに犯人の脱出方法は、あざやかすぎる感じだな。そこで、君にひとつききたいのだが、犯人はほんとうにＴＨＤの連中だと思うかい？」

「ちがうというのですか？」

「ちがう……というより、もしＴＨＤだとしても、これにはもっと深い裏があると思わないかね？」

「よくわかりませんが……」

「つまり君たちの手の内を知っている誰かがいないと、こううまく事は運べないように思うのだ。ともかくこうなったら、事件にかかわりあると思われる人物は、かたっぱしから、根気よく洗ってみることにするよ」

「かたっぱしからというと……例えば？」

刑事は、さすがのぼくも思ってもいない、とんでもない人物をあげた。

「例えば、大平先生が邸を売却したという相手の人間だ。君は誰か知っているのか？」

「いや、知りませんが……。しかし、またどうして？」

「大平先生はやむをえず、小切手の額面をうんと割り引いて、現金を都合したというんだろう？　これだけでもむこうは大得《おおどく》だ。その上に、渡した現金の二千円までまたもどってくる……」

玻璃《はり》を着た探偵は、まったくとんでもないことをいい出す。

ぼくが黙っていると、刑事は話を続けた。

「どうもこの事件では、犯人の動機は意外に大きく見えているようで見えていないというのか……そんな感じがしてならない。ともかくこの足で、事務所の三隅氏の所にも、話をききに行くつもりだ」

秋津刑事はズボンのうしろを手で叩いて、立ち上がった。

八月二日　木曜

昼過ぎ、いつものように松源寺淵でひと泳ぎして、脱いだ服のある岩の上にもどってくると、あの小竹刑事が坐って待っていた。

あいかわらずの馴《な》れ馴れしいようでいて、そのくせ人を嘲笑《ちょうしょう》的に威圧してかかる態度である。

骨の盗難の話をしらされなかったのを、かなり不愉快に思っているようすだった。

「……ともかく、これからは、何でもしらせてくれ。八幡神社の件だって、もし私たちが知っていたら、うまく処理していたにちがいない。秋津君にも秘密にしていたそうじゃないか?」

「秋津さんから話をきいたのですか?」

「ああ、詳しくきいた。そして私たちの間に協調が成立した。ともかく二千円もの運動資金がTHDに入ったとしたら、これはゆゆしい問題だからな」

どうやら特高刑事の彼には、そんなところが本音《ほんね》なのだ。

ぼくは感情を隠さなかった。

「そんなことは、ぼくに関係ありません」

「ところがあるいは関係あるかも知れないのだ。きのう、秋津君ともゆっくり話し合ったのだが、どうやら彼は君たちの方に、内通者がいるのではないかという疑いを持っている。そうでなければ、犯人があんなにうまく君たちの包囲の中から逃走するわけにはいかない。この考えは大平邸にＴＨＤのメンバーがまだいるのではないかという、私の見込みと一致する所がある」

「ＴＨＤがいるなんて、刑事さんの思い込みではありませんか？」

「思い込みかどうか、一つ今後、邸の人間の行動をなるべく注意して、観察してみてくれないか？　きっとおやと思うことに突き当るはずだ。このひと夏中、君が大平邸に滞在するようになったのは、その点もっけのさいわいだった」

「つまりぼくに、スパイになれというのですか？」

「君は堀分君を殺して、骨を盗んだという犯人を、つかまえたくないのか？」

「それは……」

「だったら、協力してくれるのが、当然じゃないか？」

「それでも、あなたの手先になるのはいやです」

刑事は大きく溜息《ためいき》をついた。

「何か……君はあのブルジョア刑事に、うまくまるめこまれているのではないか？」

「ブルジョア刑事って……秋津さんのことですか？」

「そんなところだが……。ともかく注意観察を怠らずに、なるべく細大漏らさず、あったことを秋津君に報告してくれたまえ。ともかく八幡神社の取り引きのようなことは、もうお断りだ」

小竹刑事は立ち去った。

八月五日　日曜

小竹刑事は、邸の動きを良く注意観察していろといった。しかし、八幡神社の事件以来、邸内は、ひどく平穏である。ひたすらに、けだるく暑い、夏の毎日が流れている。

先生は、きのうから、定例の東京行きで不在。

秋津刑事はあれ以後、まるで姿を現わさない。ということは、捜査はさっぱり進展を見せないのだろう。

二千円脅迫の犯人は、邸の買い手などという仮定は、やはりいささか飛躍しすぎたものだったにちがいない。

八月九日　木曜
大平先生、きのう、帰仙。

東京の大学の先生を二人、同行。

先生の一人は、鳴瀬正蔵博士といって、有名な歴史学者で、東京帝大の名誉教授だそうだ。

いま一人は早川一《はじめ》という、考古学界の著名学者で五十年配の人。

二人とも初めて聞く名。ぼくはどうもその方面は、詳しくないのだ。

夕刻から、奥の風通しのいい十六畳の座敷で宴会。高塚さんも出席。

どうやら研究所の実質上の長《ちょう》となる高塚さんを、二人の教授に引き合わせるのが目的だったらしい。

郁子さんのお母さんが、昼前から来邸。宴会の調理の監督をした。郁子さんもいっしょ。

そういえば、今日は木曜で、そのころ郁子さんの店は定休日になっていた。きっとそれに合わせて、客を招待したのだろう。

来客以来、奥様はまたいつもとは違った美しさになっている。生き生きとした、親しみ深い女らしさというのか。

気位《きぐらい》高く、冷たいようでいて、だが、神経の良く行き届く人……それがふつうの時の奥様の印象だ。

だが、今度のお客さんに接する時の奥様の態度は違っている。

気品の良さは崩さない。しかし、人の気をそらさない快活な活動性……とでもいうのだろうか。そういう物に溢《あふ》れているのだ。

ぼくは奥さんの中に、女性にしか持てない柔軟性を発見した気がする。

ぼくは郁子さんにそのことをいった。宴会が終りかけ、しばらくの暇ができて、郁子さんがぼくの部屋に休みに来た時のことだ。

「奥さんの利発さには、私たちはとても太刀《たち》打ちできないわ……」郁子さんも認めた。

「……生まれ落ちた環境とか、幼い頃に受けた教育というのは、一生、抜け落ちないものね。私なんかは、その意味で不幸な巡り合わせかも知れないわ」

「どういう意味だい？」

「つまり、私はすね者で、人と妥協性がなくて、頑固という意味」

また郁子さんらしく、少し飛躍があった。しかし、何となくぼんやりと、その意味がつかめないでもなかった。

考えてみれば、ぼくは郁子さんの生い立ちがどんなものだったのか、まるで知らないのだ。父親が生きているのか死んでいるのかも、どうしてああいう店を持つようになったのかも、まるで無知識だ。

ぼくはちょっとそれをきいてみたい衝動にも駆《か》られた。だが、やめた。

今の郁子さんが、ここでこうして存在すること……それだけでいいと思ったからだ。

八月十二日　日曜

書庫の雑書の整理の方はほぼかたがついた。

次は専門書ということなのだが、ちょっと停滞状態である。

先生が少し、体調を崩されたのだ。東京行きのあと、お客さんの接待が続いて、その上この暑さである。むりもない。

だが、専門学術書の整理となると、先生の立ち合いがないとどうにもならない。高塚さんにかわってやってもらえばいいのだが、その高塚さんも先生の用で大阪に行ってしまっている。

おかげで……といっては申し訳ないが、のうのうと泳ぎを楽しみ、有島武郎全集を耽読《たんどく》している。

この作家は好きなので、ずいぶん読んでいた。しかし書庫にある全集を見ると、まだたくさん読んでいないものがあったのだ。

八月十九日　日曜

郁子さんの奇矯《ききょう》さには、謎《なぞ》めいた何かがあることは、前から感じていた。

だが、きょうはますますそれを感じた。

泳ぎから帰ってから、風通しのいい廊下の籐《とう》椅子に寝そべって、小説を読んでいるうちに、ついとろとろとしてしまった。

耳元で声がしたので、慌てて目を開くと、郁子さんがすでに廊下にあがって立っていた。びっしりと玉の汗をかいて、目をきらきらと光らせている。

愛宕《あたご》橋の方の家に用があって来たのだが、帰り道の途中で、あまり暑くてたまらないので寄ったのだという。

いかにも暑そうなので、裏庭の井戸に行って、冷えた麦茶を持って来てあげようというと、いっしょに行くという。

邸の北裏手にある掘り抜きの井戸の縁には、何本もの紐《ひも》が井戸の水の中におろされている。色々の物を冷やすためだ。ネットに包まれた西瓜《すいか》類、さまざまの金属容器に入った麦茶、水菓子、水ようかん……といったものである。紐の端に色の布がしばりつけてあって、下に何がぶらさげられてあるか見分けられる。

邸での滞在も長くなったので、ぼくもその区別ができるようになっていた。

部屋から持って来たコップに、引き上げた麦茶を入れて井戸端で飲んでいると、照代さんが現われた。

「郁子さんでござりすたか。いつ、来たですかい？」

「お昼になってすぐよ。それからずっと金谷さん所でしゃべってたの」

ぼくは当惑した。部屋に帰る道できいた。

「なぜ、あんなことをいったのだい？　昼頃から来ているなんて？」

郁子さんはけろりとして答えた。

「アリバイ作りよ。おねがい。そうしておいて」

「つまり、昼からずっとぼくといっしょにいたとかい？」

「そうよ」

郁子さんのわがままで押さえつけてくるような態度に、いつもぼくは負けてしまう。

とうとうぼくはそれ以上きくのをやめてしまった。

郁子さんは一時間ばかりいてから帰った。

八月二十日　月曜

秋津刑事が久しぶりに現われた。あいかわらず夏服を、ダンディーに着込んで、あまり暑くもなさそうな顔をしている。

だが、この玻璃を着た探偵は、それだけに少し空想的すぎるところがあるのかも知れない。とんでもないことをいい出した。

刑事は初めは、これまでの二十日にわたる捜査に、ほとんど実りのなかったことを告げた。

「あの邸の買い手を疑ってみてもいいという話もですか?」

「ああ、まず考えられそうもないようだ。買い主は南町通にある外川商店という、大きな食料品製造、販売、輸入を扱っている会社の社長の、外川晴三という人だった」

「知ってます。三階か四階建ての店で、舶来品の食料をたくさん売っている……」

「大平先生は必ずしも、番頭のいうようなへたな商売はしていないらしい。目いっぱいの値段で邸を売っているし、三分の二は即金で受け取っている。といっても、それはほとんど研究所の名義になっているらしいが……。それはともかく、外川氏は仙台でも指折りの豪商だ。二千円などという金は、問題じゃない。そんな人物が、人殺しまでして骨を盗んだり、八幡神社での危険な取り引きをするなどとは、とても考えられない。第一、そんな豪商が、THDとか原人の骨とかに、知識やかかわりあいがあるとは思われない。すぐに私はその仮定は捨てて、まだたくさん持っていた仮定を一つ一つ洗い始めることに専念したのだが……」

「そういえば、この前、小竹刑事がぼくに声をかけて来ました。邸の中の動きを注意して観察して報告してくれと……」

「そうか。彼もまた熱心に捜査を進めているらしいな」

「秋津さんとも話し合いができたと……」

「といっても、彼の目的とするのは、危険思想分子の取り締まりだ。堀分君殺害犯人の逮捕じゃない。第一、堀分君が殺害されたとは、まだ認めていない……」

「そうだと思いました」

「話し合いといっても、まあ、私がこうして大手をふってこの邸に入って来ることができるようになったというくらいだ。邸の内部の動きまで追及できない彼等にとっては、中に入り込むことができる私は、好都合の存在だからな。ともかく長い監視で何の成果もあがらない彼等は、だいぶいらだっている。きのうの昼には、澱町《よどみまち》のキリスト教会を一斉手入れして、ＴＨＤのメンバーと思われる牧師を初めとする数人を検束している」

「牧師がＴＨＤだというのですか!?」

「キリスト教精神の底には、平和主義から発する反戦論……というよりは非戦論の思想が流れているんだよ。ともかく日曜祈禱《きとう》で信者が集まることをカモフラージュに、そのあとTHDの集会を開いても怪しまれない。小竹君、さっそく化石骨の盗難や、奪った二千円の行方を、締め上げているらしいが、今のところ、何も出てこないらしい」

「あの人は偏見と独断でかたまったおばけですよ。秋津さんのことを、ブルジョア刑事だと、特高のくせに、まるでプロレタリアートみたいなことをいっていました」

秋津刑事はにやりとした。

「面とむかっても、そうからかわれるんだ。まあ、私のおやじは金持ちとはいえないが、貧乏ではない。いや、それはともかく、その小竹刑事のように、偏見や先入観で事件を考えたくはない。そういうことで、ついうっかり誰かを見逃がしていなかったか、盲点というような人間はいなかったか、もう一度、かたっぱしから検討してみた。そして気がついた。たった一人だけいたよ」

「誰です?」

「大平先生の奥さんだ」

ぼくは息をのんでから、刑事の言葉を確認した。

「奥様!?　奥様が犯人だというのですか!?」

「だから、かたっぱしから疑ってかかるという仮定に立ってだ。探偵をやっていると人間が悪くなるよ」

「しかし、奥様がなぜ堀分を殺さねばならなかったというのです!? なぜそんなにまでして、骨を盗まなければならなかったのです!? 第一、骨を盗むというなら、何も堀分に睡眠薬をのませなくたって、奥様にはいくらでも機会はあったはずです」

「まだ仮定だからな。一つ一つをこまかく検討しているわけではない。だが、堀分君と奥さんは同郷で、知り合いだった。これはあるいは重要な事実かも知れない」

「どんなふうに……？」

「今の所、堀分君は誤って睡眠薬をのまされて、殺されたのではないかということになっている。だが、犯人は初めから意図的に堀分君に睡眠薬をのませて、殺そうとしたのではないかということだって考えられる」

「つまり、犯人は堀分の特異体質を知っていた……というのですか？」

「そうだ。としたら、堀分君と同郷の知り合いだった奥さんなら、その可能性もありうる」

「…………」

あっけにとられて沈黙したぼくに、刑事は話し続けた。

「さっき、君は奥さんに堀分を殺す動機など考えられないといったが、同郷の知り合いの仲なら、実際には何か隠れた事実があっても、少しもおかしくない」

「例えば……？」

「堀分が奥さんの秘密を何か握っていたというようなことだ。奥さんの若い頃とか、生い立ちとか、実家の秘密とか……」

「実家というと、奥様が行った養女先のという意味ですか？」

「養女先と生家のどちらでもいいが、秘密とかスキャンダル……そう、そういえば、奥様の実の弟とかいうのが不良で、厄介者だとか……そんな話があったな」

「しかし、そんなことはすでに人に知られていることで、今さらどうということもないように思いますが……」

「何かほかに、そういったものはなかったのだろうか？　ともかくそういう何かの弱みを握られていたことから、奥様は堀分君の保証人や学資援助を、大平先生に依頼したとも考えられる……」

なるほど秋津刑事は、人間が悪くなっている。

「さあ、そこまでいわれると、ぼくには何とも答えられなくなります。それほどまで、堀分の故郷《くに》のことは、ぼくは詳しくはないのです」

「ともかく、あすにでも、私は郡山に行って少し調べてみよう。いささか溺《おぼ》れる者は藁をもつかむ感じはあるがね」

溺れる者の藁にしても、それが奥様だというのはひどすぎる感じだ。

「ともかく、これは君にだけ打ち明ける、一つの仮説だから、誰にもいわないで欲しい」

刑事は最後に念を押した。


反戦運動で逮捕されたＴＨＤの中に、キリスト教牧師がいたと、日記の中で、私は当惑しています。しかし当時の私は、それくらいの知識しかなかったのです。

すでに日清《にっしん》戦争の当時から、北村透谷《きたむらとうこく》とか、木下尚江《きのしたなおえ》とかが、人道主義から発するキリスト教的平和反戦思想を唱えていたことは、ずっと後年になって知ったことです。

続いて内村鑑三《うちむらかんぞう》が戦争廃止論から、良心的兵役拒否を主張したりします。しかし、のしかかる強大な国家権力の下では、組織の防衛のために、キリスト教徒の反戦も、消極的な非戦論へと後退します。そしてついには、戦争協力へと態度を転換していくのです。

残った極《ご》く少数の反戦ないし非戦論の諸派キリスト教徒たちも、治安維持法や不敬罪として、次々と逮捕されます。昭和十四年の灯台社事件もその弾圧の一つです。

日記にもあるとおり、当時、私は有島武郎をずいぶんと熟読していました。

しかし、この作者が内村鑑三の影響下にある熱烈なクリスチャンで、やはり人道主義的立場から、社会主義思想や、あるいは反戦思想にかたむいていたというような、深い知識はありませんでした。

当時の私は、小説の筋の面白さや、その場、その場の感激に溺れていたというところでしょうか。

未熟だったとは思いますが、今になれば、そういう読みかたができたのも、またしあわせだったと思います。

有島武郎はすでにその頃には死亡していました。

大正十二年、愛人波多野秋子とともに軽井沢の別荘で、情死をとげていたのです。

八月二十一日　火曜

先生の体調も、だいぶ回復されたので、きょうからは、専門学術関係の本や資料の整理が本格的に始まった。

午後四時頃から、夕食の七時の間は、先生も高塚さんも書庫に現われて、今までにない活況だった。

だが、まだ先生は完全に体調をとりもどしていないらしい。夕食後からは、疲れたからあとは君たちにまかすといわれて、書庫には出て来られなかった。

八月二十三日　木曜

さすがに夏もくたびれて来た感じがする。

赤蜻蛉《とんぼ》の飛翔《ひしょう》が、広瀬川周辺にも目立つようになった。

きのう、はげしい夕立ちがあったせいもあって、川の水も冷たくなった。日課の水泳に行ったが、いささか体の芯《しん》まで冷えてくる感じだった。そこで岩の上にあがって、甲羅干《こうらぼ》しをする。

鼻先の、脱いだ衣服の上に、茶褐色の挵蝶《せせりちょう》がとまる。触角をくるくるやっているその蝶のようすを目をこらして見ていると、頭の上から声が降り落ちて来た。秋津刑事だった。

郡山に調査に行って来た話だろう。その冴《さ》えないようすを見ただけで、その結果はわかった。

「この前の仮説は、やはり仮説にすぎないようだった……」刑事は岩に坐って、煙草の箱から、ゲルベゾルテを一本取り出しながらいった。「……堀分君のお母さんに会ってきいたが、彼の特異体質を知っている者がほかにいるとは、やはり考えられないというのだ。堀分君のお父さんは独特の規律を持った医者だったらしい。たとえ自分の息子でも、患者の秘密は秘密というので、人にはいっさいいわなかったらしい。堀分君に、医者に投薬をしてもらったり、売薬を買ってのんだりする時には、自分で良く注意しろと教えていただけだというのだ」

「奥様が……何か堀分に困った秘密とかスキャンダルを握られていたという仮定は……どうでした?」

「これも、まったく根拠がなさそうだ。スキャンダルといえば、奥様の生家の江田家に、この前、話に出た三歳ばかり年下の悦夫という弟がいて、たいへん素行が悪いというくらいだった。だが、これは近在一帯のたいていの人が知っていることで、今更知られても困るというようなものではなさそうだ。その弟というのは、学生時代から、詐欺まがいの色々の事件を起こしたりして、あまり家にも寄りつかない不良だったそうだ。だが、暴力沙汰《ざた》や警察沙汰になったことはない。成人してからもあまり郡山にはいず、二年に一度とか三年に一度とか、時々顔を見せるだけで、そんな時は都会のけばけばしい女を連れて帰ることもよくあったそうだ。今も郡山にはいなかった……」

「そんな男が、あの奥様の弟とは信じられないことですね」

「話を詳しく聞くと、弟はそんなに本質的には、悪い男でなかったように思える。だが、気が小さいというのか、弱いというのか……しかし、それで人に抜きん出ようという気持ちだけは、人並にあったために、姑息《こそく》に小才をきかせて、つい悪いことをするといった、そんな人間だったらしい。奥さんは八歳の時に、平野家に養女に入っているので、ふつうの姉と弟のような、深い交流はなかったらしい。しかし、弟のことはいろいろ心配はしていたようだ。良く弟の面倒を見ていたと、あっちでも奥さんの評判はいい」

「それではスキャンダルとか、秘密とかにはなりませんね」

「何かまだ他にそういったものはないかと、私はかなり話を聞きまわった。特に奥さんをあまり良くいわないような人間からは、何か意外な事実は聞き出せないかと思った。悪口というのは、脚色は大きいが、遠慮がないだけに、案外、真実を突いていることがあるからね」

「奥様を悪くいう人もいるのですか？」

「いる。けっきょくは、貧乏人から金持ちのお嬢さんになった人間への、やっかみにすぎないのだが、小さい頃から人の目の色を読んで器用に立ち回る女の子だったとか、巧みにとりすましているが、あれは上手な芝居で、根は貧乏万屋《よろずや》の娘だとか……。だが、悪口にすぎないだけで、それ以上は何も出てこなかった。堀分君の家と奥さんとの関係を調べてみた。しかし、堀分君の死んだおやじさんが、平野家の主治医で、かなり親しくしていたという以外には何もない……」

「小竹刑事がつかまえたという教会の牧師たちの方は、どうなりました？」

「ずいぶん締め上げたようだが、けっきょく何も出てこなかったらしい。THDであることは認めたというが、これもどこまでほんとうなのか。あそこは取り調べがきびしいからね」

秋津刑事の『きびしい』という言葉が、何を意味しているか、ぼくにはわかる気がした。いやな気持ちだった。

「つまり、捜査は暗礁《あんしょう》に乗り上げたというわけですか?」

「そう認めざるをえない」

刑事はそういうと、岩の上で煙草をもう一本吸って、去って行った。心なしかその後姿の肩が落ちているようだった。

〝流れてやまぬ〟

九月五日　水曜

第二学期の授業が始まる。

大平先生が体調を崩されたことや、八幡《はちまん》神社の事件のようなこともあって、書庫の整理はとうとう休暇中には終らなかった。

そこで以後も、土曜の夜には先生の邸《やしき》に泊って、整理を続けることになる。

夏休みで散らばっていた寮生にも、ぼく自身も含めて、それぞれにいろいろの事件や体験があったようだ。

命を散らした者さえいる。三年生の三木さんだ。白馬岳で遭難したのである。

堀分がぼくたちの前から姿を消し、こんどは三木さんである。

うつろい行く人生に、無常を感じる……といったら、感傷的すぎるか……。

九月六日　木曜

食堂の朝食で、ゴリさんに声をかけられた。そういえば、あの八幡神社の事件以来、会っていないのだ。

ゴリさんはきいた。

「金谷、おまえ、秋津という刑事、知ってるかい？」

「知ってますが……」

「あの八幡神社の事件の二、三日あとかな。ここにいるおれんところに訪ねて、いろんなことをしつっこくきくんだ。どういうつもりなんだい？」

秋津刑事は、事件の関係者をかたっぱしから洗ったといった。それもその一つだったのだろう。

「どんなことをききました？」

「堀分の自殺した日の夜は、どこにいたなんてきいたな。おい、堀分は自殺したのだろ？それなのに、何だって、そんなことをきくんだ？」

ゴリさんは神社での取り引きの時手を貸したくらいだから、当然、骨の盗難のことは聞かされている。だが、それに関連して、堀分の自殺には大きな疑いが出て来たことは知らないのだ。

「刑事にはどんなふうに答えました？」

「堀分が死んだのは、故郷《くに》の法事から帰って来た翌日だったから、良くおぼえていたよ。おふくろに言い付かって、故郷から持って来た土産を、夕方から新寺小路の親戚《しんせき》の家に届けに行って、そこで夕飯をご馳走《ちそう》になったんだ」

つまりアリバイがあるというわけらしい。

「ほかには、どんなことをききました？」

「故郷はどこだ？　堀分とは二高に入る前から知り合いじゃなかったのか？　郡山の方に住んだことはないか？　そんなことだ。故郷は盛岡で、郡山なんかには行ったこともないし、堀分とは二高で初めて知り合ったと答えてやったけどさ、金谷、そんなことと、堀分の自殺したことと、どんな関係があるんだ？」

ゴリさんらしい、茫漠《ぼうばく》とした考えかただった。

「ぼくにも良くわかりませんよ。でも、須藤さんは堀分を寮から追い出したようなものですからね」

ぼくは意地悪な嫌味《いやみ》をいってやった。

「おい、よしてくれよ。あれは寮生の総意なんだし、堀分の言動には、確かに不穏な所があったんだ」

それ以上、ゴリさんと問答することはいやだった。あとは適当にあしらって、すぐ別れてしまった。

九月十六日　日曜

先生の邸の手伝いから帰って来たところ。

昼過ぎから、郁子さんも手伝いに来た。

秋津刑事はさっぱり姿を見せない。

これまでは、ぼくが書庫の離れにいる時を狙《ねら》ってはやって来た。それで、今日ぐらいには……と期待したが、だめだった。

捜査は完全に行き詰まってしまったとしか思えない。憂鬱《ゆううつ》だ。

九月十七日　月曜

学校から帰って、一階の自習室のぼくの机上を見ると、三十ページばかりの真新しい小冊子が置いてあった。

〝平和というものについて考えてみよう〟というタイトルで、東北反戦同盟発行とあった。

隣の机の上を見ると、やはり同じように置いてある。

寮生に秘《ひそ》かに配られたのではないだろうか？

今までとは違って、むかむかした気持ちになる。それでも、ちょっとページを開いてみた。

あいかわらずの、平易で、親しみやすい口語体で書かれている。

腹をたてながらも、つい拾い読みをしてしまう。

終りの方に、続けて次号を貴君のもとに届ける予定である。もし我々の考えと運動に賛成ならば、参加協力を求める。おってこちらから接触するとあった。

反左翼の上級生に回収されるのもいやだから、いそいで机の裏側に隠して、あとでゆっくり読むことにした。

夕食後、遭難した三木さんの追悼コンパあり。

夜中近くの今にいたるも、ＴＨＤの小冊子を誰《だれ》かが回収するようなようすもない。ＴＨＤも危険そうな寮生は避けて、配付をしたのかも知れない。

九月十九日　水曜

学校も寮も、近づいた二十九日の記念祭に、何となく慌《あわただ》しい。こんどの記念祭歌が作られたり、記念祭実行委員が選出されたりしている。

昼休み、フケがやって来て、ノートの間から、ちらりとあのＴＨＤの小冊子を見せた。おまえの所にも配られていたかときく。

配られていたと答えると、どう思うという。

いっていることは良くわかるが、ぼくは個人的に、彼等《かれら》には反感を持っている。だから、必ずしも賛成できないと答えた。

しかし、ＴＨＤの大平先生への脅迫事件は誰も知らないので、その理由はいわなかった。

フケは何だかはんぱな顔をしていた。

この頃は、ときどき、二日も三日も、堀分のことを忘れていて、自分でもびっくりすることがある。

人間とは、そんなふうにできているのだろうか？　人が殺されても、憎み合っても、また愛し合っても、時が流れれば、忘却のかなたに流し去って、すべてを無にしてしまうのだろうか？

ぼくはそうなりたくない。反省する。

九月二十二日　土曜

先生の邸に、いつもの手伝いに来る。

郁子さんと、あさって、青葉城址《じょうし》の方に散歩に行くことを約束する。

郁子さんにいわれてみて、気がついたのだが、堀分が死んでからは、確かに行楽という目的だけで、いっしょにどこかに出かけたことはなかった。

こんどは二人だけだ。その上、郁子さんのぼくへの気持ちを知っている。それが妙にこだわりになって、何か逆にいっしょに歩けないような気持ちになっていたこともほんとうだ。

「……堀分さんが日に見えない姿で、私たちといっしょにいると考えましょうよ。堀分さんを偲《しの》ぶ遠足ということにするといいわ」

この頃、ともすれば、彼のことを忘れ勝ちになるぼくだ。賛成した。

九月二十四日　月曜
午後一時、西公園で郁子さんと待ち合わせて、バスで終点青葉城址埋門《うずめもん》まで行く。

城址の広場には、ほとんど人影なし。

郁子さんといっしょに、広瀬川を見おろしながら、感慨に耽《ふけ》っていると、どこかから、どーん、どーんと、大きく空気をゆさぶる太鼓の音がした。

それではっと気がついた。寮の掲示板に、第二十八周年記念祭歌練習コンパを、青葉城址で開く。有志は挙《こぞ》って参加されんことを、と書いてあったのを。堀分の影響もあるかも知れないが、ぼくはこの頃、そういうことに、情熱を失い始めていた。それですっかり忘れていた。

これはまずいというので、ぼくたちは城址の広場をおりて、八木山橋の東袂《たもと》に避難した。足の下に見おろす滝ノ沢口の眺めは、いつ見ても景観であった。それも高さが人に与える、本能的恐怖を伴った景観だ。

自然、ぼくたちの間で、自殺者の話が出た。

郁子さんの話だと、あれ以後も、もう二人も自殺者が出たという。男女一人ずつで、二人とも二十代の若さという。

別に二高生の伝統に従っているわけではない。だが、ぼくも必要以外、ほとんど新聞を読まないほうなので そんな話も知らなかった。

「……あの裸で投身自殺をしたという男……あれから、あの事件はどうなったのだろう?」

「さあ……どうなったのかしら。死因にまだ不審な点があるので捜査中、と書いてあるのを読んだ記憶もあるわ。身元も一度か二度、わかりかけたとか、まちがいだったとか、小さな記事で出ていたけど、そのあと、何も報じていないみたいだから、まだ未解決なのじゃないかしら……」

「しかし、裸になって自殺するとはね。痛いと思わなかったのかな？」

郁子さんは声をあげて笑った。

「死ぬ人が、痛いも痛くないも、あるのかしら？」

「いや、自殺者って、案外、そういうものだというぜ」

「完全な身元不明のまま、死にたかったからじゃないかしら。橋のたもとに残された服にも、身元を明らかにする物は、何もなかったんですって」

「誰とも知れず、一人の人間として大自然の中に消えて行く……そんな気持ちだったというわけか。自殺にも個性があるんだな。そうかと思うと、藤村操みたいに、巌頭之感《がんとうのかん》などで、断固とした自己主張をして死んで行くやつもいる」

「そういえば、その裸の自殺を担任したのも、あの秋津刑事という人だったんじゃない？」

「そうらしい。そういえば、この頃はさっぱり現われない。彼もぼくが考えるほど有能じゃなかったのかな。堀分の死まで曖昧《あいまい》にされたんじゃ、かわいそうだよ。死にたい奴《やつ》の死も、死にたくない奴の死も、みんな同じ死にして、過去に流されて行くなんて、たえられないよ」

遠くの山腹のどこからか、からからと滑車の鳴る音が聞こえる。採掘した亜炭や埋木《うめき》を、ロープにつるした籠《かご》で輸送しているのだ。

そしてそのむこうの城址の広場からは、空にひろがる太鼓の音とともに、寮生の合唱が聞こえてくる。

初めのうちは、まったく耳にしないメロディーと歌詞の歌だった。おそらくこんどできた記念祭歌だったのだろう。

だが、それがひととおり終って、校歌から明善寮歌へと、羽をのばしていった。

〽流れてやまぬ広瀬川
朝な夕なのわが教
ほととぎす鳴く青葉山

…………


堀分は美麗な形容と字句の多い校歌や寮歌を、空虚なものとして軽蔑《けいべつ》していた。

確かにその傾向はある。

だが、山のむこうから流れてくる歌詞もメロディーもかなり曖昧になったその合唱は、大自然の中に溶け込んで、悪くない感じである。

ふと見ると、城址の方から、二高生の制服の人影が、一人おりて来た。フケだった。

橋の袂《たもと》の開いた風景の中では、隠れる場所もなかった。

しかたがない。必死に何気ないふりをして、彼を迎えた。

もっとも、女性づれでいるぼくに、フケの方も多分に照れたようすでいた。ききもしないことを、先にいっていた。

「やあ、記念歌の練習をしていたんだけど、なんだかバカバカしくなって、エスケープして来たんだ」

堀分が文学的なすね者だとしたら、フケは社会的なすね者だといえるかも知れない。

ぼくは郁子さんを、フケに紹介した。

フケはますます照れたようすになっていた。

恋愛《リーベ》だの、女性《メッチェン》だのと、仲間どうしでは大声で、わかったようなことをぼくたち二高生は論ずる。だが、いざとなれば、みんなそんなものだ。

フケは自分の動揺を押し隠しでもするように、郁子さんの手にある、かなり厚い本に目をつけていった。西公園でぼくと会った時から、ずっと持っていたものだ。

「その本、何ですか?」

「芥川《あくたがわ》全集の第二巻。この人のもの、読んだことあります?」

「いや。どうもその方面は……」

「面白いですわ。お貸ししましょう。読み終ったら、金谷さんがさっき教えた、私のお店に返しに来てもらえばけっこうですから」

「じゃあ、貸してもらいます」

フケはそれから四、五分はぼくたちといっしょにいた。だが、彼はいささか対女性畏怖《いふ》症らしいところがあった。

しきりに長髪の頭をひっかいて、肩に得意のフケばかりを落していた。だが、とうとう最後にはたまりかねたように、「じゃあ、ぼくは先に町におりて行く」というと、吊《つ》り橋を渡って、トンネルの方に消えて行った。

七、八分たって、ぼくたちも橋を渡って、同じ方向に足をむけた。

橋を過ぎて少し行くと、素掘《すぼり》の小さなトンネルがあり、つい先年できたばかりの遊園地や野球場に通じる。だが、日祭日や行事のある時以外は、あまり人影もない。

歩きながらのぼくたちの話は、人類社会への愛とか信頼とかいうような物に発展していた。

その中で、突然、郁子さんはいい出した。話の流れの中では、まるで無関係のものとはいえなかった。しかし、やはり彼女らしい大胆で、唐突の感じがあった。

「……でも、金谷さん、信頼してくれている人だからこそ、安心して裏切ることもありうるわ」

「よくわからないな」

「私は金谷さんを裏切っているかも知れないわ……というより、利用しているといったほうがいいのかな……。でも、それは金谷さんが私を信頼してくれているという安心感かも知れないわ」

「どこで君はぼくを裏切っているというのだい？　利用しているというのだい？　また君は得意の訳のわからないことをいう」

郁子さんはいきなり横から、ぼくの脇腹《わきばら》をどんと突いた。かなり痛かった。

「何だい!?　どうしたんだい？」

「あなたは、今、怒らなかったわ」

「それがどうしたんだい？」

「つまり不意に攻撃を受けて裏切られたというのに、あなたは怒らなかったわ。それはあなたが私を信頼してくれているからだわ。そして私がそんなことができるのは、あなたを好きだからだということ」

「まるで禅問答だな」

ひょっとしたら、郁子さんは最後の言葉をぼくにいいたかったのではないかと思った。

だからぼくは追求するのをやめた。

遊園地の所から東に道をとって、ぼくたちは八木山をおりた。

青葉城址上で歌われていた、〽流れてやまぬ広瀬川……は、二高の明善寮歌です。しかし、少しかわっていたことがあります。二高では、ことあるごとにまず最初に出て来たのは、他《ほか》の旧制高校と違って、この寮歌ではなくて、校歌だったことです。

校歌は、

〽天《そら》は東北山高く
水清き郷《さと》七州の
光り教《おしえ》の因《よ》るところ
…………

といったもので、〝荒城の月〟で有名な土井晩翠《どいばんすい》先生の作詩です。

先生は仙台市の生まれで二高卒。そして私のこの日記の書かれた昭和九年まで、二高で教鞭《きょうべん》をとられていて、私もその授業は受けていたのです。

仙台の生んだ、二高に深いかかわりのある詩聖への敬意と、その詩自体の秀抜さで、寮歌をしのいで愛唱されたのも、むりからぬことかも知れません。

土井先生は二高退職後も仙台に住まわれ、昭和二十七年、八十一歳の長寿で亡くなられました。

九月二十六日　水曜

柳町通りの古本屋から出て来ると、小竹刑事がいた。

いかにもばったり会ったようなようすだったが、ぼくを待ち受けていた感じである。

彼はポケットから、ちらりと一冊の本を見せた。あのＴＨＤの小冊子だった。

「これ、知ってるだろう？」

「知ってますが……」

東二番丁の方にむかって連れ立って歩きながら、ぼくはふきげんに答えてやった。

「二高ばかりじゃない。仙台を中心に、東北一帯の学校、官庁、会社等に幅広く配付された。こんな費用のかかることができるようになったのは、彼等の財源がひどく豊かになったからだ。もちろん源《みなもと》は、大平先生から奪った二千円だ。君、くやしいと思わないかい？」

小竹刑事の腹は見え透いていた。ぼくを煽《あお》りたてて、また何かの協力をさせようというにちがいない。

ぼくは反撥《はんぱつ》的に、本心からずれたことをいっていた。

「くやしくありません。彼等のいっていることには、真実もあるからです」

「人を殺してまでの真実か？」

「必ずしも堀分は彼等に殺されたとはいえないでしょう？　秋津さんもその点は疑っています」

刑事は問いかけの方法を少し変えた。

「それじゃあ、君はこの本のいっていることに、かなり賛成だというのかね？」

「ええ。だったら、ぼくをつかまえますか？」

刑事はにやりとした。実に不愉快だった。

「まさかね。だが、それも面白いかも知れない。だったら、その意見を、人にも隠さずにいってくれたまえ。この末尾の方に、もし趣旨《しゅし》に賛同なら、こちらから接触するというようなことが出ている……」

ぼくはそれほどまでに、与《くみ》し易《やす》い、無思想の男だと思われているのか？

そう考えると、たまらない自己嫌悪に落ち入った。ぼくはつっかかった。

「だとしても、あなたにはそれが誰かは教えません」

「秋津君にもか？」

「そうです」

「堀分君の死の真相が明らかになるというのにか？」

「堀分のことを、こんなことにからめるのはやめてください！」

小竹刑事の顔が、怒りにこわくなった。もっともその表情のほうが、彼らしい悪相で似つかわしかった。

「君たち二高生はまるで子供だ！　その調子で、マルクスだ反戦だと、わけのわからぬ大人びたことをいって、社会の安寧《あんねい》秩序を乱しているのだ！　こっちもたまったものではない！」

「ぼく、失礼します！」

ぼくは小竹刑事をあとにして、大股《おおまた》に歩き出した。彼の刺すような視線を、背中に感じながら……。

十月一日　月曜

明善寮内は、きのうから今日にかけて、大騒ぎであった。

記念祭祝賀の二高生が警官と衝突し、数名が留置されたのである。

二日間に渡る記念祭終了後、きのう、大宴会がおこなわれた。会は崩れて、ストームめいたものとなった。一部の生徒は「勇猛果敢、その実《じつ》を挙げよう！」などと、堀分なら顰《ひん》蹙《しゅく》しそうな気焔《きえん》をあげながら、町へと流れ出して行った。

そのあとのことは、いろいろ話が入り乱れて、初めは正確にはつかめなかった。

この二高生たちの前に、いきなり怪漢が立ちふさがって悪罵を浴びせ、もみあいとなって、巡査や刑事が駈《か》けつけ、検束されたともいう。

立ちふさがった怪漢は初めから刑事で、あとから交番の巡査が応援に駈けつけたという話もあった。

町に出て行った寮生たちは、だいぶ酔っていたし、悪乗りして狼藉《ろうぜき》気味だった。

おそらくあとの話が正しいように、ぼくには思えた。

警官たちには、二高生に対して、いつも敵意がある。

いってはおかしいが、選良の学府に学ぶ者に対する、羨望《せんぼう》と嫉妬《しっと》からくる反感とでもいうのだろうか。

その上、その学生たちは、左翼だ、反戦だのといって、刃向かってくる。その不満が今度の事件をきっかけにして、噴《ふ》き出て来たように思える。

警官たちは署から自動車を呼ぶと、紋付姿の応援団部員や、蛮カラふうの数人を中に突っ込んで、連行してしまったという。

しばらくして、その中にゴリさんもいたと聞いて、ぼくは皮肉を感じた。

そのあとまたすぐ、別の噂《うわさ》が入った。初めに校外ストームの騒ぎに妨害に入ったのは、特高の刑事で……それもどうも人相や服装を聞いていると、小竹刑事に思えるのだ。

ぼくは数日前の、柳町での刑事の怒った顔を思い出した。まだ子供のくせに大人びたことをいうと罵《ののし》った言葉が頭に浮かんだ。

あるいはあれからの鬱屈《うっくつ》が、そんな形で爆発したのでは？

そう思うと、何とも妙な気持ちだった。

寮幹事二名が、ただちに署に、検束人を貰《もら》い下げに行った。

ところが警察も、権力がらみの意地ずくで、硬化してしまったところがある。

その貰い下げ人までも、留置してしまったのだ。

寮ではただちに役員会を開き、代表が校長に面会したり、次に署長に会いに行ったりして、交渉に走りまわった。

そしてようやくきのう三時半、全員が始末書を入れることで、釈放された。

きょう、掲示板に寮幹事の名で、〝事件経過報告〟なる文が貼《は》り出された。

ぼくと並んでそれを読んでいたフケが、ささやいた。

「これは明らかにこちらの敗北だよ。こちらが始末書を取られただけで、むこうからは謝罪は出ていない。何が『無事円満解決』かね。『二高生の溌剌《はつらつ》たる他意なき、稚気《ちき》にみちたる行動』なんていう言葉も、むなしい弁解にしか思えないじゃないか」

ぼくも何かその批評は、正鵠《せいこく》を射ているように思う。

THDのプロパガンダに影響を受けたわけではない。しかし、ぼくのような社会的勉強のたりない者にも、二高に……いや、この日本社会に、穏《おだ》やかならざる灰色の雲が覆いかぶさり始めたような感じがしてならない。

十月七日　日曜

今日も、先生の所に、手伝いに来た。

一日に、先生の口から、使用人みんなに、この邸がたたまれることが発表されたらしい。

夕方、裏庭で藤木運転手につかまって、あいかわらずのひがみっぽい調子でからまれた。

「あんたみたいな人が来て、書庫でせかせかとやってるから、どうも様子がおかしいと思っていたんだがね。仲間だけで勝手なことをやって、労働者は抜き打ちにクビだはないと思うがね」

彼の口から〝労働者〟などという言葉を聞くのは滑稽《こっけい》だ。

「みんなを動揺させたくなかったんですよ。皆の身の落ち着き先をきちんときめてから発表しようと、奥様と話しておられました。それが全部きまったから、発表されたんでしょう。あなたも、何かあとがきまっていたんでは？」

「君はいつ資本家側の味方になったんだ。わかったような口をきくじゃないか？　ああ、プロレタリアートを奴隷扱いにして、勝手に他のブルジョアジーに売り渡した。今度は外川商店の社長の車の運転手だと」

彼の口から左翼用語が飛び出すと、何とも浮わついていて、キザな流行遊びにしか感じられない。

「じゃあ、そこには行かないつもりですか？」

ぼくの次の質問に、彼は馬脚を現わした。

「いや、給料もここより悪くないから、行くには行くつもりだがな。ほんとは、おれはこんな刺戟《しげき》のない東北の田舎都市なんかで、くすぶっているのは嫌いなんだ。いずれ東京にでも出るつもりさ……」

そんな軽薄なモボ気取りの男と、いつまでもしゃべっている気はなかった。

ぼくはさっさと、邸の中に逃げ込んだ。

十月十二日　金曜

暗いニュースだ。先生が入院されたのだ！

聞かされたのは、郁子さんの店に行ってだ。

「……私にもどういうことなのか、よくわからないのよ。母がすぐ東北大学の医学部病院に飛んで行ったけど、まだ帰って来ないので……」

「倒れられたのかい？」

「そうではないみたいだけど……。先生の方から、ぐあいが悪いからちょっと入院して検診してもらいたいといったとか……。電話でしらせて来てくれたのははるさんだけど、はるさんもはっきりしたことは知らないようすなの。私もこれから店を閉めて行ってみようと思うのだけど……」

「ぼくも行く！」

ぼくたちは東北帝国大医学部附属病院に急行した。

待合室に、すでに郁子さんのお母さんがいた。多分にいらだっていた。

奥様と高塚さんが付き添っての入院らしかったが、いまだにその二人とも連絡がとれないし、担当の先生や看護婦という人もつかまえられないのだという。

「私が探して来ます」

むこうみずの行動性のある郁子さんだ。平気な顔をして、受付をすどおりして奥に入って行った。

ぼくは病院の門の所に、先生の車が停《と》めてあるのを思い出して、そこに行ってみた。藤木運転手が運転席に坐《すわ》り、部厚な〝キング〟を開いて読んでいた。

だが、彼も何も知らなかった。というより、知ろうと努力しなかったのかも知れないが……。

ともかく病院にやってくれというので、乗せて来ただけだという。車の中での先生と奥様の会話もまるで聞いていなかった。また実際のところ、二人はほとんど無言だったということ。

しかしそれで、先生がひどくぐあい悪そうだったとか、苦しんでいたとかいうようすでないことだけはわかった。

待合室に帰るとすぐ、郁子さんも何の手掛りもなくもどって来た。

「大丈夫ですよ。藤木さんの見たところでも、大したことはなさそうでしたし、この前の日曜日にも……そりゃあ、夏の病気で少し痩《や》せられた感じはありましたが、元気なようすでしたから。きっと、ちょっとどこかおかしくて気になる所があったので、詳しく調べてもらいたいと、ここに来たんじゃないでしょうか……」

ぼくはひとりでしゃべりながら、ひとりで納得しているようなものだった。

奥様と高塚さんが、つれだって出て来たのは、もう病院の窓の外も、かなり暗くなってからだった。高塚さんは、白衣の診察着をつけていた。特別に大平先生の診断に、立ち合わせてもらったのだろう。

二人の顔を見ると、事態はあまり楽観できないことが、何となくわかった。

奥様はすべてを、高塚さんに任せるというように、まるで口をきかなかった。

高塚さんが代っていった。

「まだはっきりしたことは、何ともいえませんが、明日にはそれもわかるはずです。明日の午後四時、先生の家に集まっていただけませんか。その時、はっきりわかったことを、話しますから……」

郁子さんが、それで満足するはずがなかった。

「もっとはっきりいってください！　先生の容態は悪いのですか!?　何か命に危険があるとか……」

高塚さんは微笑した。しかし、何かむりをしているような感じもした。

「いや、大丈夫ですよ。そんな今危険というような状態ではありません」

しかし、郁子さんは感情をむき出しにしていた。かなり毒のある鋭い調子になっていた。

「でも、もう少しはっきり教えてください！　先生は奥様ばかりのものじゃないんです！

私や母にとってもたいせつな人なんです……」

高塚さんが押し殺した冷静さで、郁子さんの激情をおさえた。

「郁子さん、医学的な見地からの断定的な診断は、今、不可能なんです。ともかく、明日の夕方までは、そう時間もありません。それまで我慢して待ってください。じゃあ、奥様は今晩は先生に付き添われますし、ぼくは担当医と今少し検討しなければならないことがあるので……」

高塚さんは心なし、力の抜けているような奥様を助けるようにして、病院の奥に消えて行った。

不吉な予感がする。あるいは……やめよう！　今、それをここに書くべきではない。明日を待とう。ぼくの思い過ごしてあることを信じて……。

十月十三日　土曜

先生はやはり癌《がん》であった。それもかなり進行した肺臓癌だと……。ぼくの不吉な予感はあたってしまったのだ！

邸の応接間の皆の前で、奥様はその事実を告げると、絶句されてしまった。

部屋には一人、五十がらみの初めて見る人物がいた。

その人が、奥様の絶句を補うように、自分は東京帝大付属病院の松村という医師で、大平先生とは昔からの親友だと名乗って、発言を始めた。

大平先生は今年の三月から、体の不調を訴えられて、以後、毎月一回、来院していたのだという。

先生の毎月一回の上京のほんとうの目的は、それにあったのだ。

そして五月の初めに、肺臓癌だという診断が出た。それもかなり進行した……。

肺臓癌は多くは、自覚症状のない時期がかなり長いので、そういうこともよくあるそうだ。

松村医師は大平先生の人間をよく知っていた。そこで真相を打ち明けた。

大平先生は冷静にそれを受け取り、打ち明けてくれたことを感謝したという。

もしそうなら、自分には、いそいでやるべきことが、まだかなり残っているからだとおっしゃったそうだ。

やるべきこととは、大平先史考古学研究所の設立にちがいなかった。

大平先生はよけいな心配をかけたくないと、奥様にも事実を告げないように、松村医師に口止めされたという。

だが、大平先生が気にかけている最後の事業のためには、やはり一日でも健康で、かつ長生きすることも必要だった。

松村医師は一ヵ月少したったあとに、奥様にそっと連絡をとって、事実を打ち明けたそうだ。そしてそれとない生活の管理を指示したのだという。

さすがに奥様だった。みごとな気丈さと、聡明《そうめい》な注意深さで、先生の生活を秘かに見守ってこられたことは、あらためてぼくたちの認めるところだ。

先生は東京に出るたびに、治療を受けられた。だがそれはあくまでも、少しはプラスになるかも知れないという程度のものだった。

手術ということも考えられた。だが、先生の病巣《びょうそう》は、レントゲン写真で見ても、かなり拡《ひろ》がっていることがわかった。だが、実際のところは、あけてみないとわからない。それを外科的にどこまで処置できるかも大いに疑問だった。危険も多すぎる。

けっきょくはただ注意深く癌の推移を見詰めて、その時その時で、最良の手段をうつほかはないということにつきてしまった。

初めの一、二ヵ月は癌の進行は遅々たるもののように思えた。

だが、夏に入ってから、胸の痛み、咳《せき》、血痰《けったん》などの症状がはげしくなって来た。

そしてきのう、とうとう先生は奥様に事実を打ち明けられて、自から入院を申し出られたのだという。

また、東京から松村医師を呼んで、東北帝大病院の医師と協議検討して、事後の方針をたててほしいと依頼された。

先生はおっしゃったそうだ。

苦しみたくないとか、死ぬのがこわいとか……そういうものはまったくないといったら嘘《うそ》になるかも知れない。だが、ほんとうのところ、あまりない。ただ、研究所設立をこの目で見たいし、その運営の実際も少しは経験したい。そのためには、やはり少しでも苦痛なく、長く生きたいのだ……と。

郁子さんは涙を流していた。だが、震えながら、しっかりした声できいた。

「ほんとうのところ、先生はあとどのくらいなのですか?」

松村医師は答えた。

「わかりません。今のようすは、決して悪いというものではないのです。むしろ、かなり健康とさえ見えるくらいです。ただ、さっきも話に出たように、少しでも命をのばしたいというので、自から入院されたようなものなのですから……」

要点をそらしたような返答だった。医者の立ち場としては、うかつに判断したくないというのだろう。

だが、郁子さんは彼女らしい向意気《むこういき》の強さを、涙の中でも見せた。また強い調子で、くりかえした。

「どのくらいなのです?」

高塚さんが代って答えた。

「ほんとうのところ、何ともいえないのだが……ただ二年も三年ももつものではない。あるいは最悪のばあい、二、三ヵ月かも……」

この時、照代さんが入って来て、秋津という警察の方が、奥様に会いたいといっていると伝えた。

ぼくは奥様にいった。

「ぼくが会います。先生の病気のこと、話してもいいでしょうか?」

奥様は黙ってうなずかれた。

秋津刑事は先生の入院を知っていた。

小竹刑事の監視は、執拗《しつよう》にまだ続けられていたのだ。秋津刑事はそこからしらせをきいて、詳しいことを知りたいと訪れたのである。

ぼくは先生の癌のことを話した。

初めから曇り勝ちだった刑事の顔は、ますます暗澹《あんたん》とした表情になった。

「先生が……大平先生が、何も選《よ》りに選《よ》って、そんな病気になるとは……」

秋津刑事と会うのは、久しぶりのことだった。だが、そんな状況では、堀分の事件のことなど、話す余裕はなかった。

ぼくたちはそれ以外に、ほとんど話をせず別れた。

今、この日記を書きながら、さまざまの思いが脳裏を去来する。だが、それを文にして、ここに書き下ろすことはできそうもない。

落ち着きをとりもどすまで待とう。

十月十六日　火曜
不幸は連続してやってくるものなのだろうか？　これはもう神の悪意としか思われない。きのう、午後、先生の病室を訪れて、面会できた。

こちらが当惑するほど、元気だった。癌などというのは、まちがいではないだろうか？

窓の前の椅子《いす》に坐り、むきあって話をした。

「……自分の目的とすることのために、一日でも長生きしたいと思う。それが、ただもう死を恐れて、未練がましく生きているより、どんなに充実した幸福感があるか、しみじみわかっているところだ」

そんなふうにおっしゃってから、こんなことをいわれた。

あいかわらずの、柔和なそれとない調子だった。だが、それは先生のぼくに対する遺言《ゆいごん》のように思えた。

「……金谷君は金谷君で、自分の好きな道を選んで欲しいと、私は思っている。だができれば、やはり考古学関係に来て欲しいものだね。私がどのくらいもつかはわからない。だが、いずれにしても、近い将来、高塚君に研究所の所長になってもらわなければならない。その時、高塚君を補佐してくれるとすれば、やはり気心も通じ合った君のような人がいい。君と高塚君が組んで、研究所を盛りたててくれることを、頭に描くと、私も心楽しい……」

今まで考古学を学べと、ひと言も強制されなかった先生だ。それだけに、ほんとうの気持ちがよくわかった。

ぼくは即答した。

「やってみます！　勉強してみます！」

その場限りの体裁《ていさい》繕《づくろ》いではない。ほんとうに固く決心したのだ。そういう決心もあるのだ。

だが、それから三十分もたたぬうちに、そんな先生の幸福な状況を粉砕するような事件が、発覚するとは！

病院の建物を出て、門にむかって歩いて行くと、高塚さんが道の方から速足にやって来た。

おそろしくこわばった顔だった。

「金谷君、いい所であった！　君、すぐ、研究所の事務所に行ってくれ！」

その声も、ひどくこわばっていた。

「どうしたんです⁉」

「詳しいことはあとで話すが、三隅さんがおかしいんだ。まだはっきりはいえないが、金を……研究所の金を、あるいは持ち逃げしたのではないかという疑いがあるんだ」

「ほんとうですか⁉」

「先生が入院した日にも、彼に連絡しようとしたのだが、つかまらなかった。それで、翌日、事務所に行ったが、留守だった。おかしいと思ったが、とりまぎれていたので、まだそのままにしておいた。だが、きょう行っても不在で、入口に新聞などが溜《た》まっているので、これは……と、怪しみ始めた。ちょうどその時、研究所の建物の工事を請負《うけお》った工務店の人が来た。話を聞くと、基礎工事が終ったあとの二回目の支払いが、もう二週間も遅れているというんだ。これはへんだと思って、桑山さんに電話して、研究所の口座のあるいくつかの銀行の一つに、調べに行ってもらうと、ほとんどの金がおろされているというんだ。いま、急いでほかの銀行にも走ってもらっているが……」

「事務所に行って、どうすればいいんです?」

「ともかく、三隅さんが来るのを見張っていてくれ。もし、彼がもどって来たら、つかまえて、絶対、はなすな。もし、逃げるようすを見せたら、警察にしらせてもいい。現金拐《かい》帯《たい》犯だといえばいい。それから、いいか、このことは、今の所、誰にも話すな。特に先生に知られたら、たいへんだ。何しろ、あの研究所は、今の先生にとっては、ただ一つの生《いき》甲《が》斐《い》なのだ」

「わかってます」

「これから先生に会って、三隅さんのことをそれとなく聞き出さねばならない。ほんとのところ、ぼくは彼がどういう人物で、もとはどこに住んでいて、どういう人の紹介で、こっちに来たのか、ほとんど知らない。もし彼がほんとうに研究所の金を拐帯したというなら、はやく手をまわして、それを回収しなければならない。しかし先生に気《け》取《ど》られずに、どういうふうにきけばいいのか、頭が痛い。ああ、そら、これが事務所の鍵《かぎ》だ。桑山さんもあとから来るかも知れない。そうしたら、ぼくもここが終りしだい、すぐ駈けつけるからと、待ってもらってくれ」

　商売とか金とか……そういうことになるとぼくはよくわからない。だが、事態がただならないことだけは、はっきりとわかった。

ぼくは中杉山通りの事務所に飛んで行くと、鍵を開いて中に入った。

深閑とした事務所の椅子に坐って三十分ばかり待っていると、番頭の桑山さんが息を切らせて駈けつけて来た。

「いけません。まったくいけません。他の銀行も、ほとんど全部の金がおろされているんです。いや、それどころじゃないんです。外川さんの振り出した先付小切手、あいつまで全部、おそろしく割り引いて現金化されてるんですよ。六割そこそこの額で……。先方も怪しんだには怪しんだらしいんですがね。そこは商人ですし、儲《もう》かる話には目がありません。それにこの前の骨の事件の時、先生からじきじき電話があって、よろしく頼むと、二枚ばかりを決済したこともあって、よほど差し迫って現金が要るのだろうと、この半月ばかりの間に、全部払ってしまったんだそうです。私は初めから、あの三隅という男は、どこかこせこせして、そのくせ欲張りそうな感じで、油断ならないと思っていたのですがね。先生はやはり学者お坊っちゃんですよ。あの男に金銭関係の全権委任状を出したりして……」

興奮してしゃべりまくる桑山さんをおさえこんで、ぼくはたずねた。もっともききたい、たいせつなことだった。

「もし持ち逃げされたお金がないとしたら、研究所はできないのですか?」

「できないどころではありませんよ。今の先生の生活だって、たいへんになるでしょう。その上、今度の入院じゃ、かなり費用もかかるでしょうし……」

やがて高塚さんももどって来た。

「……先生から東京の紹介者や、三隅の東京の住所も、なんとか怪しまれずに聞き出した。紹介者は先生の友人の大学の教授だ。三隅の住所の方は……これはあまり役立たないかも知れない。彼は独身で、ここに来る時、すべて引き払ったらしいというし……。弱った! こうなると、ぼくたちの手に負えることではないし、そうかといって、警察に報《し》らせたら、たちまち話は大きくなって、先生の耳にも入ってしまう。こんなことは、絶対、先生が知ってはいけない。今、研究所は先生の命なのだ」

さっき会って話して来た状況からも、それはよくわかる。

だが、その時、ぼくは名案を思いついた。

「秋津刑事に話しましょう。彼なら、きっと秘密のうちに、うまくやってくれるかも知れません」

「そうか! そういう方法があったか! すぐ何とか連絡をつけてくれないか!」

ぼくは署に電話した。運良く、秋津刑事は署にいた。それでも、事務所に駆けつけてくれた時には、あたりはもうすっかり暗くなっていた。

話を聞くうちに秋津刑事の顔は、見る見る曇った。

「……届け出がない事件ということになると、私個人の捜査しかできないのですが……いいでしょう！　職権や伝《つて》を利用して、できるだけのことはやってみます。ともかく明日一番にでも、東京に飛んで、その大学教授を訪ねたり、彼がもといた住所に行ったりしてみます。とりあえず、彼が逃亡した先の手懸りになるような物が、ここに残っていないか、調べてみましょう」

秋津刑事は手際よい様子で、事務所内の捜索を始めた。

入口の郵便受けに溜まった新聞の一番古い物が、十月十一日付になっていることから、十日頃には消えたらしいと推理した。

先生の入院の二日前である。

桑山さんはその日の昼頃、事務所に来て三隅と打ち合わせをしたという。とすると、彼の逃亡はそれ以後になる。

彼が意図的に拐帯逃亡したことは、確かであった。身の回りの衣類がことごとく失《な》くなり、その他彼の身元を明かす手懸りになるような物はすべて消えていることが、そのあと、すぐにわかったからだ。

そして秋津刑事は、押入れの布団《ふとん》の奥から、驚くべき物を発見した。

「金谷君、ひょっとしたら、これに何か見おぼえは？」

刑事がつかみ出した物は、ボストン・バッグであった。

柄《がら》に確か見おぼえがある。

「ちょっと、見せてください！」

飛びついて、手に取ろうとするぼくを、刑事はおさえた。

「触らないで！　指紋の問題があるからね」

「その端下と、持ち手のつけねの所に、直径三、四ミリの小さな墨汁《ぼくじゅう》のしみがありませんか!?　あの日の午後、奥様がそれを買いに行ってもどって来た時、先生と高塚さんが、もし犯人がつかまってバッグが見つかった時、動かぬ証拠になるというので、わざとつけたのです」

高塚さんもうなずいた。

「ある！　確かにあるよ！」

「すると、三隅が神社の……いや、そればかりではなく、骨を盗んだり、堀分を……」

高塚さんが叫んだ。

「そういえば、彼が仙台に来てから、堀分の事件が始まったんだ！　いや、待てよ！　そう考えると、これまでおかしく思っていたことが、どんどん解けてくる気がする。例えば彼が先生との約束に二十分も遅れたことだ……」

秋津刑事も身を乗り出すようにしてきいた。

「それがどう解釈できるのだ?」

「彼はほんとうは七時に、ちゃんと邸に来ていたのですよ！　そしてそれからの二十分の間に、離れの書庫部屋に行って、堀分君を眠らせたり、骨を盗んだりして……それから七時二十分に、初めて邸を訪問したふりをしたと考えたら、どうでしょう?　そうです！彼はその遅れを自分の時計が遅れていたためだと、弁解したのでしょう?　宿に帰ってから、それに気がついたのだと。だが、一方では彼は、邸の玄関を出たのは、七時四十二、三分だ。腕時計を見たから、確かだといっているのですよ。話が矛盾するじゃありませんか?　彼の腕時計は遅れてなんかいなかったのですよ。自分の犯行を隠すために、あとから慌ててそう弁解したのですよ。彼が七時四十分に、先生の書斎を出たことは、絶対確かなんですから」

「なるほど。三隅は邸の玄関を出た時、初めは誰も見なかったといいながら、あとになって、そういえば何か人の気配を感じたと訂正している。自分のほうにおかしな風が吹いて来るのをいちはやく感じて、犯人は別にいたという状況をそれとなく作るために、嘘をいったというわけか……」

「さっき、桑山さんは、外川さんが残りの先付小切手をうんと割引いて、全部決済し、三隅に払ったのは、先生から直接頼んできたという前例があったからだと、たまたま、いいました。三隅はそのへんも考えて、化石骨を盗んだのではないでしょうか？　実際のところ、彼が骨を盗んで、金を要求しても、もともとその大半は彼の管理下にあるのですから、その意味では、その取り引きはあまり得になるものではありません。しかし、それによって、今度は怪しまれることなしに、外川氏にあとの小切手の支払いの要求ができたということでは、大いに意味があります」

高塚さんの、理屈の良く合う説明に、ぼくはひそかに感心した。

だが、秋津刑事は、必ずしもぜんぶがぜんぶ賛成というようすではなかった。

「なるほど、おもしろい考えだ。しかし、金策のために、先生が外川氏に小切手の割り引き支払いを頼むことを、どこまで期待できたか、はなはだ疑問だ」

高塚さんは桑山さんに顔をむけた。

「それですが、桑山さん、ひょっとしたら取り引きの金の都合を相談する時に、外川氏の先付小切手の割り引きを発案したのは、三隅ではなかったのですか？」

桑山さんは重たくうなずいた。

「そのとおりです。しかし、そうでなくとも、あのばあい、けっきょく、一番いい方法はそれしかなかったかも知れませんが……」

「なるほど……」刑事はうなずいたが、まだ必ずしも納得いっていない表情だった。「……しかし、まだまだ説明がつかないことがいっぱいある。例えば女中が証言した、七時四十分前後、書庫の窓から逃げたらしい犯人の気配だ。しかしその頃、三隅は先生の書斎を出て、奥さんに送られ、玄関にむかっている……そんな頃だったのだろ？」

高塚さんのいきおいが、少し鈍った。

「そりゃあ、今、急に思いついたことで、ぼくもまだ考えていないこともたくさんありますが……」

「三隅が犯人というなら、どのようにして、堀分君に薬をのませたというのだろう？　また三隅は、どうしてＴＨＤなどというのを知っていて、それを利用することを思いついたのだろう？　まだまだわからないことがたくさんある。もちろん、一番わからないのは、どうして八幡神社の君たちの包囲の中から、脱出できたかということだ。しかし、ともかく、ここにこうして、取り引きの金の入ったボストン・バッグがあることは確かだが……」

高塚さんも急に元気をなくしたようすだった。

二人は少し沈黙した。それから秋津刑事が口を開いた。

「ともかく、あれこれ考えているより、三隅をつかまえることが先決問題だ。彼のことをもっと詳しく洗うために、明日一番で東京に出発しよう。その前に、先生の奥さんに会いたいのだが……。ともかく奥さんは、三隅を仙台に迎えるために、先生に代って、いろいろの手筈《てはず》を整えられたのだろう？」

高塚さんがうなずいた。

「そうです」

「いずれにしろ、このことは、奥さんには打ち明けねばならないだろうしな……」

「わかりました。病院に行って、ぼくと交代して、ここに来るように、奥様に伝えましょう」

高塚さんが事務所を出て、一時間強してから、奥様の姿が現われた。

高塚さんからすでに話を聞いていたのだ。奥様の顔もひどく暗かった。

しかし、奥様も三隅について、あまり多くのことを知らなかった。

先生のいいつけで、三隅春造という男が、研究所設立の会計事務責任者として来仙するから、宿の案内や、翌日の邸への訪問のことなど、よろしく頼むといわれた。邸に訪問があってからは、三度か、四度会っているだけだ。彼の詳しい身元や、これまでの生活については聞いたこともない。

そういう返事だけだった。

夜は、万が一を考えて、事務所にはぼくが泊ることになった。

三隅の拐帯は、もう疑いない事実であった。ましてや彼がこれまでのすべての事件の犯人としたら、もどって来るはずもなかった。

それでもぼくは奴がもどって来たら、絶対取り逃がしはしないぞと、固い心構えで待ち構えた。

おかげで良く眠れなかった。

今朝、現われた桑山番頭と交代して、寮にもどり、今、この日記を書いている。

さすがに眠たい。すぐ布団にもぐりこんで横になるつもりだが、はたしてどこまで眠れるか……。

十月二十日　土曜

座禅堂が竣工《しゅんこう》し、松島の寺の住職を招いて開堂式が行われるというが、とてもそんなものに出席できる心境ではない。いや、むしろ反撥的な気分でさえある。

ちょうどその時、秋津刑事が訪ねて来た。

その暗い顔を見れば、結果がどうであったかは、もうわかった。

ぼくたちは、また〝瞑想《めいそう》の松〟の方に歩きながら話をした。

「……三隅を大平先生に紹介した大学の先生を訪ねた。先生はあの三隅君が……と、信じられない顔だったが、どうやら否定できない事実だと知ると、ただもう恐縮して、できるだけのことは話すし、また協力するといってくれた。しかし、その先生も、実のところ、多くのことは知らなかった。三隅はその先生の大学の事務計理を担当していた職員で、以前、大学付属の研究所を作った時に、たいへん腕をふるった実績があった。それ以来、大学内でも高く評価されていた。たまたま大平先生に会って、研究所設立の話を聞かされたので、それなら三隅が良かろうと推薦したのだそうだ。大学事務局の記録を出してもらって、彼の経歴も見せてもらったが、今のところ、何の得ることもなかった」

「しかし、それで本籍地とか、出身県とか、そういうこともわかったのでは……？」

「ああ、わかった。本籍地は愛知県の知多郡で、東京に来る前の住所もそこになっていた。犯罪捜査の常套《じょうとう》手段で、本籍地の管轄警察署に身元照会を依頼したし、もし立ち回るようなことがあったら、何とかして拘束しておくように電報をうったが、おそらくその可能性は薄いだろう」

「ここに来る前にいた、東京の住所というのは？」

「これもまったく手掛りはなかった。君も知ってのとおり、彼はここに来るために、そこはすべて引き払っていたし、おまけに独身のアパート住いと来ているのだ。彼を知る人もほんの数人で、しかも彼等の話からも、何の得ることもなかった」

「彼と堀分との繋《つな》がりは？」

「今のところ、まったく出てこない。三隅は愛知県の出身、堀分君はずっと北の福島県、歳《とし》も違う。この二人の人生のどこに、接触点を見つけたらいいのか、今、私は当惑している」

「ひょっとしたら、まったく顔も合わせたこともなかったのでは？　秋津さん、実のところ、あれから学校の勉強なんかまったく手につかないで、いろいろ悩んだり、考え込んだりしたんですが……」

「むりもないね。同情するよ」

「それで、ちょっと思いついたんですが……」

「どんなことだい？」

「三隅が犯人だという考えは、事務所から発見されたバッグから、そもそも始まったのです」

「そのとおりだ。高塚君は頭がいい。なるほど、幾つかの点で、ぴったりと事実と符合するところがある。だが、まだ説明しきれないことも多い……」

ぼくはおずおずといい出した。

「ひょっとしたら……犯人は他にいて、バッグは三隅を陥れるための罠《わな》で……」

「つまり、三隅が大平先生の金を拐帯した事実にかこつけて、ほかの罪まで……つまり自分の持っている罪まで押し付けようとしたのではないかというんだね？」

「そんなふうに考えられないこともないと思うんですが……」

「いい考えだ。実は私もそれを考えた。ただそうだと、ちょっとした難点が一つある。とすると、真犯人は三隅が先生の金を拐帯しようとしていたことを、私たちがその事実を嗅《か》ぎつける前に、すでに知っていたということになる」

そういわれてみて、ぼくも当惑した。

「そうなりますが……ぼくたちが事実を知るほんのちょっと前でもいいのでは……」

「つまり、私が事務所を捜索する直前に、罠としてあのバッグを押し入れに隠したというのかい？」

「まあ、そんなふうな……」

「とすると、ここでまた一つ、ちょっとした難点が出て来るのだ。今は犯罪捜査も科学の世の中だ。実は私の知っている専門家に秘かに依頼して、あの事務所とバッグから、指紋をとってもらったのだ。指紋……知ってるね？」

「ええ」

「すると、あのバッグから、確かに三隅のらしい指紋が、いくつか発見されたのだよ。これは三隅が姿を消したあとで、真犯人が罠としてバッグを押し入れに隠したという事実と、矛盾する。ともかく三隅はあのボストン・バッグにかかわっていたことは確かなのだ」

「バッグから、そのほかに指紋は？」

「誰のとも判断できない不鮮明なものが、二つばかりとれた。あるいはこれは、バッグを渡した奥さんのものかも知れない……」

台ケ原の丘陵地帯には、もう秋の気配が忍び寄っていた。木々の緑の色もかなりくたびれて、すでに黄ばんだり、褐色味を帯びている木もあった。

秋津刑事は歩きながら取り出した、ゲルベゾルテの形をなおしていった。

「ともかく堀分君の死の真相を突き止めることと、三隅の行方を追うことと、二つの課題ができてしまって、私も困っている。しかし、君には悪いが、今は三隅を追うことに力を注《そそ》ごうと思っている」

「そうしてください。何とか奴をつかまえて、早く拐帯した金を回収しないと……。先生には研究所の建築は進行している、三隅が来ないのは、東京に出張中にかぜをひいてちょっと休んでいるためだと、高塚さんと、奥様が必死に取り繕《つくろ》っているのです。しかし、そういつまでも欺《だま》すわけにはいきません」

「先生の体の方はどうなのだ？」

「進行が速くなった感じがすると、高塚さんがいっていました。先生の方も、うすうすそれを感じていられるようで、きのうなどは、今のうちに、もう一度、研究所の改造建築の現場に、車でつれて行ってもらいたいとおっしゃって、だいぶ奥様たちを困らせたようです。今が一番たいせつな時で、ここで大事をとれば、まだまだ三年、四年先も約束できると、担当医にいってもらって、何とか納得させたそうですが……」

「そう聞くと、なおさら、ぐずぐずしていられない気持ちになる。もどろうか」

ぼくたちは〝瞑想の松〟にたどりつかない途中で引き返した。

十月二十九日　月曜

先生を見舞いに行く。

先生の衰弱された姿を見ることや、三隅の拐帯の件を押し隠すことに、恐れを感じていた。平静なようすでいることに、自信もなかった。

それでずいぶん長い間ためらっていたのだが、きのう、先生の邸に来た郁子さんに誘われて、どうやら決心がついた。

先生の姿に、一抹の窶《やつ》れは隠せなかった。

だが、思ったよりは、ずっと元気なようすであった。

ひょっとしたら、癌などというのは、まちがいではないか？　いや、そうにちがいない。大平先生の上に、そんな悪魔的な災厄《さいやく》をふり落すような天の摂理《せつり》なんて、ありうるはずがない。

ぼくはそう考えた。そしてそれを、言おうとした。だが、できなかった。口に出して、どう表現していいか、まるでわからなかったのだ。

ぼくはひとりで勝手に考え、あせって、動揺していた。

だから、郁子さんが、いつもの活潑な調子であるのは助かった。

郁子さんは、やはり、ぼくよりずっと人間が上だ。

ぼくも郁子さんに同調して、何気なくふるまうことにした。

もっとも郁子さんが、わりあい明かるい調子であるのは、三隅の拐帯の件を知らないせいもある。郁子さんのお母さんも知らない。

二人とも女であるから、いつ気弱になって話を漏らすかわからない。特に郁子さんは、時に突拍子もない言動に出ることがあるから心配だ。

そういう意見がまとまって、彼女たちにはしらせないことに決まったのだ。

ぼくは先生に、あれからも毎日曜日、邸に行って、書庫の整理も終ったこと、その中から見つけた考古学の入門的な本を何冊か借りて、今、読んでいることを報告した。

先生の温厚な物言いは、少しも病に蝕《むしば》まれてはいなかった。

「ありがとう。しかし、そう詰めてやらなくてもけっこうだよ。私は君の偏《かたよ》りのない柔軟な……文学的といっていいのか、そういう頭脳に嘱望しているところがあるのだ。考古学は幅広い学問で、時に文学的というか、詩的というか、そういうものに裏付けされた翼《つばさ》を伸ばした思考というのも重要なのだ。高塚君はその逆の理科的な、現実的に筋道立った思考をする。この二つが総合されると、すばらしいものが生まれるんじゃないだろうか。蔵書の中の文学書も、遠慮なく持って行きたまえ」

その文学書だが、今、ぼくたちの間では、これもきちんとまとめておいて、あるいは売却に備えようという相談が秘かにできている。

桑山番頭が大平家の残された財産について、算盤《そろばん》をはじいた。そして、実際のところ、残った資産は一年分の生活費にたりないくらい……先生の入院費のことを考えれば、もっと短かくなるだろうと出たのだ。

こうなると、額は少なくても、文学書の売却も、貴重な財源になるというわけである。

大平家の財産は、それほど絶望的になっている。

秋津刑事からは何の朗報も来ない。

三隅の逮捕が遅れれば遅れるほど、その拐帯金の回収もまた、絶望的になるというのに……。

十一月六日　火曜

ベーブ・ルースが八木山球場に来て、明治大学と試合を見せるというので、みんな騒いでいた。

寮生のかなりの者が、実際に試合を見に行った。

残った者も、多くが、食堂のラジオの前に集まる。実況放送を聞こうというのだ。

だが、ぼくはそんな物に夢中になれなかった。

とうとうたまりかねて、警察署に秋津刑事を訪れた。

受付のおまわりは、権力を笠《かさ》にきたおそろしい無愛想さ。姓名は？　何の用で来た？　急ぐのか？……と、ねちっこく穿鑿《せんさく》する。詳しくはいえないことなので、個人的な緊急の用だといったら、それじゃあ非番で自宅にいる時、訪ねたらよかろうという。

ぼくも今度の事件で、少しは人間が強くなった。ねばりにねばって、とうとう奥に連絡してもらったら、秋津刑事は休暇中だという返事だ。

「……東京に休暇で、行ってるんじゃないか。秋津警部補はこの頃、怠けててね……」

受付のおまわりは、咎《とが》めるような調子で付け加えた。

秋津刑事の署内での立ち場が、何かわかるような気がする。

しかし東京に行っているということだと、非公式に三隅の追及を続けているのだろう。

彼を心ならずも事件に巻き込んだような感じで、何だか悪いような気持ちだ。

十一月十一日　日曜

明善寮生あげての金華山旅行。十日出発。十一日夕刻帰着。

今のぼくの心境では、とても参加する意志を持てなかった。だが、「正当なる理由なくして、我が明善寮生健児の一致団結の輪を乱す不参加者は……」などと、幹事にぶたれると、参加せざるをえなくなってしまう。

今日は早朝、千畳敷に集まり、日の出の光を浴びながらコンパ。校歌、明善寮歌、尚志会会歌……と合唱と太鼓の音を、東の海に送り込む。

朝日に顔を赤く染めた皆の顔には、憑《つ》かれたような興奮があった。

だがその中で、おそらくぼくだけは、ひどくむなしい表情をしていただろう。

おととい、高塚さんに聞いたのだ。

先生のことだ。さすがにもう、何かあることを感じ取られているようだというのである。

だが、まさか研究所の資産が、ほとんど根こそぎ拐帯されたなどとは思ってもいられないことは確かだ。体力が目に見えて衰えて来たこともあって、深くは追及されなかったので助かったという。

十一月十九日　月曜

先生の邸で一泊して帰って来ると、寮ではストーブに火が入っていた。

堀分が死んだ前後の二、三日は、梅雨があけて、もう夏になったと思わせた暑さだった。

それがもう、冬の寒さになったのかと思うと、時の流れのはやさに感慨を抱く。

秋津刑事はさっぱり姿を見せない。

あれ以後に起こったさまざまな事件も、けっきょくは時の流れの中に紛れ込んで行ってしまうのだろうかと思うと、たまらない気がする。

〝泣きても慕う……〟

十二月六日　木曜

勇を鼓して、郁子さんとともに、先生の見舞いに行く。

わずか十日くらいのうちに、先生の衰えぶりは、ひどいものになっていた。

寝台上に坐《すわ》っておられる先生の姿を見た瞬間、正直、ぼくはドキリとした。これがあの大平先生かと疑ったくらいだった。

あのどちらかといえばごついくらいの肩が落ち、頬《ほお》がこけ、何よりも顔の肌の色が悪くなっていた。色黒のその肌は、血の気を失って……形容するのは苦痛なのだが、木乃伊《ミイラ》のそれのように乾いていた。

ふと手を差し伸べられて、手元の茶碗《ちゃわん》をとられた時、寝巻から二の腕があらわに出た。

それを見た時、またもやぼくはドキリとした。

腕も細く痩《や》せ、その肌もやはり木乃伊のそれのように、弾力のない茶褐色になっているではないか！

胸がさむざむと震えた。とたんに、何をしゃべっていいのか、わからなくなってしまった。

先生が自分自身のそれを知らないはずがない。またぼくがどう感じ取っているか、察しないはずもない。

何か先生は、かえって、そういうぼくを励まそうとでもするようすであった。

「金谷君、郁子との仲は進行しているのかね？」

先生には珍しく、そんな話題を、軽いユーモア調で拾い出されたりした。

「……この人は社会的な物の見方はしっかりしているし、行動性もある人だが、ときどき大胆なことをする。金谷君、そういうことがあったら、注意してくれたまえよ。また、郁子、あなたは、金谷さんに迷惑をかけることのないように、行動には良く注意するんだよ」

先生が何をいおうとしているか、細かいことまではわからない。だがぼくは、その一言、一言を貴重な遺言として、心に留めておく気でいる。

奥様はあれ以来、ほとんど先生に付切《つきき》りである。さすがに一抹の窶《やつ》れは隠せない。だがそれが奥様の凛々《りり》しい美しさを、ますます引き立たせている感じだ。

奥様といっしょに病室の外に出てから、先生の病状をきく。暗い答えだった。

「お医者さんも、はっきりしたことはおっしゃらないの。こういう病気の進行ぐあいは専門家でも、なかなか予測はつかないそうよ。ただ、年を越すことができれば、意外にもつかも知れないと……。といっても、一年も一年半ももつものではないことは確かだとおっしゃるけど……」

つまり裏返せば、年を越すことができるかも疑問ということにもなる。

十二月七日　金曜

自習室の机の上に、またＴＨＤの小冊子を見つける。

この前のものには、番号は付せられていなかったが、こんどのには、2号と番号がついていた。

与謝野晶子《よさのあきこ》の〝君死にたまふことなかれ〟や武者小路実篤《むしゃのこうじさねあつ》の〝戦争はよくない〟といった詩が、巻末に出ていた。

武者小路の小説はかなり読んでいるが、詩を書いているとは知らなかった。

俺《おれ》は殺されることが

嫌ひだから
人殺しに反対する
従て戦争に反対する……

（〃戦争はよくない〃より）


詩などといえない感じだが、その簡単素朴さが、かえって人の心に訴えるようだ。そして小冊子に書かれたＴＨＤの主張する所も、何かこのへんに集約されるようだ。反戦の真の意味が、ようやくわかってくるような気がする。

しかしこうして、かなり厚い小冊子を、大量に配るところを見ると、ＴＨＤは小竹刑事のいうように、やはりあの脅迫金を財源にしているのだろうか？

どうもこのあたりが、すっきりしない。

十二月十四日　金曜

昼休み、フケが近づいて来て、同窓会の尚志会会報の小冊子を差し出していった。

「生徒会の幹事が、この本を見て騒いでいるのを知ってるかい？」

「いや、知らない」

「山中という理事の書いた尚志会の選挙についての文章が不穏だというので、寮の幹事や顧問が騒いでいるというのだ。このあたりらしい……」

ぼくは彼が示した所をざっと読んだが、実のところ、当惑の方が大きかった。

投票には自由がなければならないというようなことが述べられ、〝……個人の叫びが合して統制をもたらし、これが核となる者が選挙の結果の代表者でなければならない。個性は真の統制に必然である。愛寮精神は自己犠牲を強要するのであるが、この犠牲心は必然的に自己から発せられるものであって、他から自己の承諾なしに強制された結果のものであるべきではない……〟とあった。

「何だか持ってまわったような良くわからない文章だけど、これが何で不穏なんだい？」

「持ってまわっているのは、やはり今の状況ではずばりと正輪をいうことができないからだよ。しかし、選挙は個人の自由意志の集まりのあらわれであり、勝手なよそからの強制や干渉があってはいけないといってることはわかるだろう？」

「そうらしいな。それがなぜいけないのだ？」

「ぼくたちが入学する前の年に、生徒のストライキがあったことは知っているだろ？」

「ああ、あったことだけは知っている」

「尚志会の理事三人を、生徒が選挙で選んだのに、実際に学校当局が推薦決定したのは一名だけで、あとの二名は次点者が理事になったのだ」

「へえー」

ぼくはそんなことはまったく知らなかった。だが、さすがにフケは詳しい。いや、ひょっとしたら、ぼくのほうが無智《むち》すぎるのかも知れないが……。

「どうも二高の学校当局は、反動の傾向が強い。そして単なる志士的雰囲気だけで、それに雷同する生徒も少なくない」

「堀分もよく似たようなことをいったよ」

「ストライキ以後も、その風潮が流れて来た。山中理事はそれに対して、極《ご》くおとなしやかに警笛を鳴らしたのだが、一部の生徒たちがこんな誹謗《ひぼう》をするのはけしからんと、山中理事にねじこむの、決議文を作って校長の所に持って行くのと騒いでいるんだそうだ」

「そんなものかな……」

ぼくは曖昧《あいまい》に答えた。考えがまとまらなかったのだ。

だがむなしかった。彼等《かれら》の騒ぎの誤れる方向が、何ともむなしかったのだ。

ともかく彼等が、まちがっていることだけは確かだ。

十二月十五日　土曜

寮に帰ると、何か騒がしい。

きいてみると、何とフケが、きのうの夜、ＴＨＤのメンバーとして、同志数人とともに秘密集会中を逮捕されたという。

食堂に行ってみると、すでに夕刊が来ていて、寮生たちがそれをかこんでわいわいやっていた。

反戦運動地下運動員第三次一斉検束
組織は壊滅状態
宣伝パンフレット、ビラを大量押収

そんな見出しが出ていた。

そして内容を読むと、確かに検束者の中に、〝一高生奥山栄造（二〇）〟とある。

いつも社会を鋭く皮肉な眼で見ていたフケである。やはりという思いはあった。しかし、驚きであった。

そういえば、彼はきのうの夜、とうとう寮に帰って来なかったことを思い出した。すでにその時、警察につかまっていたのである。

「自習室の机の上にパンフレットを秘《ひそ》かに配っていたのも奴《やつ》なんだよ」

「こいつはもう退学だな」

「あんまり頭のいいのも、考えものだぜ」

口々にしゃべっている寮生に、ぼくは腹がたった。

彼等はこの刺戟《しげき》的な出来事に、ただ楽しい興奮を感じているようにしか思えなかったからだ。

十二月十七日　月曜

幸福というやつは、気紛《きまぐ》れなとびとびさでやってくるが、不幸というやつは悪意を持って、連続的にやってくるにちがいない。

深淵《しんえん》に突き落されるような事件がまた起きた。

郁子さんが姿を消したのだ！　お母さんといっしょに……。

食事を終って、登校のしたくをしていると、一年生の一人が、「女性《メッチェン》が一人、寮の門で呼んでますよ」としらせに来た。

行ってみると、また、照代さんだった。先生のことがあるだけに、どきりとした。だが、そうではなかった。

「郁子さんから、手紙あずかって来たでがす」

と、霜焼に赤くふくらんだ手で、一通の封筒を差し出した。

「なんだ、郁子さんは邸《やしき》にいるのか？」

「そでありせん。けさ早く電話で呼ばれて行《え》ってみっと、こん手紙すぐ金谷さんと、病院の先生にとどけてくれ、いいつかったがすね」

「先生にも手紙を届けたのかね？」

「そでがす。奥様に渡したでがす」

ぼくはいそいで封を切って、便箋《びんせん》を取り出した。

大きな、力強い字で、短かくこう書かれていた。


〝母といっしょに、しばらく旅行に出ます。事情は今は説明できません。あるいは、しばらくしてわかるかも知れません。ほんとにゴメンなさい。金谷さんへの気持ちは変わりません。郁子〟


当惑しか感じない文章だった。

「郁子さんは、どこかよそに行くようすだったのか？」

ぼくはあせりながらたずねた。

「そでがす。カバン持って、お母《が》ちゃんとどこか行《え》ぐようすでがした」

「どこへ行くといってた!?」

「なぬも言《ゆ》ってんだけんども……」

ぼくは教科書やノートをほうり出して、国分町の彼女の店に走った。

店の正面には白いカーテンが引かれていた。

むだとはわかっていたが、ガラス戸を叩《たた》いて、郁子さんの名を呼んだ。もちろん、返事はなかった。

裏にまわって、板塀の木戸を押すと、簡単に開いた。小さな裏庭にむかった縁側にも、雨戸が立てまわされていた。そこをはげしく叩いて、もう一度、郁子さんの名を呼んでみた。やはり、何の応答もない。

ぼくに何の説明もなく姿を消すのは……まだいい。だが、もう先も長くない先生まで、ほうって行ってしまうというのは、どういうことだろう?

いったい、彼女たちに何が起こったというのだろう?

呆然《ぼうぜん》とたたずむぼくの肩に、厚味のある感触の手が置かれた。それだけで、誰《だれ》であるかがわかった。小竹刑事だった。彼の顔は、以前よりまた険悪になっていた。ぼくの主観のせいではないと思う。

「いないのかね？」

「ええ」

「しかし、こうして君が駈《か》けつけたところをみると、彼女から連絡を受けたんだね？」

ぼくの全身に警戒信号が走った。うっかりした返事はできない。敵の罠《わな》にはまってしまう。相手は老獪《ろうかい》な奴だ。

とりあえず、ぼくは無言で防戦した。

「手紙か何かもらったのかね？」

「どういうことです。ただ遊びに来て……定休日でもないのに、閉まっていて、留守なので……」

「それにしては、雨戸を叩いて呼んでいるようすは、只事《ただごと》ではなかったね」

「そうですか」

「なあ、教えてくれたまえ。手紙か何かもらったのだろう？」

「手紙って……どういう意味か……。だから、今いったように……」

「金谷君、君にはずいぶん我慢して来た。純真無垢《むく》な二高生と信じていたからだ。だが、純真でも、頑固では困る。誤った頑固では。彼女はどんなことを伝えて来たんだ？　どこに行くといってきた？」

「どこに行くって……」

「君もだんだん腹黒くなって来たな。だが、へんなことに巻き込まれることだけはやめたまえ。これは私の親心だ……」

小竹刑事などに、〝親心〟などといわれると、背筋が寒くなる。ぼくは怒りをぶっつけた。

「知らないから、知らないといってるんです！」

刑事は急ににやりとした。このへんが奴のいやらしい技巧なのだ。

「そう、知らないから知らない……つまり、君は北原郁子とその母親の糸代が、ＴＨＤのメンバーだと知らないから、そんなことがいえるのだ……」

ぼくは言葉を失っていた。

特高の彼が、こんな所に突然現われたのだ。何かおかしいとは思っていた。だが、そんなこととは思ってもいなかった。

小竹刑事は新しい獲物を見つけた喜びに、輝やく残虐性の表情を浮かべていた。

「……といったら、君はまたとくいの突っ張りで『信じられません！』と叫ぶかも知れないが、ほんとうなのだ。きのう、二高生の奥山栄造が検束されたことは知ってるね。彼を叩いたら、同志として北原郁子やその母親の名が出て来たのだ……」

思わず「信じられません！」と叫ぼうとして、敵に先を越されていることに気づいた。ただもう無性にむかむかした。

「……北原郁子たちも、奥山が検束されて、これは危いと思ったのだろう。こうして高飛びをしたというわけだ。といっても、私のいうことは、君は何事も信じないだろうから、一つだけ、具体的証拠を教えてあげよう。これも奥山の吐いたことだが、九月の二高記念祭の少し前だ。君は彼女といっしょに、八木山橋の方に行ったね？」

「………」

「その時、城址の方から、奥山がコンパの歌の仲間から抜け出たようなふりをして、やはり橋の方におりて来た。彼と北原郁子とは、君の前では、初めて会ったふりをしていた。だが、彼女の手から彼に、何気ない感じで、一冊の本が手渡されたはずだ。実はその中に、THDのレポが入っていたのだ。今度出たTHDのプロパガンダ・パンフレット2号の原稿らしい。奥山はパンフレットやビラの作成、印刷関係を受け持っていたらしい。アカの連中も、巧みなレポの受け渡しをする。だが、さすがにTHDだ。二高のコンパや逢引《あいびき》に紛れ込ませて、レポのやりとりをするとは、なかなか巧みなものだ。だからだね、いいかい、君はそのためのカモフラージュに使われた、間抜けた存在だったのだ……」

ぼくは思い出した。あの直後、郁子さんはぼくを利用しているとか、裏切っているとか、まるで禅問答のようなことをいった。そしてそれはあなたを信頼しているからだと説明した。

今、その意味がわかった。

そういえば、夏休みの一日のことを思い出す。日記を繰りもどしてみると、八月十九日のことだ。

郁子さんが額に汗をいっぱいかいて、先生の離れにいるぼくの所に飛び込んで来た。そして昼頃《ごろ》から、ぼくといっしょにいたというアリバイを作ってくれといった。

そしてその翌日、ぼくは秋津刑事から、教会の日曜集会にカモフラージュして、THDが集会を開き、検束されたと聞いた。

郁子さんも、そこにいたのではないか？　そして危い所を、ぼくの所に逃れ出て来たのではないか？

郁子さんが堀分が死ぬ前に、彼にあまり店には来ないようにと忠告したのも、わかるような気がする。

堀分はTHDだと極印を押されて、寮を追放された。だが、ほんとうはそうではなかった。

しかし、本物のＴＨＤの郁子さんと親しいことで、いざという時には、ほんとうに泥をかぶってしまうかも知れない。

郁子さんはそれを心配したのだ。

だが、郁子さんは、一度として、ぼくに嘘《うそ》をいっていない。

アリバイを作ってくれと、ぼくにはっきりいっている。

八木山の時も、ぼくを裏切っていると、明言している。

それは郁子さん自身がいうように、ぼくを信頼していたからだ。ぼくが理解してくれると思ったからだ。

それを小竹刑事は、ぼくを間抜けの道化にして怒らせようとしているのだ。

ぼくは堂々といってのけた。

「郁子さんがＴＨＤであることや、ぼくを裏切ったことなど信じられないとはいいません。しかしもしそうなら、彼女は自分のやっていることに確信を持っているからだと思います」

「惚《ほ》れた弱味か？」いってから刑事も、卑俗な失言と気づいたらしい。慌てて覆い被《かぶ》せた。「どうやら君もＴＨＤの反戦思想に、いささかかぶれ始めているらしいな。確かに彼等のプロパガンダは巧みだ。しかし、よしてくれよ。君などはつかまえたくない。いいかね。

反戦とか平和とかいうが、それを裏切って、もし敵が攻めて来たらどうする？　事実、世界の風雲は急を告げているのだ」

「しかし、理想を捨てたら、あとは退歩と破滅しかありません。ぼくたち学生は、その理想を学ぶためにあるのです」

「あのパンフレットにも、そういったことが出ていたな。しかし……やめよう！　現実の話にもどろう。ともかく北原郁子はＴＨＤだった。そして大平先生の邸に出入りしていた。ということは、連絡のために邸にいるＴＨＤと、それも大物の誰かと……」

「待ってください！　それじゃ、それでもまだ邸にＴＨＤがいると……」

「ああ。私たちの考えでは、北原郁子と母親の糸代は、組織の主要なレポ役だった。つまり女であることを利用して、巧みに連絡の役をしていたということだ。事実、彼女たちは私たちの監視下で、先生の邸に堂々と出入りしていたが、取りたてて疑われることはなかった。今、思い出してみると、彼女たちは手にかなり大きな風呂敷《ふろしき》包みや、荷物を持って出入りすることが多かった。あれは反戦の宣伝ビラやパンフレットだった可能性が濃い。私たちもうかつだったよ。私たちも女には弱いのでね。特に美しい人にはね」

刑事の終りの方の言葉に、ぼくは悪寒《おかん》をおぼえた。

「しかし、新聞を読むと、ＴＨＤは壊滅状態だと……」

「あれは、新聞が大袈裟《おおげさ》に書きたてているだけだ。実際にはまだまだ地下部員がたくさんいる。それに第一次以来、いまだに首魁《しゅかい》は取り逃がしているし、実の所、まだその正体もつかめていない。彼等が作成したパンフレットやビラ等の不穏文書も、まだまだたくさん眠っているとアタリをつけている……」

ぼくは小竹刑事に、貪欲《どんよく》にして執拗《しつよう》な狼《おおかみ》を感じた。

「そこでまた、目的は違うが、利害関係は一致するから、協力をというのですか？」

「だめだと思うが、一応、もう一度、いってみる。ああ、そうだ」

「でしたら、もう一度、答えます。いやだと……」

「そうか」

さすがに、彼もあっさりあきらめたようだ。

「郁子さんたちはどうするのです？」

「もちろん、追及する。彼女たちは組織の首魁、ないし大物の手先としてのレポであることは、まちがいない。つまりそいつらの正体を知っているということだ。今まで逮捕した奴等は、その上部からのレポの、一方的な受け手にすぎないらしく、これまでいくら叩いても、何も出て来なかったのだ」

〝叩く〟ということが、何を意味するか良くわかる。彼はその言葉を、〝行く〟とか〝見る〟とかいった動詞と同じように、実にあっさりと口に乗せる。

ともかく郁子さんたちが、現在のところ、こんな奴の手から無事に逃げのびたことを、幸運と思わねばならない。

「いいか、今日は君が彼女たちの行方を知らないことを、信用しよう。だが、今後、彼女たちと君が会ったり、連絡したりしたような事実があって、それを報告しなかったら、危険分子のシンパないしは協力者として、遠慮なく逮捕するからな」

彼の言葉には、凄味《すごみ》があった。正直の所、心臓に冷たくくるものがあった。

その言葉をふりきって身をまわし、歩み去ろうとすると、奥様が開いた木戸に立っているのを見つけた。ずいぶん前からいたらしい。

小竹刑事も、その姿を捕えていた。

「ああ、奥様、それじゃ、北原郁子は先生の所にも……何か別れの手紙を……？」

奥様は黙ってうなずかれた。

「どこに行くと書いてありました？」

「そんなことは何も書いてありませんでした。ただ、お母様といっしょに旅に出るとだけ……。先生が心配されて、ともかく見てこいとおっしゃるので、まいったのですが……」

「ほんとうにどこに行くとも書いてなかったのですか？」

「今、申し上げたのではないでしょうか？」

奥様にぴしゃりといわれて、さすがの小竹刑事も縮こまった。

「はあ」

「それよりも、どういう事情なのか、私にもう一度、御説明ください」

「はい。ですから、実は……」

鬼特高も奥様には、完全に嚥《の》まれている形だった。かなりていねいに事情説明を始めた。

ぼくは二人をあとにして、裏庭から歩み出た。

郁子さんがＴＨＤであったことに、ぼくは何の衝撃もない。

プロレタリア文学なども、良く読んでいた。社会に対して、ぼくなどはおよびもつかない、洞察の目を持っていた。反戦の思想を抱くのも、むりはない。

だが、ぼくの前から、突如として消えたということの事実は、衝撃だ。

たまらない空虚感。

ぼくは今、なすことを知らない。

十二月十八日　火曜

先生を見舞いに病院に行くと、秋津刑事が建物から出て来た。

前の庭で、少し話をする。

刑事の顔にも憂鬱《ゆううつ》の色が濃かった。声の調子も心無しか落ちていた。

「……自分の無力を、これほど感じていることはないよ。けっきょく、これまでに、先生のお役に、何もたっていない……。もう一匹狼ではどうにもならない。やはり組織的な捜査が必要だ。それで今、奥さんにお願いして、三隅の拐帯を、正式に当局に届けることを承諾《しょうだく》してもらって来た。先生もこの頃は、めったに新聞も読まれなくなり、研究所の事もあまりきかれなくなったというから、事件が耳に入るのも何とか防げるだろうというのでね」

ということは、先生の容体はますます悪くなったということにもなる。

「郁子さんのこと、聞きましたか?」

「ああ、小竹警部から詳しく聞いた。君や奥様が、店に駈けつけたことも。小竹警部は彼女がTHDであるばかりではない。やはり初めから目をつけていたとおり、堀分君の死が他殺なら、君とのかかわりあいで、彼女あたりが怪しい。自分の担当ではないから、君、よろしく調べてくれ……と、そんなこともいっていた」

「小竹刑事は三隅の拐帯やボストン・バッグの事を知らないから、そんなことをいうのです。第一、彼女にはアリバイがありますよ。この前も話したと思うのですが、堀分の殺された夜、ぼくは彼女の店に行ったのです。店は閉まっていましたが、二階に電気が点《つ》いていて、彼女の影が窓に映っていたのですから……」

「正確にいえば、彼女らしい姿だろう？　あるいはお母さんの方かも知れない。いや、来客の……それも男とも思われる姿も映っていたという話だが、もしそうなら、そういう人を迎えるのはお母さんの方がおかしくない」

ぼくは秋津刑事が、何を考えているのか、ちょっとわからなくなった。

「いや、あれはお母さんではありませんでした。郁子さんでした。ぼくにはわかるのです。それとも秋津さんも、何か小竹刑事と似たような考えをしているのですか？」

「いや、ただ真相に最接近するまでは、事件関係者はすべて疑い続けるというだけだ。探偵小説の名探偵というのも、たいていこの手法だ。ともかくあの夜のことは、もう一度、こまかく検討しなおしてみようと思っている。何かある。そういう勘だけは働いているのだが、八幡《はちまん》神社の事件や、拐帯事件が続けて起きてから、その方に気をとられてしまってね……」

探偵の玻璃《はり》の衣裳《いしょう》は、少し油染《じ》みてしまったのかも知れない。しかし、彼なりにいっしょうけんめいにやっているのだと納得して、別れる。

病室には奥様と高塚さんと、二人ともいた。

確かに先生の衰弱はひどかった。何か大平先生ではない、別人に会っているような気さえした。

「今、うたた寝をしていてね。つい今、目をさましたばかりだから、このまま横になって失礼するよ」

とおっしゃったが、それは弁解だ。

前の先生なら、それでもやはり寝台の上に坐って、応対されたはずだ。先生はそういう人なのだ。

ぼくたちの間では、次には、当然、郁子さんのことが、話題に出るはずだった。だが、ぼくが先に、それを口にする勇気はとても出なかった。

とうとう先生の方から、名前が出た。

「郁子のことだがね……いつかはまた会えるだろう。それまではそっとしておいてくれたまえ。そしてその時はよろしく頼むよ。それだけだ」

看護婦が検温に来たのをいいきっかけに、ぼくは病室を出た。

あとについて来た奥様に、病状をきく。

「……気力のある方だから、来年までもつだろうとお医者さんはおっしゃるのですがね、その先は一、二ヵ月のことだと……」

この前の話では、年を越せば、かなりもつだろうという診断だったはずだ。けっきょくそれは、慰めをまじえた、楽観的予測だったのだ。その時から、おぼろにはわかっていたことだが……。

高塚さんも病室から出て来た。

「奥様、先生が焼却して始末しておきたいものがあるので、私にそれをしろとおっしゃるのですが……」

「どんなものでしょう?」

「蔵をまっすぐ入った、壁の突き当りの右手の壁の下に、鋲《びょう》をうった外国製の樫《かし》の箱があるとか……」

「ええ、あります」

「その中の書類を、内容は一切見ずに、私に焼却処分しろと……。明日行って、やりたいのですが……」

「わかりました。蔵と箱の鍵《かぎ》を用意しておきます」

高塚さんは暗澹《あんたん》とした声と顔だった。

「そんなことをいいつけられるようでは、先生はやはり先が長くないことを、もう覚悟していられるのでしょうか……」

奥様は顔をややうつむけて、何とも答えられなかった。

十二月十九日　水曜

学期末試験始まる。

まるで何の準備もしていないのは当然だ。第一、熱を入れてやる気も起きない。まあ、何とかごまかそう。

十二月二十二日　土曜

第二学期終了。明日より冬季休暇。

故郷《くに》には、先生の病気のことなど、おおよそのことを書いて、帰らないことをしらせた。それから先生の邸に来た。休暇中泊って、手伝いをするつもり。ともかく邸の明け渡しは三月いっぱいということになっているのだ。それまでに邸のすべてに渡って、整理や処分をしなければならない。

売り渡し契約にない家具調度類は、ほとんど売却処分するつもりだという。大平家の今の状態では、少しでも現金にかえておかなければならないからだ。

高塚さんと交代に、奥様が帰邸した。桑山番頭といっしょに、邸内をまわって、整理処分のあらましをきめる。ぼくもそのあとについて、細かな手伝いをする。

ひえびえとした暮の夜の広い邸内を歩き回りながら、大家《たいけ》の没落をひしひしと身に感じ、寂寥《せきりょう》たる思い。

奥様はぼくの手伝いに、また報酬をくださるとおっしゃるが、今のぼくには、先生に対してこんなことしかできないのだといって、固辞する。第一、口には出せないが、大平家は財政的に、たいへんな危機ではないか。

しかし、奥様は物優しい中に、あいかわらずの毅然《きぜん》さを秘めておっしゃる。

「……いいえ。これからも金谷さんには、いろいろむりをおねがいしなければならないかも知れませんからね。私の気持ちのあらわれとして受け取ってください」

どのみち、お金をもらうのはあとのことなので、いいかげんで押問答は打ち切ることにした。

ところが、ついさっきの午後十時半頃、ちょっとした騒動が起きた。

邸内を回り終り、桑山番頭が帰ったあと、奥様は蔵に行って、今少し品物を点検してから自室にもどった。

机の上に手紙があった。郡山からの弟のものだったが、忙がしかったので、ゆっくりしてからと、そのままにしてあったのだそうだ。

ところが開けてみると、それは自殺をにおわす遺書のようなものだったのだという。奥様は慌てた。もうその時間では、福島、郡山方面に行く夜行列車は、あと午前一時十二分まで待たなければならなかったからだ。

そこで、車で急行することにした。まず藤木を給油所に行かせ、店を叩き起こし、タンクにガソリンをいっぱいにして、もどってこさせた。

その間に、奥様はいそいで身仕度をされた……。

実をいうと、十時少し前に、いつもの書庫の離れにもどったぼくは、そんな騒ぎをまったく知らなかった。

かなりたって、火鉢の炭をもらいに厨《くりや》に行って、女中さんたちから、初めて聞いたのだ。

ぼくはびっくりして、奥様の部屋に行こうとして、途中の廊下で出会った。

奥様の顔はひきつっていた。

「ちょうどいい所だったわ。今、あなたを呼びに行こうとしたところなの。主人の看護の方は、高塚さんに連絡して、頼んでください。あなたはここにいて、留守番をしてください。できるだけはやく連絡を……電報か何かでしますから……」

玄関にむかう奥様のあとを追いながら、ぼくはいった。

「わかりました。弟さんという方……郡山に帰っていられたのですか？」

「金谷さん、弟のこと、ごぞんじだったの？」

「ええ、ちょっと……」

「二ヵ月ばかり前に突然またもどって来て……町のはずれに一軒家を借りてやって、今度は落ち着いて住むようにしてやったのですが……何かひどいことがあったのか、とても悩んでいたふうだと……じゃあ、よろしくおねがいしますよ」

奥様はすでに外に走り出た。

ぼくは玄関に立って、暗がりに消えて行く奥様を見送った。

ひとうねりして門にむかう、庭木の茂りのむこうで、車のエンジンの音が待っているのが聞こえた。

ぼくは何となく、自分がこの邸の留守中の責任をあずかる役になっていることに気づいた。ちょっと身がひきしまった。

それにしても……この前の日記にも書いたが、不幸は天に悪意でもあるように、続いて起こるのだろうか？

こんどはそれが、奥様の上に起こっているとしか思われない。

先生の病気――三隅の拐帯――そしてこんどは奥さんの弟の自殺の手紙……。

厨にもどると、出口の少し先の暗がりで、人が話し合っている。

こちらに背をむけているのは、はるさんのようだった。すぐもどって来たので、誰と話していたのだときくと、警察の刑事さんだという。

「……使いに行った時、外で何度か呼び止めた人と同じで、でも、お邸まで入ってくるとは思いませんでした。まだ、堀分さんの死んだこと、調べているのでしょうか?」

あんな奴らに何もいうことなんかないと怒ろうとしたが、考えてみれば、彼女たちにそんなことをいってもむりだ。

ともかくやつらはそんなふうにして、邸の情報を手に入れているのだ。そしてやはり今も見張りを続けていたのだ。

何をきいたのだときくと、奥様は慌ててどこに出かけられたのだとたずねたという。

それにしても、やつらのやりくちは、ずいぶん大っぴらになったものだ。

十二月二十三日　日曜

早朝、病院に行って高塚さんに会い、事件をしらせて邸に帰って来ると、奥様からの電報が来た。

〝オトウトシス　アシタ　ゴ　ゼ　ンカエルヨテイ」ミホ〟

〝オトウトシス〟とは、つまり弟は自殺していたという意味にとれる。けっきょく、奥様は間に合わなかったらしい。

病院の高塚さんに、そのことを電話する。奥様が明日帰るまでは、先生には何もいわないことにする。

十二月二十四日　月曜

あとからあとから、思いがけないことが起こる。

渡り廊下から離れに入る雨戸を、ドンドン叩く音でびっくりして目をさまし、時計を見ると、まだ午前六時を少しまわった所だった。

照代さんが外で叫んでいた。

「すぐ来《く》てけんか！　警察ん人《すと》が大勢来て、藤木さんの部屋、調べたい言うてがす……」

事態はよくつかめなかったが、ともかくぼくは留守の間の邸の責任者である。

急いで服をつけ、出入口の雨戸の桟《さん》をはずし、外に飛び出すと、照代さんが寝巻姿のまま、寒そうに震えて立っていた。

「なんかわかんねえが、まず恐《おっかな》そうな警察ん人《すと》が、藤木さん所《とこ》をどうとか……」

邸の中を駈《か》け抜け、厨から飛び出して門の方に行く。

門を入った少し奥の横手の、藤木運転手の住む建物の前に、いかめしいサーベル姿の制服巡査から、オーバーを着た私服の刑事まで、八人ばかりの警官がいた。その中から、小竹刑事が歩み出て来た。

「金谷君、藤木源吾の住むこの建物を、家宅捜索したい。捜査令状もある」

ともかく小竹刑事を見れば、無性《むしょう》に反撥《はんぱつ》したくなる。

「そういわれても、ぼくは留守番で、責任を……」

刑事はぼくにすべてをいわせなかった。

「大丈夫だ。奥さんもだいたい事情はわかっているはずだし、第一、家宅捜索に、第三者の責任者など必要とはしない。こちらの必要とするのは、立会人だけだ。この建物の鍵を貸したまえ」

そういう法律的なことになると、ぼくはただ当惑する。奥様も事情はわかっているという説明も、皆目《かいもく》わからない。

混乱に我を失っているうちに、ぼくは小竹刑事の職業馴《な》れした強圧に、完全に敗北していた。

自分の無力さと、未熟さに、またもや身の細るような自己嫌悪に落ち入りながら、厨に行く。

そこで、はるさんから藤木運転手の建物の合鍵を借りて、小竹刑事の所にもどる。

警官の一団は、入口が開けられると、なだれこむように中に侵入した。そして手際良い乱暴さで、机や物入れの中の物を取り出したり、畳の上に放《ほう》り出したりした。付属する車庫の中の、工具棚や機械部品をひっかきまわす奴もいる。

それは合法的破壊行為のようなものだった。

上り際の土間に立って、部下の行動をしばらく見ていた小竹刑事は、ぼくの方にふりかえった。また、あのにやり笑いであった。

「金谷君、我々もみごといっぱい食わされたよ。この邸に潜入していたＴＨＤの大物というのは、実はここの藤木という運転手だったのだよ……」

騒ぎを見ているうちに、ある予感は抱いた。だが、やはり驚きだった。

「藤木運転手が……!?」

この特高は、目に触れる人間をすべて危険思想主義者にして、薙《な》ぎ倒していこうとでもするつもりなのだろうか？

ぼくは呆然として、彼の陽焼《ひや》けして、そのくせ脂《あぶら》ぎっている顔を見つめた。

「あんな無智で、俗物で、助兵衛な男が……といいたいのだろう？　実はそれが、奴のみごとな偽装だったのだ。反戦主義者を偽装するために、逆の軍国主義者になるのは、一見良策のようでいて、実はばれやすい。それより彼のように、軽薄で間抜けなインテリかぶれを装おっているほうが、はるかに賢明だ。これにはみごとに欺《だま》されたというほかはない。きのう、ちょっとした出来事を発見するまでは、我々もまったく気づかなかった。君とは妙な因縁《いんねん》で、何でも話す仲になった。説明してやろう。藤木の奴、奥さんが弟の自殺で、郡山に車で駈けつけるのをもっけの幸いにして、車のトランクに組織のプロパガンダ文書を隠し込んで、遠くに運び、隠匿しようとしたのだ。おとといの夜も、この邸の門前には私の部下が一人、監視をしていた……」

「知ってます。奥さんが出発したあと、無遠慮に中に入って来て、女中さんに何があったかときいていたようです」

「そうだ。十時も過ぎてから、急に邸が騒がしくなって、藤木が車で出て行ったり、またもどったりして来たので、怪しんで門から中を覗《のぞ》き込んだそうだ。すると、偶然、藤木が車寄せ道の半ばに停《と》めた車の後部トランクに、ひどく重そうな旅行トランクを入れているのを見たんだそうだ」

「奥様は、そんな物を……」

「……用意して行ったとは考えられないというのだろう。あたりまえだ。自殺しそうな郡山の弟の所に急いで駈けつけるのに、どうしてそんなものが要《い》る。ましてやそいつはひどく大型の……海外の船旅に使うようなもので、藤木はそれを両手で膝《ひざ》の上まで一応持ち上げて、それから後部トランクの中に押し込んでいたのだ。部下は藤木が奥さんを乗せて出て行ってから、ある予測を抱きながら、君のいうように邸に入って、女中に話を聞き、トランクの中が何かを確信した。反戦思想宣伝のパンフレット、ビラ、その他の書類だ。またそういう物でなければ、そんなに重くはならない。私はかねてから部下に、THDの残党も、相次ぐ逮捕で外濠《そとぼり》を埋められてあせっているから、あせりのあまりかえって尻尾《しっぽ》を出す……例えば下手な逃亡とか、証拠物件の隠滅《いんめつ》とかをする可能性があると訓示しておいた。ぴんと来た部下は、ただちにこれを署に連絡した。しかし我々がただちに、そのあとを追えなかったのは残念だ。もう夜も遅かったので、車の手配もつかず、けっきょく部下二人が、午前一時十二分発の夜行列車で、郡山にむかった……」

「藤木はつかまったのですか?」

ぼくはいささかあせっていた。ともかく結果を聞きたかった。

小竹刑事の得意気な説明の調子が、がっくりと落ちた。

「いや、ざんねんながら、取り逃がした。トランクごと……すでに姿を消していた。部下たちが現地の奥さんの弟の家に到着したのは、五時少し過ぎだったが、すでに奥さんは、藤木の姿が見つからないといって、かなり不審がっていたそうだ。奥様が目的の家についたのは、午前三時半頃。家は本通りから細い道を少し入った所にあった。そこで奥さんはその入口でおりて、弟の家に走った。だが、もう手遅れだった。弟は青酸カリという毒をのんで死んでいた。死亡時刻は、前日の午後九時から十時頃の間というから、どんなに急いでもむりだったのだ」

「じゃあ、奥様が手紙を読んだ時には、彼はもう自殺していたことになりますね」

「そういうことだ。奥さんは少しの間、おろおろしていた。それから道の奥にもう一軒ある家に走って、事件を駐在所にしらせるように頼んで、また弟の家にもどった。奥さんが藤木のことを思い出して、助けを頼もうとまた通りに走り出すまでそれから四、五分の間《ま》があったというから、けっきょく奥さんが車を出てもどるまでに、計十五分以上の時間は経過していたらしい。藤木が車を走らせて、どこかに行って旅行トランクを隠し、またもどって来る時間は、じゅうぶんあったわけだ。ともかく奥さんが通りに出て見ると、車はあったが、藤木の姿は見つからなかった。奥さんは不審には思ったらしいが、そのうち駐在巡査が駈けつける、刑事の出張がある、事情聴取があるやらで、わずかに気にしながらも、すっかりとりまぎれていた。その時、私の部下たちが、駈けつけた。そしていまだに藤木が姿を現わさないことに、あらためて気がついた。部下はともかく車のうしろを開いた。もちろん、トランクはきれいにかき消えていた。だが、車のトランクの中に、旅行トランクの中味が何かを教える、動かし難い証拠が見つかった」

「何です？」

「君も良く知っている、あの反戦パンフレットの一号の、手つかずのきれいな奴が数冊、そのほかにこの春以来、君たちの寮にもばらまかれた反戦ビラの束が、やはり手つかずで隅に転がっていた。旅行トランクを出し入れする時に、少しこぼしたのに違いない……」

「藤木のそのあとの足取りは、まだつかめないのですか？」

「ああ、残念ながら。近くにいては危険だから、すぐさま高飛びをした可能性が強い。あるいは私たちの部下が乗って来た列車で、郡山駅から入れ違いに上野行きに乗ったのかも知れない。部下たちもせいていたので、そこまでは注意しなかったようだ。しかしあるいは反対の下り列車で逃走した可能性もある。早朝の午前五時前後に、青森、新潟方面に行くやつが二列車あるのだ。しかし、時間的に考えて、そういった文書類を埋めたり、焼却したりする時間はなかったはずだ。だから、そういった処置のために、遠からずもどって来ると、私は見込んでいるから、厳重監視網を張って、今度は絶対取り逃がさないつもりだ……」

　小竹刑事の野獣的な執拗さには、あきれるばかりだ。人を追うことに、彼は本能的な快楽を持っているのかも知れない。

「警部、見つけました。本棚のうしろに突っ込んでありました」

刑事の一人が、両手に七、八冊のパンフレットとビラを挟んで持って来た。すべて手つかずの感じだった。

　別の刑事が近寄って、少し離れた畳の上に積んだ本を指さした。

「左翼系の書籍が、あれだけ見つかりました」

　小竹刑事は会心の顔を、ぼくにむけた。

「どうだ、あの無智のようすをした男が、あれだけアカの本を読んでいたのだぞ」

　アカと反戦思想とは、かなり違うといったのは誰だろう？　彼はどんな材料も、強引な都合の良さで、自分に有利に解釈する才能に長《た》けているようだ。

　また別の刑事の一人が、手に紙片を持って近づいた。

「こんな物が見つかりました……」

　活字印刷された紙に、赤インクの字がいっぱいに書き込まれていた。

「こいつは、パンフレットの校正刷りだ！　印刷所を突き止める、もう一つのいい手懸りになる！」小竹刑事はぼくに顔をむけた。「……また、藤木がパンフレットの内容製作に、大きくかかわっていた、いい証拠にもなる。あるいは……」

「藤木運転手が、あれを書いたというのですか！　信じられません！」

「ほらまた得意の言葉が出た。信じられないといって、奥山栄造がＴＨＤだった。北原郁子もそうだった。誰が自分が危険思想の地下運動員だという顔をするものか。藤木はその中でも飛び切りの曲者《くせもの》だったのだ。大石内蔵助《おおいしくらのすけ》だ。徹底的に昼行灯《あんどん》とみせていたのだ」

これではたとえどんな無実の者でも、小竹刑事の強引にしかけた罠に、落し込まれてしまうに違いない。

ぼくは背中に何ともいえない薄寒さを感じながら、もう口をきく元気もなく、呆然とたたずんでいた。

特高たちは、独り勝手に自分たちの納得する証拠を集めて満足したようすで、引き上げて行った。

昼頃、病院から奥様の電話があった。きのう弟の葬式を終り、今朝郡山を列車で立ち、仙台に着くと、まっすぐに病院に来たという。

とみに体の衰弱している先生には、もう弟の自殺も藤木の失踪《しっそう》もいわないことにしたそうだ。

ぼくはきょうの早朝の、藤木の部屋の家宅捜索のことを話した。

「そうですか。いろいろ御苦労をかけました。藤木のだいたいの話は、あちらで聞いています……」

さすがの奥様も、声に疲れがあった。

十二月二十九日　土曜

日記を書くことが苦痛になって来た。

だが、書こう。書かなければならない。また二つの死を……。いや、まだ〝死〟ではないかも知れない。たとえ状況的にはそれは確かでも、まだぼくは信じない。いや、信じてはいけないのだ！

気持ちを落ち着けるために、まずきのうの午前からのことを書こう。

十時ちょうどの頃だ。縁先で声がする。秋津刑事だった。

緊張した表情だった。しかも、妙に輝やいた表情でもあった。しゃべりかたも、どこか早口に聞こえた。

「……東京にまた出張していてね。けさ、署に出て、小竹警部から藤木のことを聞いたよ」

「馬鹿げていると思いませんか？　あんな男がＴＨＤなんて」

「しかし、小竹警部はそれで、化石骨の盗難の件や、神社での受け渡しの件の方も納得いくじゃないかというのだ。犯人が大平家の内懐《うちぶところ》深くいる藤木だったら、すべての犯行は赤児《あかご》の手をひねるより簡単なはずだった、と……」

「彼はこの前は、郁子さんが犯人の可能性があるといってたのじゃありませんか？」

「だが、もし彼が犯人だとすると、神社のあの包囲網の中から、犯人がきれいに消失した謎《なぞ》もとける。何のことはない、彼は金を受け取る犯人と、犯人を警戒する監視役との二つを同時にやっていたのだ。しかも彼は……というより、君たちみんなは、金の受け渡しが終るまで、ほとんどお互いに姿を見ていないのだから、ことは簡単だったはずだ」

「じゃあ、秋津さんは、小竹刑事に賛成だというのですか？」

「そうではない。しかし、彼が姿を消したという事実……これは重要だ。私はあるヒントを得た気がする。もしこれが正しければ、事件は一挙に解決する気がする。だが、そのためには確認を手に入れなければならない。それできょうは来たんだが、君たちがゴリと呼んでいる三年生……須藤国浩君か、彼は故郷に帰ったのかね？」

とんでもない人間の名に、ぼくはびっくりした。

「ゴリさんですか!?　いや、彼はボートの合宿練習で、石巻《いしのまき》方面に行っているはずですが、しかし、きょうはもう塩釜《しおがま》の艇庫に帰るはずです。高塚さんもいっしょです」

「ああ、高塚君も。それなら、彼とも会いたい。つれて行ってくれないか」

短艇部の選手は、来年夏の隅田川の全国高等学校大会の必勝をめざして、二十三日から冬季合宿訓練に入っていた。

指導者の高塚さんは、先生の入院や奥様の弟の亡くなったことなどあって、遅れて二十五日に出かけた。

二十六日と二十七日は、石巻の北上川で練習し、二十八日に塩釜《しおがま》にもどり、夜には邸に帰って来る……そう聞いていたのだ。

ぼくたちは塩釜に出かけた。

塩釜の道の上は、いつも一面に牡蠣《かき》の殻《から》でみたされている。その上を、冷たい冬の空気が、潮の匂《にお》いを籠《こ》めて張りつめていた。

ぼくたちは牡蠣の殻の山の間を抜け、足の下にも殻を踏みつけながら港に出た。

ところが、艇庫に行くと、皆が上ずった声と顔で騒いでいたのだ。ボートの帰りが遅いというのである。

話を聞くと、北上川での二日の練習を終った選手七名のボートは、高塚さんを初めとする東北帝大生三名とともに、午後一時半少し前、野蒜《のびる》から松島湾に出る運河を西にむかって出発した。

陸上から運河沿いに、一人の部員がボートに沿って自転車で伴走して、途中で引き返し、野蒜駅から宮城電鉄に乗って艇庫に帰って来たから、それは確かだという。

その状況だと、松島湾に出たボートは、少なくとも三時前には、帰着しなければならなかった。

だが、三時半を過ぎた現在にいたるも、艇の影は松島湾上に認められないというのだ。

「……石巻と野蒜の間で、氷にぶつかって軸の所に割れ目ができて少し浸水したんだが、昼休みの時、完全になおしたはずだ。まさか、あれがまた……」

心配そうにいう者もいた。

四時近くになると、皆が、口々に騒ぎ始めた。

「今、野蒜に電話したが、あっちにはもどっていないそうだ」

「水は冷たいぞ。五分ともちゃしない。手遅れにならないうちに、ともかく遭難ときめて、捜索救助活動だ！」

「ありったけのモーター・ボートを借りて、海に出ろっ！」

人手はいくらあってもたりなかった。

ぼくは海軍用の双眼鏡を借り、海岸に立って、海上を監視する役を受け持った。

だが、夕暮がすっかりたれこみ始めた四時半になっても、クリンカー・タブ・エート型の姿は、どこにも見つからなかった。

横に立つ秋津刑事が、暗澹《あんたん》とした声で、ひとりつぶやいていた。

「もし……もし、万が一……こっちのほうの望みは絶たれたということになると……」

「事件のことですか？」

刑事はびっくりして、物思いからさめたようすであった。そして自分の良くない想定に、申し訳なさそうに狼狽《ろうばい》した。

「いや……そうではないが……しかし、こんなことが起きるとは……ともかく、考えなおしてみなければならないようだ……」

秋津刑事はしばらくして、帰って行った。

だが、ぼくは皆といっしょに、艇庫横の合宿部屋で徹夜した。

もう誰もが、すべては絶望であることはわかっていた。だが、誰ひとり、それを口にする者はなかった。

そしてきょうの朝は、吹雪といっていいほどの、ひどい雪になっていた。海も荒れ模様で、さむざむとした鉛色の海面のあちこちに、白い波頭が休みなく騒いでいた。

艇庫は捜索本部となり、学校関係者、先輩、警察、在郷軍人会など、たくさんの人間が詰めかけ、荒天を突いて多数の捜索船が出された。

高塚さんは死んだ。そしてゴリさんも。

ぼくはきっぱりと自分の胸に言い聞かせた。この苛酷《かこく》な運命を、勇敢に受け入れようと心構えた。

だがそれにしても、苛酷すぎるではないか！

堀分が死んだ。高塚さんが死んだ。そしてゴリさんも……。

消えた人もいる。郁子さん、そしてフケ……。

天の悪意が、何をもくろんで、ぼくを孤独にしようとしているのか!?

仙台駅におりて、ぼくは寮まで歩いた。飛びつく冷たい雪片をあえてふりあげた顔に受けながら……。

そして小さく歌い続けた。二高校歌を。それも四番ばかりをくりかえした。逝《い》った者への弔歌《ちょうか》として。そして我が胸への哀歌として。

高校校歌には珍しい、直截《ちょくせつ》な悲しい詠嘆にあふれたものなのだ。

〽孤灯のもとに襟ただす
　夜半の窓の影ひとつ
　天地寂たるただ中に
　泣《なき》ても慕うよよのあと

　…………

夕刻、もう動かしがたい、悲しい事実のしらせがもたらされた。ボートが転覆《てんぷく》して、鯨《くじら》島の岸に漂着しているのが発見されたというのだ。続いてオールの何本かの漂着も報告されたという。

秋津刑事が訪ねて来たのは、もうすっかり夜になってからだった。寮生のほとんど帰郷した寮はがらんとして、暗く寒い。その玄関にたたずむ、刑事の姿はまさに孤影《こえい》であった。

「……私にできることは一つしかなさそうだ。まだいくつかの手懸りは残されているはずだ。これから、夜行列車で東京に行くつもりだ」

そういうと、彼は夜の雪の中に消えて行った。

このあとも、数日は短艇部選手遭難の記述が続くのですが、ここで簡単にまとめておきましょう。

翌日三十日には、遭難場所は、鯨島、九島間にちがいないと確認され、掃海作業がおこなわれて、八人の遺体が発見されました。

そして大晦日《おおみそか》には残った二体も引き揚げられて、計十名全員の死亡が確認されました。

高塚さん、須藤さんの遺骸《いがい》もその中にあったことはもちろんです。

二高では短艇部選手の遭難は、明治三十六年に二名、三十九年にも一名あったそうですが、このように全員十名が遭難死するというのは、いまだかつてなかったことでした。

一月三日　木曜

火の消えたような感じ……大平邸は、まさにその言葉どおりだ。

新年を迎えたというのに、邸は陰鬱な灰色の雲に包まれて、生気などというものはまるでない。

主《あるじ》は入院していない。奥様も付ききりの看護で、短かい時間しか、姿を現わさない。そして高塚さんは永遠に消え、藤木運転手の姿さえないのだ。そしてもはや、郁子さんが訪れることもない……。

その上、書庫のこの離れを始めとして、母屋も転居のための取りかたづけが始まり、いたずらに厳冬の冷たい空気が漂っている。

大平家の没落は、もはや覆うべくもなかった。

ふしぎな状況から、その中でぽっつりとただ一人、まるでこの邸の中の主《ぬし》のようでいる自分の存在は、何とも妙である。

ぼんやりと、孤独な沈鬱の中に沈んでいるそんなぼくの所に、秋津刑事が訪ねて来た。

「おめでとう……とは、とてもお互いにいえないが、……」

秋津刑事はそういって渡り廊下の入口から声をかけた。もうあたりもすっかり暗くなった午後六時近くだった。東京から仙台に帰って来た足で来たという。あがってもらい、照代さんが鍋《なべ》ごと持って来てくれた汁粉《しるこ》を火鉢にかけて、御馳走《ごちそう》しようとする。

外は寒い。ほっとしたように、火鉢に手をかざした刑事は、それから好みのゲルベゾルテを一服して口を開いた。

「どうやら、事件のすべてが、見えて来たようだ。私は君に堀分君の死んだ夜の状況には、どうもどこか細かい所で食い違って、しっくり行かない所がある。そこをしっかり検討してみたら、何か手懸りはつかめるのではないかとか、先入観をすべて捨ててあらゆる人間を疑ってみる必要があるとか、この事件には隠れているようでいて、実は外に大きく出ている深い動機があるとか、色々のことをいった。恥しい話だが、そんな演説をぶちながら、私は自分自身、どこかでそれを実行していなかったところがある。だが、一つの事件をきっかけに、もう一度、そのへんをこんどは総合的にしっかり考えてみた。すると、見る見る事件の真相がわかって来たのだ。あとはその具体的な裏付けをするだけだった。いささかつまずいたことはあったが、それもこんどの出張で、確実に手に入れた……」

「つまり事件の犯人がわかったというのですか？」

「そうだ」

それにしては、秋津刑事の表情はあまり冴《さ》えなかった。ふきげんに煙草を、火鉢の灰の中でもみ消す。

「誰です？」

「それだが、もう……急ぐことではないと思う」

刑事の声はくぐもった。

「急ぐことはない……って、どういう意味です？」

刑事はいきなり、ぼくの質問をそらせた。

「それより、先生の病状はどうだ？」

「それが……あまり良くなくて、もう今日、明日にでも……おかしくないと……」

「三隅は現われない。こんどは高塚君までが……では、先生もおかしく思わないはずがないだろう？」

「ボート部の練習のあと、故郷《くに》で不幸があったので、長野に飛んで行ったということでごまかしているそうですが、実際の所、先生もそれをたずねるだけの気力もなくしているようで……」

「そうか。それほど悪いのか。いや、どうもおじゃました」

刑事は突然、立ちあがった。

「秋津さん、汁粉を……」

「ありがとう。だが、まだ先に急ぐ用があるのでね」

仙台駅からまっすぐにぼくの所に来てくれたはずだ。それなのに、大した話もせず、引き上げようとする……。

当惑するぼくをあとに、刑事はさっさと帰って行った。どこか逃げるような感じでさえあった。

一月八日　火曜

三学期開始。同時に、短艇部遭難者の校葬がおこなわれた。

阿刀田校長が長い誄辞《るいじ》を読み上げた。だが、終りの方に行くにしたがって、内心、割り切れぬ不満を感ぜずにはいられなくなった。

遭難の模様が時間を追って述べられたあと、これは雄大剛健の我が二高精神に殉じたものだというあたりから、何かぼくには妙な気がして来た。

そして、言葉の一句々々はおぼえていないが、〝しかるにこの頃は二高生の中にも、真の魂の訓練に欠ける者も多くなり、反省報恩の念薄く、はなはだしきに至りては祖国をそこなわんとすることに熱意を傾倒する者あり〟と聞いて、〝あれっ？〟と思った。

いったい、そんなことと、〝十人の二高生、東北帝大生〟の悲劇的な死と何の関係があるのだろう？

だが、校長は論を進める。

十人の死は忠臣義士のそれと同じである。〝……近来世人は思想学生の行動を見て国家をカフ（きっと荷負ということなのだろうが、どうしてこんな妙な言葉を使うのか！）する者は学校青年ではないかと思うようになっているが、この十青年の死はそういう世間のまちがいを正し、学校の信用を回復するものだ……〟と。

ついこの前までは、こういう言葉に、ぼくは何となくおかしさを感じながらも、具体的にそれを指摘することはできなかった。

だが、今は少しはわかる。

これは論理の飛躍というよりは、強引に無関係の物をくっつけただけなのだ。

いや、はっきりいうならば、十人の死を利用して、自分のいいたいことを、勝手に吹《ふい》聴《ちょう》しているだけなのだ。これは死者に対する冒瀆《ぼうとく》とさえいえる。

十人の死は悲劇的である。死んでも死に切れなかったろう。苦しかったろう。冷たかったろう。だからこそ、ぼくたちの胸に痛く喰《く》いいるのである。

その死をただ自分の主張に都合のいいように歪《ゆが》めて、悲壮化し、美化して利用する……。

これでは校長の誄辞も、弁論大会でぶたれる、皇国派学生の演説と同じではないか!?

きっとこの考えを、堀分やフケに話したら、賛成してくれると思った。おまえも少しは利口になったなといってくれるかも知れない……。

そう考えたら、急に胸が熱くなった。校長の〝大二高の実現は校葬の本日を踏み切りとして急速度になさるべし……〟と続く終りの方の言葉をむなしく聞きながら、ぼくはまったく別の所で、高塚さんやゴリさんの死を、深く悼《いた》んだ。

一月十日　木曜

先生が亡くなる。

ぼくは今、たったこの一行しか、書く気力を持たない……。

インターミッション

「どうですか、お渡ししたぶんを読んで事件の真相とか犯人とかいったものが、少しでもわかりましたか？」

次の金曜日、待つほどもなく、あとから〝奈加子〟の店に現われた金谷さんは、すぐに私にきいた。

街はもういつもの騒がしさをとりもどしていた。

横切って来た不忍《しのばず》通りも、信号に区切られてひとかたまりとなった車が、次から次へと押し寄せていた。

しかし夏の暑さは、さすがにくたびれて来たらしい。特にきのう、界雷めいた土砂降りの夕立ちがあってから、急に涼しさが感じられるようになった。

今晩は、店のクーラーはとめられていた。かわりにカウンターのうしろの窓が開けられて、涼風が呼び込まれている。

町のざわめきがいっしょに流れ込むが、たっぷりした自然の風は、やはり極上だ。

私はカウンター上の、読み終えた前の日記のぶんに、手を置きながら答えた。

「いや、どうも良くわかりません。どんな推理小説を読んでも、いつも意外な犯人にびっくりする男ですから」

「むりもありません。私も当時は、五里霧中の感じでしたから」

「けっきょく、この玻璃《はり》を着た探偵さんが、事件を解明してくれるのですか？」

「もちろん、そうです」

「堀分という人を殺した犯人も、化石骨を盗んで脅迫した犯人も、同じなのでしょうか？」

「ヒントとして、答えておきましょう。そのとおりです」

「……と、まあ、そんなことをきいても、わからないことには変わりありませんが……」

金谷さんの顔には、少しいたずらっぽそうな微笑が浮かんでいた。

「よかったら、前の部分ももう一度持って帰って、読みなおしてください。事件をときあかすのに不要な部分もある程度入っていますが、必要な部分は落さなかったつもりですから。あなたは、探偵小説に、終りの方で〝読者への挑戦〟と区切って、作者が読者に犯人当てを要求する型式があるのは、ごぞんじでしょう？」

「金谷さんも詳しいじゃありませんか？　ええ、知ってます」

「これも、ひょっとしたら、そんなものになるのではないかと思うのですが……。ということになると、これが解決篇《へん》ということになりますかね」

金谷さんは新しく持って来たぶんを、私の前に置いた。

金谷さんも曲者《くせもの》だ。ちゃんとそのへんは計算してのことらしい。

「楽しみです。それじゃ、前のぶんももう一度持って帰って、目を通させてもらいます」

奈加子さんが口を入れた。少し離れたカウンターのむこうで、菜を作りながら聞いていたのだ。

「何だか、面白そうなことが書いてありそうですね。私にも読ませていただけませんか?」

金谷さんはかなり照れた。

「奈加子さんにですか?　何か恥ずかしい感じですが……いいですよ。じゃあ、読み終ったら、奈加子さんに回してください」

その夜は私は飲むのも軽くすまし、金谷さんをあとに残して、アパートに飛んで帰った。

〝柔和にして暴虐〟

一月十二日（土）～十四日（月）

すべてが明らかになった。秋津刑事が、ときあかしてくれたのだ。

正確に詳しく書きとめておこう。長くなるので、書き終るのに、二日か三日、かかるかも知れない。

十二日午後一時より、大平先生告別式。先生の人望を裏書きするようにたくさんの弔《ちょう》問《もん》者が押しかけた。

茶毘《だび》を終って、火葬場を出た時には、あたりはもうすっかり薄暗くなっていた。

道端に停《と》まっているタクシーの横を通ろうとすると、ドアが開いて、ぼくの名を低い声で呼ぶ者がいる。秋津刑事だった。

昼過ぎ、焼香《しょうこう》の列の中に、ちらりと姿を見たが、それからは消えていた。

「……ちょっとつきあってくれたまえ。二人だけで大平先生を追悼《ついとう》する小宴とでもいうのをやって、事件のことも話したい……」

秋津刑事は、霊屋橋の対橋楼《たいきょうろう》という会席料理の旗亭《きてい》に、ぼくをつれて行った。米ケ袋の先生の邸《やしき》から、そう遠くない。

ずいぶんりっぱな店で、案内された部屋には、いくつもの火鉢に赤々と炭がおこって、暖かかった。

「君も少しは飲むのだろ？　大平先生の冥福《めいふく》を祈りながら盃を傾けよう。実をいうと、少し飲みながらでないと、多少、事件の話をするのに勇気が要ることもあるのだ」

「勇気……というと……」

当惑するぼくに、刑事はにがい顔をした。

「つまり、真犯人のことを話すのに、勇気がいるのだ」

「そんな勇気の要る犯人というのは誰《だれ》です!?　そういえば秋津さんは、この前、犯人はわかっているといいながら、何かへんなようすで、さっさと帰って行きましたが……」

「そういうことだ。だが、もう決着をつけてもいい時が来たようだ。ともかく、金谷君、事件を初めから考えてみよう。まず堀分君の殺された夜のことだ……」

秋津刑事はゆっくりしたテンポで盃を傾けながら、話し出した。

「……殺されたといっても、犯人は意図的に殺したのか、それとも殺す気はなかったのだが、堀分君の特異体質を知らず過失で殺してしまったのかの二つに、問題点はわかれていた。このへんから慎重に考えを進めてみよう。その後、私は郡山に行ったりして、堀分君のお母さんから、他《ほか》の人間が彼の特異体質を知っている可能性は、ほとんどないと知った。つまり犯人は、眠らせるだけのために、堀分君に薬を盛ったと考えてよさそうだ。では、何のためにかということだ」

「もちろん、化石骨を盗むためでしょう?」

「そう、私はまずそう想定した。だが、あの夜の事件の経過の中には、どこか細かい所でチグハグな所がある。いったいどこだろうと、もう一度、ゆっくり考えなおして気がついた。そんな睡眠薬を盛るような手のかかることまでしなければ、あの化石骨は盗み出せなかったのかということだ。堀分君の死んでいるのを発見した女中の照代さんは、母屋の廊下から見て、離れの廊下に堀分君の足が奇妙に突き出ているのを目撃したのが、発見のきっかけだと証言している。つまり、渡り廊下からの入口は、開いていたということになる。金谷君は、あれ以後、あの離れに寝起きして、実際経験をしているからきくのだが、離れから出て母屋に行く時は、いちいちあの入口の板戸を閉めたり、外から錠をおろしているのか?」

「いや、そんなことはしません。誰も寝起きしていなくて、長い間使わない時は、外からちょっとした南京錠《ナンキン》をかけますが、そのほかの時はあけたままです。もちろん、中で夜、寝る時は、内側に落し桟があるので、閉めてからそれをかけますが……」

「あの夜、堀分君が母屋に食事に行った時も、そんなやりかたであったにちがいない。庭に面した縁側の雨戸やガラス窓はすでに閉められていたが、渡り廊下の入口には戸締りはなかったように思える。どうして犯人はその隙《すき》に離れに入って、骨を盗もうとしなかったのだろう？　いや、開いていたのは、渡り廊下の入口ばかりではない。廊下に続いて、まっすぐに書庫の通路につながって突き当る窓も開いていたのだ」

「しかし、あれは犯人が逃げ出した時、開けて行ったのでは……」

「そうじゃない。あの夜、食事が終って皆が散らばった直後の、六時五十二分頃だ。女中のきみさんが、洗濯物をかたづけに裏庭に行った時、堀分君が離れに入って、電灯をつけた光を見たと証言している。しかし、あそこの窓は、ガラス窓の内側にもう一つ板窓がある。そこももし閉められていたのなら、堀分君が電灯をつけたのを目撃できるはずがない。ここにチグハグな事実がまた一つあったのだ」

「すると、犯人があそこを開けたというのは……」

「まちがいだ。犯人はすでに開いていた窓から逃げたに過ぎないのだ。それを私は犯人が開けたものだと、思い違いをしてしまった。考えてみるがいい。確かあの日の夜は、梅雨がもう明けるのかと思わせるような、かなり蒸し暑い夜だった。夏になって、君があの離れに寝起きするようになってから、私も何度かあそこにいる君の所を訪れたが、君もやはりあの書庫の窓と渡り廊下からの入口を開いて、その間で本を読んだりしていた。どうやらあそこは夏の風の通り道になる、一番涼しい所らしい」

「そのとおりです」

「離れの戸締りについて、これ以上詳しく穿鑿《せんさく》する必要もないだろう。ともかく、離れに戸締りはないようなものだった。しかも、堀分君は一日のうち、たびたび母屋に行っていたろうし、夕食の時などそのままで、ずいぶん長い間、離れをあけていたことになる。少しでも大平先生の邸を知っている者なら、そんなことは知っていたはずだ。それなのに、なぜ犯人はわざわざ堀分君を眠らせて、化石骨を盗み出す必要があったのだろう？　金谷君、どう考える」

「さあ、わかりませんが……」

「犯人は骨を盗むために、堀分君を眠らせたのではないのだ」

「しかし、やはり骨は盗まれていました」

「それは、ほんとうの意図を隠す、カモフラージュのためだ。ほんとうの意図は別にあった」

「しかし、ほんとうの意図というと……？」

「堀分君が、あの時、睡眠薬で眠っていたとしたら、いったい、いつもと違った何が起きたろう？　そのことを考えてみよう」

「違った何かといっても、別に……。ただ、食堂にもどって来ないで、従って読み続けていたシェークスピアの戯曲の朗読ができなくなるとか……」

「そのほかには……」

「彼は良くしてくれる奥様に申し訳ないといって、色々の雑事を手伝っていたようですから……」

「例えば？」

「男手のいる力仕事とか、それから来客の取り次の手伝いとか……」

「それだ！　もし来客があっても、彼が眠らされていたのでは、取り次に出られない」

「しかし、あの夜の来客といえば三隅だけですが……」

「そうだ。三隅だった。その三隅がもし堀分君と、顔を合わせたくなかったとしたらどうだろう？」

「顔を合わせたくないといっても……堀分と三隅とはまるで無関係で、顔を知らないはずですから……」

「そうだ。顔を知らないはずだった。ところが、それが知っていたとしたらどうだろう?」

「知っていたって……よくわかりませんが……?」

「つまり堀分君はその顔を知っていて、それは三隅ではない……つまり訪ねて来たのは偽三隅だとわかったらどうだというのだ」

「偽三隅というと、その男は別の人間だったというのですか?」

「そうだ。まとめていうと、こうなる。堀分君は本来なら三隅を知らないはずだった。ところが三隅といって現われた男は、堀分君が良く知っている人間で、それは三隅という名ではなかった。つまり偽三隅だ。偽で現われるくらいだ。彼には企《たくら》みがあった……」

「そうか! 読めて来ました! そこで偽三隅は、その正体がばれないために、堀分を眠らせようとしたというわけですか。じゃあやはりその偽三隅が犯人だったというわけですね! だから、彼は二十分も約束が遅れたんだ。その間に、離れの方にいる堀分の所にまわって、薬を盛って眠らせようとしたんだ。面識の間だったら、それもできたにちがいありません!」

「君のその想定も、悪くないということにしておこう。だが、それなら、どうして堀分君はその男を良く知っていたというのだ?」

「それは……例えば……」

「同じ故郷《くに》の郡山か何かの人間で……」

「そのとおりだ！　同じ故郷の人間で、良く知っていた。だから堀分君が三隅の取り次に出ることは回避しなければならなかった……」

「待ってください！　それなら、奥様も知っている可能性が……」

「そうだ。可能性ではなく、知っていたのだ……」

ぼくは当惑した。次の言葉が出て来なかった。その間に秋津刑事は続けた。

「……もっとはっきりいえば、来客が三隅の偽者《にせもの》であることを知っていたのだ」

「しかし……しかし、知っていて……どうして……」

「もちろん、そもそもはこれは奥さんの意図したことだからだ」

ぼくは混乱した。

「待ってください！　奥様は三隅が仙台に着いた時、駅に迎えに行ったのですよ。その時、おりて来たのは……」

「もちろん本物の三隅だ。だが、芭蕉館に泊った時は、本物の三隅ではなく偽者の三隅とすりかわっていたのだ。思い出してみるといい。奥さんは仙台ホテルが大改築で休業中なのを忘れて、うっかりそこを三隅に教えた。それで慌てて駅に迎えに行ったといった。だが、駅前のあのホテルはもうずいぶん前から工事が始まっていて、ちょっとした人なら、当然知っていておかしくない。むしろこれは自分が駅前に行って、すりかえの工作をする口実だと考えたほうがいい」

秋津刑事の途方もない方向にひろがる話の海の中に、ぼくは溺《おぼ》れそうになった。やっとの思いで、水面上に顔を出す。

「待ってください！　何か三隅がすりかわったという話ですが、しかし仙台におりたのは本物だというと……。その本物はどうしたのです!?」

「偽者の方は仙台にそれより以前についたか、それとも本物と同じ列車でついたかはわからない。ともかく本物のついた時間に合わせて、芭蕉館に現われて、三隅の名で宿泊したのだ。その間に、奥さんは本物の三隅を……具体的な方法は不明だが、ともかく言葉巧みに欺《だま》して、八木山橋につれて行った。そして、頭部あたりを石かその他の強力な鈍器で殴打して殺害した！」

「殺害した!?」

ぼくの声は悲鳴に近かったろう。

「そうだ。殺害した。そして八木山橋から落した……」

「バカげてますよ!!　奥様が人殺しだなんて!!　第一、秋津さんの理屈は強引すぎますよ！　これじゃあ、小竹刑事と変わりやしない……」

刑事の声の調子がやや落ちた。

「ああ、ある程度、それは認めよう。実をいえば、今までの推論も、動かしがたい証拠を、この前の出張で手に入れた上でのことなんだ。私は拐帯した三隅の行方を追って、かなり長い間動いた。だが、まさか私の知っている三隅が、ほんとうは三隅ではない偽者だとは、露ほども疑わなかった。だから、比較的小背で、こうこういう人相ときめこんで、あまり深く考えなかった。だから本物の三隅を知っている紹介者の大学の先生などにあっても、その点はあまりきかなかった。今思えば、人相や性格等々で食い違うこともあったが、おやと思いながらも、深くは考えなかった。だが、ふっとしたきっかけからこれはおかしいと気づいて、こんどの東京出張では、彼の写真を探した。なかなか見つからなかったが、彼が大学職員当時、同僚と写した写真を、ようやく手に入れた。それがこれだ……」

秋津刑事はヴェストのポケットから、一枚の写真を取り出した。ベスト判の密着焼付けだった。

「……その四人並んだ左端の男が三隅だ。小さいが、大体の所はわかるだろう。どうだ、君の知っている三隅か？」

「違うようですね」

「そこでもう一枚、見せよう。気味の良い写真ではないが、まあ、我慢してくれたまえ」

横に並べられた写真は、裸の胸から上を写した死体写真だった。顔の半分近くが血塗られ、頭に砕けた部分もあることがはっきりわかった。

ぼくは唾《つば》をのみこみながら答えた。

「似て……いますね」

「そうだ。同一人だ。つまり本物の三隅で、これは皮肉なことに、私が捜査の担当をした、八木山橋の身元不明の自殺死体のものだ。頭部の傷は、投身して岩にぶつけたものとも思えたが、殴られたものという可能性も残っていた。だが今は殴打によるものと、はっきりわかった……もう一枚写真を見てくれ」

刑事はいま一枚の写真を取り出した。

これもベスト判だったが写っているのは、一人の男だけだった。何かの大木の横に立っている。

「これは、あの三隅じゃありませんか！」

「そう、私たちの知っている、偽者の三隅だ」

「どこからこれを!? いったい、これは誰なのです!?」

「手に入れたのは郡山だ。この男は江田悦夫……つまり奥さんの弟なんだ……」

ぼくは絶句した。

秋津刑事はたて続けに、盃を二杯ばかり重ねて、話を続ける。

「……この動かし難《がた》い証拠をもとに、初めから話を組み立ててみよう。すべての遠因は大平先生の癌《がん》から始まったといっていいだろう。先生がそのことを知ったのは、確か……」

「五月の初めのことです」

「そうだ。先生は自分の先が長くないことを知って、自分の一生の仕事にしていた研究をあとに残すために、全財産を投げうって、研究所設立を決心し、すぐにそれを始めた。しかし、奥さんもそのしばらくあと、先生の癌のことを、ひそかにしらされた……」

「ええ、東京の松村という医師が、先生に少しでも長生きしてもらうためにはと、奥様に生活の管理を頼んだとか……」

「だが、その間に、先生は奥さんにもしらせず、財産の処分を始めていた。先生の生活を、それとない注意深さで見張っていた奥さんだ。それ以前から、何かおかしいことには気づいていたろう。そして先生の癌のことを知って、ようやく事の意味をはっきり悟った。奥さんはびっくりした。先生の先が長くないことはわかった。しかも財産のほとんどが研究所設立にまわされているらしい。やがて先生が死んだら、ほとんど無一文になって放《ほう》り出されてしまう……」

「しかし、先生の話では、夫婦二人がつつましくやっていくくらいは残したと……」

「そう、つつましくだ。しかし、前の優雅な暮らしから比べたら無一文だ。第一、娘の頃から、ぜいたくに馴《な》れた奥さんが、そんな生活に我慢できるだろうか？」

「奥様はそういう人間じゃないはずです」

「そこだ！　犯罪捜査には偏見や独断は捨てなければならないと信じていた私だが、先生の奥さんには、やはりそれができなかったと告白するほかはない。いや、一度は、君も知ってのとおり、奥さんを疑ったこともある。そしていい所まで迫ったのに、目の曇っていた私には、それを見通すことができなかった。例えば在《ざい》で聞かれた奥さんへの悪口だ。〝人の目の色を読む器用な女〟とか、品よく貴族ぶった〝じょうずな芝居をしているが、根は貧乏万屋《よろずや》の娘〟だとかいうやつだ。悪口は案外真実を突いているものだというそばから、私はそれはやっかみの単なる悪口だと捨て去ってしまった……」

「じゃあ、秋津さんは、奥様がそういうふうに……何というんですか……金に汚いというか、欲張りの……何かそういう人だというのですか？」

秋津刑事はそれに答えず、また続けて盃を何杯かあおった。

「……私たちは美しく品良いものには、理屈なしに敬服する。これは男も女もだ。だが、男が美しく品良い女性に対するばあいは、それも特別になる。どんな欠点も、気に障《さわ》ることも、男の方で修正して長所にしてしまったり、許してしまうところがある。先生の奥さんに対しても、それがなかったか、考えてみるといい。どうだ？」

ぼくは返事に詰まった。刑事のうってかわった奥様への攻撃の態度に、ただもう立ち迷っていたのだ。そんなことを考える余裕など、あまり持てなかったのである。

秋津刑事はぼくの沈黙を無視して続ける。

「……例えば、奥さんの、先生への来客に接する態度だ。冷たい。めったに先生に会わせないという態度だ。君だって、それにはコツンと胸に来たことがあるのじゃないか？」

ぼくは先生の所を、最初に訪れた時のことを思い出した。確かに冷たいといえば、冷たい態度だった。堀分や郁子さんという仲介者がなかったら、おそらくぼくは永遠に大平先生の面識を得なかったろう。

そして以後も、やはり奥様を通して先生に面会することは、重たい気持ちだった。奥様自身の独断で、こちらの訪問を、先生に取り次がないこともよくあった。

ぼくもだんだんずるくなって、高塚さんを通じて連絡するというような別の方法を使うようになった。

ぼくは秋津刑事の指摘を、認めざるをえなかった。

「ええ、それはまあ、確かにそういう所はありましたが……」

「だが、君は自分自身で、奥さんに対して何かの弁解を見つけて、それを許したのではないか？　実は私もそうだった」

刑事はかなり的確に、こちらの心理を見抜いているようだ。

「しかし……そうはいいますが、確かに先生は忙しい人ですし、まだ癌とはわかっていなかった頃にしても、奥様は先生の体には気を使っていらっしゃって……」

「そうか。それが君の自分自身の中での、奥さんに対する弁解だったのか。確かにそれはある意味で真実を突いている。何しろ先生は一家の大黒柱としての、大切な存在だったからな。先生の体を気遣うという貞婦の美徳に見せて、実は先生の生活を自分の思うように管理をしていた所がある。だがその先生は、学者それ自体としての、大切な存在ではなかった。学者として、自分たちの金銭的生活を支えるための大切な存在だった。何しろ奥さんは金銭がなくては、人の心を繋《つな》ぎとめられないと考えているところがあったらしい」

「よくわかりませんが……」

「奥さんは冷たい高貴さで、使用人や目下を、自分の思うように従えながら、それに報いる金銭の支払いだけには、どうやらそつがなかったらしいということだ。同情していうなら、奥さんはそういうことでしか、人間関係は作れないのだと、無意識のうちに思うように育ってしまった……」

堀分やぼくに対するたっぷり過ぎる報酬、ついこの前、奥様が報酬を出すと主張してぼくにいった言葉「……私の気持ちのあらわれとして受け取ってください」、そして酔っ払った藤木がぼくにからんでいった言葉「欺されるなよ。あれで、どうして、どうしてきびしいんだ」……そんな過去のことが、ぼくの頭に浮かんでは消えた。

藤木は世俗人間の聡《さと》さから、そのへんを見抜いていたというのだろうか？

「……奥さんに対するよけいな既成概念を捨てると、まだ色々のことが、ふしぎによく見えて来る。奥さんのそういう目下に対する接触も、実のところ、目上の人には通じない部分がある。その時は、奥さんは、女そのものを使った。私の目撃した例はほんのわずかだが、それでも病院に見舞いに行った時、奥さんが院長や担当医に接している所にも出会った。また、署に来て、署長に、三隅の拐帯を正式に届けたのにも立ち会った。その時の奥さんには、驚くほど冷たさというものがなかった。柔かな女の匂《にお》いに溢《あふ》れていた。対する人たちも、そういう奥さんの魅力に、すっかり引き込まれているようだった。今でも私はあの時の奥さんが、もっとも好ましい美しさだったと思えてならない……」

夏休みの時、大平先生が大学の先輩教授を自邸に招いた時のことを、ぼくは鮮やかに思い出していた。

確かにその時の奥様は、見違えるような明かるい女性っぽさに溢れていた。やはりぼくも、あの時、一番美しい奥様を見た気がした。

「……人に対すれば、目上か目下かを機敏に見分けて、柔軟な鮮やかさで人間関係を作る。奥さんは無意識のうちに、それを身につけていたようだ。少女時代の小さい時、その美しさと利口さに目をつけられて、金持ちの家の養女となった彼女の生い立ちを考えると、それもわかるような気がする。自分の美しさから、幸運をつかむきっかけを作った彼女は、目上に対しては、それを駆使することで、自分の存在を守らねばならなかった。彼女が養女に入ってから、平野家に男子の実子が生まれたということも、あるいは彼女の性格形成の上に、大きく影響していると思うのは、私の考え過ぎだろうか?」

「ぼくには……そういう深い所までは、何とも……」

「彼女は平野家の娘としての、恵まれた存在を繋ぎとめるには、こんどは持っている以上の美しさと賢さを見せねばならなくなった。〝じょうずな芝居をしている〟という悪口は、案外、こんな所をいっているのかも知れない。だが、目下の者は、目上の者より、はるかに厳しくて、現実的な所がある。へたをすれば本質を見抜かれるし、嫉妬《しっと》と羨望《せんぼう》をまじえて、ありもしないことまでも作り上げて、足を引っ張ろうとする所がある。この人たちを手なずけ、また黙らせるための決め手は……」

「さっきいった、金銭だというのですか?」

「そうだ。毅然として気品ある威圧の一方で、やさしい恵みとしての金銭や、あるいはそれと同等の贈り物。正直の所、誰もこれには弱い。特に一般庶民は弱い。巧みに差し出されれば、手もなくまいってしまう。その人の誠意や愛情とも錯覚する。彼女はほとんど無意識な巧みさで、これを駆使した。あるいは、こんな才能は、やはり彼女がそれ以前に生まれ育った実家の、環境や遺伝からくるものかも知れない。つまり彼女の性格の奥には、天性の美しさと賢さと同時に、天性の金銭に対する庶民的通俗感覚がひそんでいたのではないかということだ……」

不意にぼくは、郁子さんが奥様についていった言葉を思い出していた。

ちょうど東京から、先生の所へ二人の学者が客として招かれて来た時だ。

「……奥さんの利発さには、とても太刀打ちできないわ、生まれ落ちた環境とか、幼い頃に受けた教育というのは、一生抜け落ちないものね……」

あの時は、何か焦点がはずれた言葉で、良く理解できなかった。

だが郁子さんは、女として、また彼女独特の賢さで、奥様の本質を見抜いていたというのだろうか？

刑事はふと沈黙した。盃をなめて語調を変えた。何か苦しげな調子がひそんでいた。

「……ずいぶん理屈をこねた悪口をいうと思うかい？」

返事のしようがなかった。考えがまとまらなかったのだ。

だが、彼がいう一つ一つが、ぼくが奥様に抱いた直接的な印象の裏側を、ふしぎに突いていることだけは確かだった。

刑事は続ける。

「……正直のところ、いささか自分でも考え過ぎかと思っている。だが、これは刑事犯罪の被告を弁護する、弁護士の弁論のようなものさ。このくらい考えなければ、私自身が納得できないし、これからの話ができない気持ちがあるんだ。だからついでに、もう一つ弁護させてもらおう。実のところ、私は今でもやはり奥さんはすばらしい人だと思っている所がある。いや、ほんとうにそうなのかも知れない。つまり奥様はまじりっけのない天性の貴族だということだ。だが、貴族や華族という人種は、自分で働いたり、作ったりして金を得ることを知らない。ひたすら人間関係という生産性皆無の中から金を作るだけだ。そのための社交だ。そしてその曖昧《あいまい》な物の中から得た金を使って、今度は目下の者との人間関係を作る。あるいは奥さんはあまりにも貴族的という不幸な星に生まれたために……やめよう！　奥さんの弁護はやめて、こんどは検事の論告に入ろう！」

刑事は物思いをふっ切るように強くいうと、やや平板な調子で話し続けた。

「……ともかく、これが普通の奥さんであったとしても、先生の奥さんのような状況に置かれたら、内心穏やかではないだろう。また途方に暮れるだろう。事件の動機は何の隠されることもなく、私たちの前に投げ出されていたのだ。だが、奥さんに対する私たちの固定観念が、ついそれを見過ごしてしまった。奥さんが何とかしようにも、気づいた時には、もう先生はすべての財産の処分は取りきめてしまったあとだった。あるいは……思うのだが、先生は案外、奥さんのそういう本質を見抜いておられたのではないだろうか。そこで、奥さんには相談することなく、さっさと話をとりきめて、事後に抜き打ち的にそれを発表されたのかも知れない。先生は社会的なことに対しては、必ずしも機敏でないかたと聞いている。それがこのことに関する限り、ばかに独断的に機敏だった感じがしないか？」

「そういわれてみると、確かにその感じはありますが……」

「奥さんは何とか取り返しがつかないかと考えた。そして実に大胆な企みを思いついた。おそらく、まちがっていない想像と思うが、そのきっかけは、先生に邸の処分や研究所の設立を正式に打ち明けられ、会計責任者として三隅という男が仙台に来るということをしらされた時ではないかと思う。話を聞くと、先生も初対面で、その人相や風体も良く知らない。ただ歳《とし》の頃だけは弟と良く似ている。そこで、奥さんは自分の弟を、三隅にしたてあげ、本物の三隅は抹殺することを考えついた。無慈悲で腹黒い企みだ。奥さんの弟は昔から詐欺まがいの色々のことをやっていたというから、あるいは奥さんの血の底にも、遺伝的にそういう企みの血が流れていたのかも知れない。だが、大胆ということでは、弟の方はあまり大したことはなかったらしい。この犯罪は、奥さんがあの気丈さで、弟を引っ張って進めて行ったことは確かだ。弟を三隅にしたてて何をしようとしたか？　それは起こった結果がすべてを物語っているから、詳しく話す必要はないだろう」

「じゃあ、この事件にＴＨＤはからんではいないのですか？」

「そうだ。ともかく、それを抜きにして考えれば、事は明快になってくる。これは先生が研究所に投げ出した金を、ひそかに取り返そうとする、奥さんの犯罪だったのだ。弟が命ぜられて、その犯罪に加担した……」

ぼくもしだいに、奥様の犯行を認めざるをえなくなって来た。だが、どこかでまだ、信じられない気持ちだった。第一、あの奥様が、凶器をふるって血なまぐさい人殺しをするなどとは……。

「本物の三隅氏は八木山橋の所で殺されたといいますが、ひょっとしたら、それをやったのは、弟の方では？」

秋津刑事は無情に断定した。

「いや、奥さんだ。三隅を名乗った弟……江田悦夫は、仙台の列車でおりた時間に合わせて旅館に到着して、もっともらしい状況を作らねばならなかったし、私の調べでは、そのあと、ずっと旅館にいたこともわかっている。奥さんは殺害後、死体を裸にして、八木山橋の下に投げ込んだ。あの奥さんの気丈さも裏目に出れば、そういうことになる。裸にしたのは、身元を不明にするためだ。だが、橋の上に着衣が残っていなければ、自殺という話はおかしくなる。そこで、ひそかに古着屋などで買った服を一揃《ひとそろ》い、覚悟の自殺と見せるために、きれいに折り畳んで残しておいた。だが、良くその寸法を調べてみると、自殺者とぴったり合わない感じなのだ。新聞によっては、警察は自殺に疑いを持っている様子もあると書いていたが、実はそのことだったのだ。私は仙台や県内の古着屋や質屋に手配して、その古着の出所を洗おうとしたが良い結果は得られなかった。おそらくあの古着は、弟が県外で買って来たのだろう。まさかあの八木山橋事件の背後に、そんな大きな陰謀がひそんでいて、しかもあとでそれに私がかかわろうとは、当時は思っていなかった。だから、その事件の方は、保留されたままでいた。だが、奥さんは、ともかくこうして陰謀は第一段階を終って、今度は偽の三隅を邸に迎え、堀分君を眠らせるという第二段階を迎えた。ここにまた一つ、面白い事実がある。その少し前から、堀分君が奥さんに、別の下宿に移ることをすすめられていたということだ。だが、彼は先生の邸が居心地いいといって渋っていた。けっきょくは六月いっぱいまでいることになったらしいが……」

「なるほど。ともかく、あの日の夜は、堀分と奥様の弟が顔を合わせることは避けられても、以後のことがあるというわけですか！」

「研究所資金の拐帯は、迅速《じんそく》にやるつもりだったにちがいないが、それでもすべてを現金化するまでには、やはりかなりの期日がかかる。その間に、また偽三隅がいつ邸を訪ねるかわからない。そのたびに堀分と会わないようにするのは、むずかしいと考えたからにちがいない」

「じゃあ、もし堀分が奥様に下宿をすすめられた時、即刻それを承知していれば、薬ものまされなかったし、だから死ぬこともなかったことに……」

途中で絶句したぼくに、刑事はうなずいた。

「そうなるな。まったく運命というやつは、ちょっとしたことで、生と死をわけてしまう」

「ちょっと思いついたのですが、もし奥様が犯人なら……それなら、どうしていっそのこと、堀分をほんとうの毒で殺してしまわなかったのです？　もし奥様に殺人者としての残忍さを認めるなら、その方があとでまた二人が顔を合わせるという心配も永遠になくなって、いいではありませんか？」

「まだ、奥さんが犯人であることに、疑いを持っている調子だな。だが、私は奥さんに殺人者の素質を認めるよ。しかし、堀分君のばあい、あえてそれをしなかったのは、警察の手を恐れたからだと思う。陰謀の最終目的はまだ先にある。堀分君が他殺だったら、警察の手が入る。自殺を装おわせても、同じことだ。そこから捜査の手が拡大されれば、いつ陰謀の何に触れてくるかわからない。それよりは、堀分君はコーヒーを飲んだあと、何だか知らないが、急にひどく眠たくなる。そして目がさめる……それだけですませるほうがはるかに賢明じゃないか。あるいは堀分君はなぜ眠ったかを怪しんで、ひょっとしたら睡眠薬のことに気づくかも知れない。だが、その時のカモフラージュとして、一応、化石骨を盗んでおく。骨はあとから邸の目につく所に置いておいて、発見させればいい。あるいは、奥さん自身が邸内のどこかで見つけたということにして、先生の所に持って行ってもいい。泥棒はガラスケースの中に入った高価な物のようだったので、盗んだまではいいが、ただの骨と知って遺棄《いき》した。そんなふうに思わせればいいわけだ。ともかくこういう状況なら、すべては邸の中でおさまることだから、何も先生が警察に届けることはない……」

「しかし、いったい、堀分は睡眠薬を、どんな手段でのまされたのですか?」

「やはり、夕食後のコーヒーだ」

「しかし、コーヒーの道具のすべてに、薬の痕跡《こんせき》は発見されなかったはずですが?」

「それはあとから、その痕跡が消されたからだ。ここでもチグハグの事実の一つが、薬がどこに入れられたかを物語っていたんだ。大平先生は前日の夜、堀分君の所に行ってコーヒーを御馳走《ごちそう》になり、その時、ブラック・コーヒーについて講釈した。そのきっかけは、砂糖壺《つぼ》にもうわずかしか砂糖が残っていなかったことからだという。ところが、警察が現場で壺を見た時は、砂糖は八分目くらいも入っていたのだよ。しかも、堀分君は夕食を終って離れに行く時、やかんの水以外は何も持っていかなかったという。このチグハグの事実をうっかり見逃がしていた私は……いや、何ともうかつだった。薬はその前日から残っていたわずかの砂糖の中に入れてあったのだ。また実際上、適量を堀分君にのませるためには、そういう少ない量の中に薬を入れておいて、砂糖を全部使わせなければ、期待した効果はあがりにくい」

「というと……けっきょく、堀分はその薬の入った砂糖を、コーヒーに入れて飲んだということになるのですか？」

「そうだ」

「しかし、コーヒー・カップやスプーンにも、薬の跡は発見されなかったのでは？」

「だから、そういった痕跡のある物は持ち去られたのではなくて、その跡が消されただけなのだ。私はこれまで、犯人は堀分君が倒れたのを見て骨を盗みに入り、死んでいるのを見てびっくりした。そこで、いそいで、自殺の工作をしようとした。だが、突然照代さんに騒がれ、慌てふためいて、薬の痕跡のある物を持ち去って逃亡した……。そう何となく安易に考えていた自分を反省している。ちょっと緻密《ちみつ》に考えれば、自分のその考えには、チグハグがあることに気がつくはずだったんだ」

「つまり、秋津さん自身もチグハグなことを考えていたと……?」

「そうだ。私は少なくとも七時十五分頃には、もう堀分君はいけなくなったと推定した。検死の結果もだいたい、そのあたりの時間と出ていた。だが、犯人が照代さんに騒がれて逃走したのは七時四十分。この間に二十五分以上の空白がある。犯人は堀分君が倒れて、骨を盗みに入るのを、それとなく見張っていたというなら、なぜ二十五分もの間、もたもたしていたのだろう? この空白を考えれば、犯人は骨を盗むのが目的ではなかったのではないか? 犯人は必ずしもずっと、堀分君の行動を見張っていなかったのではないか? ……といった疑問が出て来てもよかったんだ」

「すると犯人……もしそれが奥様とするなら、どういう行動をとったというのです?」

「睡眠薬はそれより以前の、どんな機会にも、わずかに残った砂糖壺の砂糖の中に入れられる。あるいはその時に、もう化石骨も盗み出されたのかも知れない。そして夕食の頃から、奥さんは密《ひそ》かに堀分君の行動に注意していた。そしてここに興味深い事実が一つある。三隅……いや、江田悦夫が、約束の時間より、二十分も遅れたということだ。堀分君はあの夕食の夜、話がはずんで、いつもより遅くまで食堂でしゃべっていたというじゃないか？　奥さんはさぞ、じりじりとして、堀分君が腰をあげるのを待っていたことだと思う。すでにその時には、弟はもう邸内で、訪問のタイミングを待っていたのじゃないかと思う。堀分君は六時五十分に、ようやく腰をあげて、離れに行った。堀分君が離れに帰ってコーヒーを飲み、ついに倒れたのを見とどけて、奥さんはようやく弟に、オッケーの合図を出した。だから二十分という遅れが出てしまったのだ」

「奥様はその時、堀分が死んだとわかったのでしょうか？」

「いや、詳しくはわからなかったと思う。母屋の離れた所でそっと見ていて、堀分君が倒れるとすぐ弟への合図に走ることのほうがたいせつだったはずだ。だが、おそらくその倒れかたがおかしいことくらいは、気づいていたにちがいない。きっと苦悶《くもん》とか痙攣《けいれん》とかを見せたのではないだろうか。偽三隅こと江田悦夫の取り次に出て、先生の書斎に案内した奥さんは、しばらくして、また離れの堀分の所にもどって、疑惑を晴らそうとした。そして堀分君が死んでいるのを見つけた。奥さんが特異体質について、特別に知識があったとは考えられない。あるいは薬量をまちがったと思ったかも知れない。しかし、ともかくも堀分の死は、薬が原因らしいと考えた。この椿事《ちんじ》に、奥さんはきっと狼狽《ろうばい》したろう。だが、そこは気丈で、利口な人だ。ともかく堀分君の死を自殺に見せようとした。きのうの八木山橋の夜と同じ、自殺に見せる偽装をしようとしたわけだ。同一人の犯罪は、手口が似るというが、皮肉なことに、このばあいは、偶然、そうせざるをえなかったというところだ。ともかく、カップや砂糖壺から痕跡を消したりした奥さんの工作を裏書きする証拠が、これまでに浮かび出た、いくつかのチグハグの状況の中に、実はちゃんと物語られていたのだよ」

「そんなチグハグがあったのですか？」

「ああ。偽三隅と会っている先生の書斎に、いつ奥さんがお茶を持って行ったかが問題になったのは、奥さんが茶の間の茶簞笥《だんす》の前で、茶の用意をしているのを、女中の一人が見たということからだった。だが、その前に、先生はきょうの客は内密の重要な客なので、誰も来てはならないと、いっさい人払いをしていたというじゃないか。それなのに、なぜ奥さんはお茶の用意などをしていたというのだ？　チグハグな話だ。あとになって、奥さんは書斎に行かなかったとわかったが、それなら、彼女は茶簞笥の前で何をしていたのだ？　答は明らかだ。その時に砂糖壺に新しく砂糖を入れるなどの工作をしていたのだ。だが、奥さんはここで大きな失敗を一つしている。新しく入れた砂糖の量だ。コーヒー・カップの方は、洗ってからもう一度底の方に少しのコーヒーを入れておけば、それで問題はない。だが、砂糖のほうは、大平先生がその前の夜に、砂糖壺の量を見て、記憶しているとは思いも寄らなかったし、またあとでそんな量が問題になるとは考えもしなかった。

それなら、少したっぷり入れておくほうがいい。たっぷりした量の中に、薬などまるで発見されなかったら、砂糖が疑われることはまずないと考えた……」

「ただ慌てていて、どっと入れてしまったのでは？」

「あの冷静な賢さの奥さんのことだ。そんなことはないだろう。ともかく、こんなふうに、途中から堀分君の死を発見して、奥様はかなりの工作をしなければならなかったために、すれすれの時間まで現場にいることになってしまった。そして、女中の照代さんが母屋の廊下から事件を発見して、声をかけた。奥さんは慌てて書庫に逃げて、窓から外に飛び出した。密かに庭をまわって厨《くりや》にもどり、初めて事件のしらせをきいたふりを装おう……」

「すると、奥様が書斎から出て来た偽三隅を迎えて、玄関から外へ送ったというのは……」

「嘘《うそ》だ。お互いに初対面の会見だったから、偽三隅の江田悦夫は、何の疑われることもなく話を終って、書斎から廊下に出た。実際の打ち合わせでは、そこで奥さんと会って玄関に行く約束だったかも知れないが、彼女は離れの現場付近でまだまごまごしていた頃だろうから、弟はそのまま独りで外に出たのにちがいない。そして、あとから奥さんと打ち合わせて、送ってもらったことにしたのだ。そうすることで、奥さんにアリバイができるからな。だが、うっかりしてその時間を正確にいったことで、自分の腕時計が二十分遅れていたというこれもまた嘘の証言と、チグハグになってしまった。もし、ほんとうに時計が遅れていて、宿に帰ってから、それに気づいたというなら、送ってもらった時間も、二十分遅れの、正しくない時間になってしまうわけだ。ともかく堀分君の死は思いがけぬ椿事だった。さすがの奥さんも、慌てて工作したので、ところどころにボロを作ってしまった。だがそれでも、堀分君は自殺だと漕《こ》ぎ着けることに成功したように思えた。だが、君は納得しなかった。それを色々といってまわった。そしてそのうち私なども現われて、殺人の可能性をほのめかし、犯人は邸の関係者……あるいは内部の者かも知れないとほのめかし始めた。殺人と思われるのはある程度やむをえない。だが、内部の者と思われては、危なくなる。そう考えた奥さんはそれがまったく外部の者であるという状況を作るために、またひと企みすることを考えついた。それがあのＴＨＤの名を借りた、八幡神杜での骨の取り引きだ」

「確かに奥さんが犯人だと考えれば、あの事件の解釈は簡単ですね」

「まったくだ。犯人の懐中電灯の信号を、大元堂のうしろで見たというが、実際のところ見たのは奥さんだけで監視の君たちの誰一人として、それを目撃しているわけではない。脅迫文で、金を入れる物に、ボストン・バッグを指定して来たのにも意味がある。一つは同時に、そこに盗んだ化石骨の包みを隠し込むためだ。そしていま一つは西側の崖《がけ》下の道に、それを投下する便利のためだ」

「ひょっとしたら下の道には、弟が待っていたのではありませんか?」

「そのとおりだ。奥さんは懐中電灯の合図を見たふりをして、大元堂の裏手の、皆からも見えない木立ちの中に入る。そこで、バッグの口を開けて、骨の包みだけを取り出すと、残りの現金入りのバッグは、崖縁に行って、下の道の弟めがけて落す。それから骨を持って、君や高塚君の所に駈《か》け出てくる。それだけでよかったのだ。実際のところ、奥さんは監視態勢がいささか大袈裟《おおげさ》になって、困ったのではないかと思う。あるいはＴＨＤの名でまた手紙を出して、一度中止して、またあらためて取り引きを申し出ようと考えたかも知れない。第一の目的とする所は、犯人は外部のＴＨＤのメンバーで、そのために堀分君を殺してしまったと、人に印象づけることだったからな。だが、監視の君たちはお互いには見ることができない位置にいた。だから、犯人は蒸発してしまったように思えても、実際は君たちの一人が犯人ということにだってなると考えたのじゃないだろうか。また脅迫金は脅迫金で、ともかく奪い取れる金は、奪い取っておこうと欲張ったのかも知れない。ともかく決行した」

「それじゃ社務所の方向に落ちていた麦藁《むぎわら》帽子というのは……」

「あれも、奥さんがあらかじめそこに落しておいたものにちがいない。あの日、奥さんはその取り引きのために、ボストン・バッグを町に買いに出たはずだ。その時、帽子も買って、神社に行き、汚した状態であらかじめ落しておいた。もちろんそれによって、犯人の実在性を証拠づけようというためだ。それから犯人の容疑を監視役の君たちの一人……落ちている位置からすれば、須藤君あたりにむけようという意図もあったかも知れない」

「すると秋津さんはゴリ……いや、須藤さんは事件の犯人と何か関係があると考えて、彼に大至急会いたいといったのでは……」

「ないよ。事件解決の重要な証人として、証言を取りたかったんだ。八幡神社のことではない。彼は堀分君の死んだ前日、盛岡の故郷《くに》の方から帰って来て、フォームで奥さんが東京の列車からのお客さんを出迎えているのを、目撃したというのだろう？　もちろん客というのは三隅だ。それもフォームでというなら、まだ本物の三隅にちがいない……」

「そうか！　だから、須藤さんから、その人相や風体を聞けば、ぼくたちが三隅と思っている男との違いが、はっきりすると思ったわけですね」

「それが、あんな悲劇的なことになってしまって……。話をもどそう。奥さんはあの骨の取り引き事件で、まさか残っていた外川氏振り出しの何枚かの先付小切手までが、全部楽に現金化できる刺戟《しげき》になるとは思っていなかったろう。だが、妙なぐあいからそうなってしまった。手に入れられそうな現金は手に入れた。あまり欲張っていると危険だ。彼女は弟に命じて現金とともに失跡《しっそう》し、故郷に潜伏することを命じた。いや、潜伏というような大袈裟なものではない。誰が三隅が、ほんとうは郡山にいる奥さんの弟だと考えるものか。ともかく故郷《くに》に帰り、静かな所に家でも一軒借りて、おとなしく待っていなさいといっただけだ」

「……としたら、事務所に骨の取り引きの時のボストン・バッグを残して行ったのは、失敗でしたね」

「いい所に目をつけた。だが、失敗ではない。あれも計算の上でのことだったのだ。あれで容疑は三隅にむけられる。もちろん私たちが三隅と思っている偽三隅だ。だが、彼はすでに殺されて、もうこの世にいないから、追及のしようもなくなっているという、きちんとした軌道が敷かれていたのだ」

ぼくは混乱した。

「待ってくださいよ。殺されるって……三隅は偽三隅で、つまり奥様の弟の江田悦夫だから……自殺したのじゃありませんか？　殺されたのではなく？」

「いや、殺されたのだ。奥さんにね。しかも、ここではまた意図的に、他殺を自殺に見せるという、あの八木山橋と同じ手口が用いられてだ」

ぼくは唖然《あぜん》としていた。そんなぼくを無視して、刑事は話を続けた。早口になって。まるで早く話を終らせたいというように。

「……だから、ぼくは奥さんの性格の中に、どうしようもない殺人者の素質を認めるというのだ。奥さんは初めから弟を始末する気でいたにちがいない。企み深い性質ということでは、姉も弟も同じ血を持っていたようだ。だが、大胆さということでは、この姉と弟はまるで違っていたらしい。いや、弟はひどく小心の、弱い性格だった。噂《うわさ》がそれを裏書きしている。また、偽三隅としてぼくたちが知っている彼も、落ち着かぬ挙動の、目をきょろきょろさせてばかりいる人間だった。そんな男だ。自分たちの犯罪の尻尾《しっぽ》を、いつ出すかわからない。それに彼が死ねば、手に入れた金は、奥さんが独り占めできる。拐帯が成功すると、彼女は最後の仕上げにかかった……」

「しかし、奥様が弟を殺したといいますが、さっきもいったように彼は自殺で……それも郡山での服毒自殺で、その頃は奥さんは仙台にいたのでは……」

「いや、江田悦夫は仙台の大平先生の邸で殺されたのだ。問題はあの大型の旅行トランクだ。弟の自殺に、誰ひとり殺人の匂いを感じ取る者はいなかった。だから、トランクの本当のからくりにも気づかなかっただけだ。もし少しでも何かの殺人の気配があの事件に漂っていたら、あの大きなトランクに、何かを感じる人も多かったはずだ」

「ひょっとすると、死体を……弟の死体を入れたと……」

「そうだ。奥さんは弟を密かに仙台の邸に呼び寄せた。追われている身だから、正体を隠すように厳重に注意して、ひそかに来いといったにちがいない。だから邸内にも、人知れず忍び込んだ。先生の邸は広いから、入り込もうと思えば、どこからでも入れる。知ってのとおりあの夜は監視の刑事は表門に一人いるきりだった。おまけに中から奥さんが手引きすれば、ますます忍び込みは簡単だ。おそらく奥さんは蔵かどこかに、弟を案内したのではないだろうか。詳しいことは不明だ。だがあの奥さんのことだ。巧みな言葉で、毒の入った何かを飲ませて殺した。そして死体を旅行トランクに入れた。大型だし、江田悦夫はチビだったから楽に入った。そして弟が自殺の手紙をよこしたという狂言をうって、車を用意させ、藤木運転手に命じて、旅行トランクを車に運ばせた。ともかく人間一人が入っている重さだ。女の力ではたいへんだ。それに奥さん自身が旅行トランクを車に運び込んでは、かえって怪しまれる。そこでここの所はうんと大胆に出たのだ」

「すると、奥様が受け取ったという弟の自殺をしらせる手紙は、偽物だったのですか？」

「偽物というより、あるいはそんな物はなかったかもしれない。いずれ、そのことを奥さんにたずねることになるだろうが、きっと破棄したというような返事が返ってくるだろう。ともかくトランクの中味は、ＴＨＤの反戦文書というようなものではなかった。見張っていたのが先入観を持った特高刑事だったし、まさかその中に死体などとは思いもおよばないから、まあ、そう考えるのもむりがないともいえるが。しかし慎重な奥さんは、車のトランクに旅行トランクのあった事実を気取《けど》られる、万が一の可能性も考えた。骨の取り引きでTHDの名を使った彼女は、ここでもそれを利用することにして、THDのパンフレットやビラを車のトランクの隅の方に突っ込んでおいた。万が一の心配はほんとうになったが、あらかじめ手をうっておいたことで、幸運にもそれに成功した。こうして死体を乗せた車は郡山の弟の家に行った。それから奥さんがむこうについて死体を発見し、警察が駈けつけるまでは、実際のところは、奥さんひとりの証言だけなのだ。何とでも言い繕《つくろ》える。郡山までは、車での長い道中だ。その間に、奥さんは巧みに藤木に話をして、現地についたら、そのままもう邸にはもどらず、まっすぐ郡山駅に行って、好きな所へ行くように口説いた。もちろん、そのためのかなりたっぷりの金を握らせたにちがいない。彼は奥さんに毒づいているような所があったが、それはあの美しい奥さんに彼なりにこだわっていたためだと、私は見ている。奥さんのいうことを喜んできいたのではないだろうか……」

「ええ、それはほかの人たちも、そう感じていたようです」

「それに彼は近いうちに邸をやめることはきまっていたし、前から東京あたりに行きたがっていたという背景もあった。軽薄でだらしない彼は、何かおかしいと思いながらも、自分が車に運び込んだ旅行トランクのことなどにはまるで疑いを持たず、たっぷりもらった金を手にして姿を消した。奥さんは車からトランクを運び出し、弟の死体を家に運び込んで、自殺の状況を作り上げると、近くの家に事件をしらせに走った。トランクに詰め込まれて長い間運ばれた死体だ。死後硬直とかその他のことで、いささかおかしな所もあったはずだが、田舎の警察が、自殺という既成事実で調べたのだから、何も怪しまれずに終ったのもむりはないかも知れない」

不吉な予感に、ぼくはどきりとした。

「秋津さん、藤木も失跡していますが、まさか彼も……。奥様にトランクを運ぶように命ぜられたといっても、並の重さじゃなかったはずです。いくらぼんやりの彼だって、何か怪しんだでしょうし、いつ何の拍子にそのことを人にいうかわかりません……」

「確かにこの一連の犯罪の中で、最後の弟殺しは一番危険の多いものだった。その破綻《はたん》の鍵《かぎ》を握っているのは藤木のようだから、ひょっとしたらと私も思う。だが、あの弟の自殺発見芝居の状況の中では、彼を殺害して死体を隠す機会は持てそうもない。もしそれがありうるとしたら、それ以後のことになるだろう。もしあれ以後、彼が奥さんに会ったという事実があるなら、あるいは彼は悲劇的な運命に見舞われているかも知れないね」

「しかし、秋津さんが事件の解明の突破口をつかんだのは、その奥様の弟の死や藤木の失踪からなのでしょう？」

「そうだ。特に藤木のことからだ。あのどう見ても無節操で、軽薄な男がＴＨＤ……しかもそのリーダー格とは、とても私に信じられなかった」

「小竹刑事にいわせると、反戦パンフレットの校正もしたと……」

「彼の強引さも、極《きわ》まれりという感じだな。譲りに譲って、ともかくそのとおりだとしよう。そして危険な文書を旅行トランクに入れて、車で運び出したとしよう。だが、そうかといって、どうして郡山についたその場で、失踪しなければならなかったというのだろう？　彼は自分が追われているのは、知らなかったはずだ。姿を消す必要はない。いや、そうすることで、かえって怪しまれることになってしまう。翌々日、彼の部屋の捜索で、反戦文書が見つかったという話を聞いて、ますますおかしいと思った。なぜそういった決定的な証拠も、いっしょにトランクに入れて運び出そうとしなかったのだろう？　手落ちというには、あまりにひどすぎる。考えてみれば、車のトランクの中にあったという文書だってそうだ。旅行トランクからこぼれ落ちたなんて、へんな話だ。あんな物から、そうあっさり中味が出るものではない。これは何かの罠《わな》？　旅行トランクのほんとうの中味を隠すための工作？　じゃあ、本当の中味は何だったのだろう……ともかくひどく重たいもの……奥さんの弟の自殺……まあ、そんなふうに考えて行くうちに、はっと思い当る想定ができた。そして旅行トランクは奥さんが藤木に命じて運び込ませたもので、藤木の失踪はその事実をいわせないためではなかったのかと思い到ったのだ。ともかく、今は全力をあげて、藤木の行方を追うことにする。さっき、郡山の方に問い合わせてみたのだが、あのへんでは土葬をしているようなので、必要とあれば江田悦夫の遺骸《いがい》の発掘検死も考えている。奥さんが弟の家についてから、近くの家に事件をしらせるまでの時間のあきとか、そんなことも調べてみるつもりだ。だが、ともかくも、ここにある三枚の写真が決定的に物をいうだろう……」

秋津刑事は卓上の写真を見おろした。

「奥様を……逮捕するつもりですか？」

刑事はまた盃をあげて舐《な》めた。少しもうまくなさそうだった。

「する」刑事は強く投げ捨てるようにいった。「……頭脳明敏な大平先生のことだ。この事件についての何かに気がついていたにちがいない。三隅が現われなくなったり、奥さんが数日看護に来なかったり、今度は高塚君がぷっつり姿を消したり……先生がいくら衰弱されていたとはいえ、ついにそれについて深くたずねられなかったのはおかしい。不治の病に横たわっている病院の外で、不穏な何かが刻々と進展していることは、それとなく感じ取られていたように思える。しかしまさか奥さんがすべての事件の犯人であり、恐ろしい殺人者であるとは夢にも思わなかったにちがいない。このことは絶対に先生にしらせてはならない。先生がこの世の人でなくなるまでは。私はそう固く決心した。そして解決をのばした。そして先生は亡くなった。私はまた考えた。先生の霊の安らかになる、せめて初七日までは、もう少しのばそうかと……。だが、もうこのきびしい事実を背負って歩く重味にたえきれなくなった。それで君に打ち明けた。そうしてこうなった以上は……」

秋津刑事は言葉をとぎらせた。

ぼくは重たく、たずね返した。

「いつ、逮捕に……行きます？」

「明日の朝にでも……と思っている」

「それなら、ぼくは……今日は、寮に泊ります」

「うん、それの方がいいかも知れない」

今、ぼくは思い出している。堀分が愛蔵していた、木版絵の表紙に、ページは袋綴《と》じの、豪華な本だ。佐藤春夫の〝魔女〟という詩集である。

いかにも堀分好みの、デカダンスで、都会的で、耽美《たんび》的な詩に溢れていた。

その中に、こんな一節があった。

三十歳の肉体を秘め
十七歳の情操を匂わせ
柔和にして暴虐……

（〝家出人人相書〟より）

彼は愛重する諸刃《もろは》の剣で、我が命を絶ってしまったのかも知れない。
疲労した。長い文章を書いたことにではない。長く重苦しい内容を書いたことにだ……。

エピローグ

「奥様は初めは犯行を否認していたようです。しかし、一月の末、藤木運転手が東京で見つかりました。何でも、浅草の盛り場を、モボ・スタイルで、ステッキをふりまわしながら、得意気に歩いていたとか……。奥様はそれを知ると、すべてを認め始めたと聞きます。その話によると、藤木はあとから、奥様と東京の某所で、一度、会う約束をしていたそうです。一月の半ばのことだったとか……。もし会っていれば何が起こったか、想像がつきます。しかしその時には、もう奥様は逮捕されていました。秋津刑事が逮捕を早く決心したおかげで、彼はとんだ命拾いをしたというわけです」

金谷さんは後日談を、そう付け加え始めた。

次の火曜日。〝奈加子〟の店であった。

あれ以来、すっかり涼しくなっていた。どうやら今年は夏が短かい感じだ。

きょうもまた窓が開けられて、秋めいた風が流れ込んで来ていた。

「……しかし、そのあと、奥様がどうなったか、私はまったく知りません。ただでさえ新聞を読まない私でしたが、ますます二高生ぶりを発揮して、断固として世俗の騒音を断ち切ったのです。友人たちが事件について話しているのを聞くこともありましたが、そんな時は私は急いでその場から遠去《とおざ》かるようにしました……」

そして、金谷さんはゆっくりとコップの冷酒《れいしゅ》を口のあたりにあげてから、また続け始めた。

「……ただ、一度、もうずいぶんたってから、秋津刑事を訪ねて行ったことがあります。私が社会人となってから三、四年たってからでしょうか……。だから、事件からはもう七、八年はたっていたことになります。しかし、私の会った署の数人の人間は、まるで秋津さんを知りませんでした。名さえ聞いたことはないというのです。私は深くは追求しませんでした。何かそれのほうがいいような気持ちがしたからです。ひょっとしたらあの事件からすぐ、やめたのかも知れません。あるいはあの事件が、からんでのことからかも知れません。ともかく、あの人はあまり警察の水には合わない感じでしたからね」

「しかし、確かに玻璃《はり》を着た名探偵でしたね。いや、彼の推理は良くわかりました。細かい所まで……」

「おや、そうですか？」

意外そうな言葉の調子に当惑して、私が盃から目をあげると、金谷さんの笑顔が待っていた。

「……といいますと……？」

「細かい所まで、ほんとうに解明がついたかということです。例えばあの堀分君の死んだ夜のことです。なぜ大平先生は奥様が書斎に来られなかったのに、一度は入って来たとおっしゃって、あとから訂正されたのでしょう？　まだいろいろとありますよ。なぜあの夜、三隅に会った先生は、ことのほか不機嫌で、はやばやと会談を打ち切られたのでしょう？　藤木は奥様の罠にかけられただけで、けっきょくＴＨＤでないとしたら、邸に潜入しているＴＨＤとは誰だったのでしょう？　小竹刑事の握っていた情報はまちがいで、けっきょくそんな人間はいなかったのでしょうか？」

「そういわれれば、確かにそうですが、しかし事件の本筋とは関係ないのでは……？」

「確かにそうもいえますが、ある部分では微妙にからんでもいるのです。実をいうと、当時、私もあまりそのことは考えませんでした。ところが二年後です。私は東京帝大に入って、それからしばらくして、偶然にも、彼女たち親子に出会って、初めて残った謎《なぞ》についても知ったのです」

「彼女たち親子というと……郁子さんとお母さんですか？」

「そうです。彼女の話によると、大平先生こそTHDのリーダーだったのです。この事実が、残ったさまざまの謎を解く、大きな鍵だったのですよ……」

私の驚いている顔を見ながら、金谷さんはかなり楽しそうに話し続けた。

「……考えてみると、私が愛読した大平先生の〝土からの物語〟と、THDの反戦小冊子との筆致は、非常に共通したものでした。簡明で、物柔らかで、人の心に浸《し》み込んで行くような文……だからこそ私は、いつのまにか、あの小冊子の、人道主義の立ち場に立った反戦思想にも、引き込まれて行ったのですね。だが未熟だった私は、そんな裏の所までは、まったく読み取ることができなかったのです。癌を宣告された時、実は先生は研究所設立のほかに、まだ二つのことをきちんと処理しておこうと決心されたのです。一つはTHDの今後のための資金の確保です。そしていま一つは北原親子の今後の生活費です。彼女はほんとうは先生の娘だったのです」

「彼女って……郁子さんですか？」

「そうです。彼女の母親は、先生の邸にいた頃、先生と恋愛関係ができて、一時は結婚するというような所まで行ったらしいのですが、古い当時のことです。身分の違いとか、その他のことで両親や親戚《しんせき》の反対にあって、とうとうこのロマンスは実を結ばなかったのです。まあ、事件に直接関係ないことですから、詳しくは話しません。ともかく彼女はその時にできた子です。ですからお母さんが邸を出たあとも、先生はずっと二人の面倒を見てこられたのです。このことは誰も口には出さないものの、知る者は知るといった秘密であったようで、女中さんの中にも知っていた者もあったようです。そういえば、いくら自分の娘のようにかわいがっていたといっても、先生は彼女を〝郁子〟と呼び捨てにしていましたよ。その頃の私はそういうことになるとぼんやり者で、まるで気づきませんでした。いや、愛だ人生だのと偉そうなことをいっていても、当時の高校生は、たいていそんなぼんやりだったかも知れません」

「すると、先生の奥さんも、そのことは知っていたのですか？」

「ええ、知っていました。それでもこだわりなく北原親子が、邸に出入りしていたのは、客寄せや行事の時などのお母さんの料理の手伝いの腕を求めるためや、一つには先生夫妻の間に、お子さんが恵まれなかったためもあったようです。しかしそう聞かされるまでは、私は先生夫妻の間に子供がいなかったことを、少しもふしぎに思わなかったのですから、やはりのんびりしたものでした。日記を繰りもどしてもらうと、わかるでしょうが、大平先生が入院した日です。彼女がひどくきっとなって、『……先生は奥様ばかりのものじゃないんです！　私や母にとってもたいせつな人なんです』といった言葉には、別の深い意味があったのです」

「しかし郁子さん親子が、ＴＨＤだったことはほんとうだったのでしょう?」

「ええ、そうです。リーダーの先生とメンバーを結ぶ重要なレポ役をしていたことはほんとうです。だが、メンバーの方はリーダーが誰かについては、まったく知らなかったそうです。考えてみれば、北原親子がＴＨＤで邸に出入りしているのなら、一番接触するのは先生だったはずで、あの小竹刑事がそれを考えなかったのはふしぎな気がします。やはり彼もまた先生には畏敬《いけい》の念を持っていて、その先入観から、目が曇っていたのでしょうか……。いや、うすうすは何かの疑いを持っていたかも知れません。だが、相手が大物だけにとんでもないことをしてはと、独り自分の胸におさめて、慎重に構えていたのかも知れません」

「正直にいいますと、私は高塚という人が怪しいか……と思っていたのですが……」

「高塚さんの立ち場は、かなり微妙だったようですが、ＴＨＤでないことは確かです。先生がそのリーダーであることは、それとなく知っていたようですが、口に出していったことはないようです。先生からもまたそういう発言も、また誘いもなかったようです。先生は学問上の愛弟子《まな》を、そういう危険な立ち場において、すべてを台無しにするのを恐れられていたようで、それとなく『君には考古学のほうで、がんばってもらわなければいけないからね』というような発言があったと聞きます。しかし高塚さんはそれと知っていて、ある形で先生の運動の一端を手伝ったこともあるのです」

「どんな手伝いを？」

「先生のアリバイを作ったのです」

「アリバイ？」

「先生は癌を宣告されると、研究所設立や、ＴＨＤ資金確保、北原親子の将来の生活のために、全財産の処分を決心されました。しかし、桑山番頭や奥様が知っているような、武家の商法は、決してしていなかったのです。それは秋津刑事も調べ上げていたことです。どうもこのへんも、奥様に対する先生の微妙な考えが出ているようです。つまり先生はほんとうの売価と偽りのものとの差額を、ＴＨＤの資金や北原親子の将来の生活費とにふりむけたようです。先生は何か最後のきまりをつけようというような、心構えだったのでしょう。六月二十一日の夜、その金を持って、じかに北原親子や、ＴＨＤのメンバーに会おうとしたのです」

「堀分の殺された問題の夜ですね」

「しかし、先生の生活を気遣うという名目の、奥様の貞淑な注意の視線の手前、表立って行動することははばかられたのです。それで、高塚さんにアリバイ作りを頼んだのです。もっともこれには、もう一つの意味もあったようです」

「といいますと……？」

「先生は北原親子に会ってお金を渡したあと、ＴＨＤのリーダーとして、メンバーの集会に、最初で最後の顔出しをし、激励して、資金を提供する予定でした。しかし、万が一にでも、その集会での自分の存在が、当局に漏れたりした時のことも考えて、やはりここでも、自分はその時は邸にいたというアリバイを作ろうと考えたのです。そこで、そのために、さっきいった、高塚さんの手伝いがあったのです。つまり高塚さんが先生に化《ば》けて、書斎で三隅と会ったのですよ」

「先生に化けて!?　じゃあ、問題の夜、三隅……いや、江田悦夫が会ったのは、先生じゃなかったのですか!?」

「そうです。二人はお互いに初対面だったのです。先生も三隅のことを知らなければ、三隅の方も先生を知らなかったのです。だから、何の怪しまれることもなく、三隅との会談ができるはずでした。しかし厄介なことは、以後は先生の方は、こんどは本物が何度も三隅に会わなければならないことです。そのためには、肩の張ったごつい体格ということで、先生と似ている高塚さんは好都合だったのです。といっても、良く見ればあとから、すぐに違いがわかってくるでしょう。そこで会談の場所として、この夜だけは、先生が好んで照明を暗くして仕事をなさる、書斎が選ばれたのです」

「それじゃ、あの夜は二人の偽者が書斎で会っていたというわけですか!?」

「おかしいというか……皮肉というか……そういうわけです。先生が会談中の人払いをされたのもそのためです。奥様や女中さんが入って来たら、たちまち怪しまれてしまう危険が大きかったからです。また不機嫌な様子で、口数も少なく、話を短かく切り上げたのも、何も偽三隅の遅刻を怒ってのことではなかったのです。長い間対面していて、相手の記憶を強くしたくなかったからです。先生が初めは奥様が書斎にお茶を持って来られたようなことを曖昧にいって、あとからそれを訂正されたのも、そのためだったのです。ほんとうはその場にいなかった先生は、あとから高塚さんに、会談のようすを聞いたのでしょう。しかし秋津刑事にそういうことがあったはずだと、何気なくいわれると、その場をつくろうために、そういわざるをえなかったのですね。先生は三隅が遅刻したので、不機嫌になって、用談を早く切り上げたといっていましたが、一方では奥様がお茶を持って来た時には、話に気を取られていたのでと……日記に書いてある言葉を使うならば、やはりチグハグをいっています。この会談では、もっとそのチグハグがありますよ」

「そうですか？　何でしょう？」

「高塚さんは先生を装うために、当然、度の強い眼鏡をかけていました。顔を隠すのにはこれは好都合でしたが、そのかわり正常の視力の人では、かえって目の前はひどくぼんやりしてしまったはずです。そのために、委任状に印鑑を押すのに、まちがって自分の名の下に押そうとしてしまったことです。偽三隅の江田悦夫は、このへんは自分のうしろ暗さとは何の関係もないことなので、正直に証言しています」

「高塚さんが、あまり映画好きでもないのに、その夜は珍しくそれを見に行ったという、曖昧なアリバイをいったのも、それでわかりますね。ほんとうは邸にいたのですか」

「その間に先生は、まず〝きたはら〟の店に行って、これからの生活資金を渡しました。彼女の話によると、もちろん癌のことはいわなかったそうです。ただ邸を畳んで、ほとんどの金を研究所に注《つ》ぎ込む決心をしたので、今後はあまり援助はできないからということだったそうです。ただそのあと、ＴＨＤの集会にじかに顔を出し、皆を激励し、資金を提供するという手筈《てはず》でしたから、何かなみなみならぬ決心をしていたことはわかって、ちょっと不安な気持ちになったそうです。私があの夜、〝きたはら〟に行って、店が早じまいをしているのを見たのも、二階に来客の気配を感じたのも、実はその時、先生が訪ねていたのですよ。先生はそのあと、彼女といっしょに、ＴＨＤの集会に出る予定でした。だが、彼女の所に寄って、少し手間取ってしまったのが、あとになってみれば幸運だったのです……」

「特高の一斉手入れですね？」

「そうです。手入れのあったほんの数分後、先生たちは現場近くまで行って異変を知り、邸に急いでもどって、危い所を助かったそうです。資金はその後、別の方法でＴＨＤのメンバーに渡されたということです。小竹刑事はＴＨＤが骨との取り引きで、財源が豊かになったように考えていたようですが、もちろん、そうではありません。しかし、あの骨との取り引きを提示するＴＨＤ名の脅迫状が来た時、いつもにもなく先生が『何がＴＨＤだ！　そんな名を騙《かた》って！』と激怒されたのも、それでわかるというものです」

「奥さんは先生がＴＨＤだということには、気づいていなかったのでしょうか？」

「まったく気づいていなかったようです。けっきょく奥様は、秋津刑事の指摘するように、先生の学問を、社会的地位、名声、金銭の獲得の手段としか考えていなかったようで、先生の学問それ自体を理解しようとしたことはなかったようです。ですからこそ、あんな貴重な化石骨を盗み出したりするというような、乱暴なまねもできたのでしょう。ですから、先生の人生観とか、社会的思想といったことには無関心だったとしかいいようがありません。もちろんたいへん利口な人ですから、対社会的には先生を理解しているように見せていましたが……しかし、先生が亡くなる少し前に、ＴＨＤであると初めて知ったことは確かです。その証拠があるのです」

「どういうことでしょうか？　よくわかりませんが……」

「藤木運転手の車のトランクの中や部屋で見つかった、THDの反戦文書を、秋津刑事は、奥様が容疑を彼にむけるためにしかけた罠だと推理しました。しかし、いったい奥様はそんな物をどこで手に入れたのでしょう？　しかもその文書は同じ物がかなりの数にまとまっていて、手付かずの状態だったのです。秋津刑事はここの所の説明を飛ばしています」

「そういえば、まさにそうですね」

「その手懸りになるようなことを、実は私はそれと気づかずに、十二月十八日付けの日記に書いているようなのです。そこに、先生が先が長くないのを覚悟してか、蔵の箱の中にあるプライベートな書類の焼却を、高塚さんに依頼したとあったはずです。奥様は明日それをやりに来る高塚さんのために、鍵を用意しておくと答えています。つまり奥様はその前に、箱を開いて中を見るチャンスと時間を、ゆっくり持てたはずです。THDのリーダーだった先生の秘密の書類というなら、反戦思想宣伝の文書類だった可能性が強いと思います。奥様はそれを見つけて、先生がTHDに関係していることを知った。同時にその一部を抜き取って、次の犯行にTHDをもう一度利用することを思いついた。私はそう考えます」

「しかし、さすがの秋津刑事も、そのことまでは、考えおよばなかったわけですね」

「いや、私はそう思いません……」金谷さんはかなり強い調子でいった。「……最後にはあの明敏な頭脳で、事件のチグハグを、緻密《ちみつ》に組み立てなおした秋津刑事のことです。先生のあの夜のふしぎな言動の理由も、藤木運転手の持っていた反戦文書のからくりも、すべて知っていたと思います。その証拠に、重要証人として須藤さんに至急会いたいと現われた時に、高塚さんとも話したいといったのです。ただ知ってはいたが、独り自分の胸におさめて、黙っていたのだと思います。ともかく、当時のことです。いくら先生は亡くなったといっても、反戦運動家であることは、やはり一種のスキャンダルでしたからね。しかし、もし先生が癌などという、悪魔的な運命に見舞われず、戦後まで生きておられたらと思うと残念でなりません。先生の考えていた日本の先史考古学は、今は歴史学上の確固たる分野として、華々しい脚光を浴びています。先生のひそかに運動しておられた反戦思想も核戦争の危機の現在、人類の平和という広い立ち場で、世界の人から共感を持って迎えられているのですから……」

「今のお話を聞いていても、金谷さんの日記を読んでも、大平先生のすばらしい人格が偲《しの》ばれるような気がします」

「もしあなたが、私の中から何か得る所があると思われたら、それは大平先生から伝わった影響ですよ」

「大平先生の研究所はだめになり、高塚さんも亡くなったのでは……けっきょく金谷さんは考古学の方に進まれなかったわけですか？」

「まあそうなのですが、必ずしもすべてを捨てたというわけではありません。出版社に入ってから、そっちの方面の書籍を積極的に発行したり、まあそのほか、先生の遺志を受けついで、色々のことをしたつもりですが……」

不意に、金谷さんは腕時計を見た。

「……いけない。すぐ家に帰らなくては。いや、夏休みの終りを私の所で過ごすというので、孫たちが京都から訪ねてくるのですよ。また金曜日の夜にでも、お会いしましょう」

金谷さんは立ち上がると、店を出て行った。いささか唐突の感じがしないでもなかった。私たちが話に熱中しているので遠慮していたのだろう。カウンターの端で、菜か何かを調理していた奈加子さんが、近づいて来た。

「お孫さんが京都から訪ねて来るというので、慌てて帰られましたよ。きっとなごやかな、話のわかる、いいおじいさんでしょうね」

私の言葉に、奈加子さんはゆっくりと微笑した。

「そうですわね。でもあれで、なかなか芯《しん》の強い所もおありのようなんですよ。なんでも戦争中には戦争に反対して、牢屋に入っていたこともあるとか……」

あっという思いだった。

二高時代の日記を読んでも、金谷さんの社会に対する見方や思想が、しだいに成長して行く経過が読み取れた。すると大平先生の亡きあとはやはり……。

不意にその物思いが、一つの連想を生んだ。

「奈加子さん、金谷さんに奥さんは……？」

「もちろん、おありになりましたよ。でも一年半ばかり前に先立たれて……」

「何という名前か知りませんか？」

「さあ、それは……ああ、思い出しました。私も近くですから、奥様の告別式にはまいりましてね。御焼香の時、戒名《かいみょう》の横に俗名とあってイクコ……あの左側にアリという字のつく、郁子とありましたよ」

「そう！　郁子ですか！　郁子……」

どうりで金谷さんはさっき郁子さんのことをいう時、名を呼ばなかった。〝彼女〟とか〝北原親子〟とか、何とも歯切れの悪い呼び方をしていたのだ。

金谷さんは事件のあと、東京で郁子さんと偶然会って、残った真相の話を聞いたという。

だが、それから以後の話もあったのだ。

あの青葉城址《じょうし》で、郁子さんの手さえ握らなかったらしい金谷さんの古風な恋は、どう発展したのだろう？

金谷さんにきいたら、あの物柔らかな少し照れた表情で、「いや、それはまあ……事件とはまるで関係のないことですからね」とでもいうだろう。

「そうですか！　やはり郁子ですか。郁子ね……」

つぶやく私を奈加子さんは怪しんだ。

「それがどうしたのです？　郁子さんが？」

私は前のカウンターにある、前とあとの揃った金谷さんの日記を手で軽く叩《たた》いた。

「これを読むとわかりますよ。もっとも奈加子さんは得ですよ。初めから容疑者を一人、はずしておくことができるわけですから」

私は店を出た。

酔いに少しほてった頰《ほお》に、風が爽《さわ》やかだった。

解　説

楠谷　佑

〈トクマの特選！〉から復刊される梶龍雄作品は、本書『若きウェルテルの怪死』で四冊目となります。また、本レーベルにおいて梶作品は「驚愕ミステリ大発掘コレクション」と「青春迷路ミステリコレクション」の二つに分類されていて、本書は後者の第二弾にあたります。

「青春」組の一冊目『リア王密室に死す』では三高（京都の旧制高校）の学生たちが登場し、リア王と呼ばれる青年が密室の中で変死する事件が描かれました。本書はそれに続く「旧制高校もの」の二作目ですが、同じキャラクターが登場するシリーズというわけではないので、仮に『リア王〜』を未読であっても本書の鑑賞に支障はありません。

舞台も異なっており、『若きウェルテルの怪死』では二高（仙台の旧制高校）に通う学生が中心人物となります。

物語は、出版社の若手社員である「私」と、飲み屋で知り合った金谷という男性の会話から始まります。金谷は自身が高校時代に書いていた日記を最近見つけて、読み返すうちにそれが「推理小説になるんじゃないかと、ふと思った」（5ページ）と言うのです。お盆休みに暇《ひま》を持て余していた「私」は、その日記を借りて読み始めます。本書の大半をこの日記が構成しており、読者は「私」と共に金谷の二高生時代——昭和九（一九三四）年の世界に引きずり込まれることになります。

金谷が遭遇した事件とは、学友であり親友でもあった堀分の死。堀分はある事情から寮を出て、考古学者・大平の家の離れで暮らしていました。アレルギー体質であるにもかかわらず睡眠薬を摂取したことが死因で、事件を担当した小竹刑事は自殺との判断を下しますが、堀分の性格を知っていた金谷は納得しません。小竹とは異なり自殺説に疑問を抱く刑事も現れ、少しずつ隠されていた事実が明らかになりますが、次第に物語は思いがけない方向へと展開していきます——。

本書のタイトルがゲーテの『若きウェルテルの悩み』に由来することは、一目瞭然でしょう。一七七四年に発表されたかの名作は、主人公ウェルテルが叶わぬ恋に身を焦がして自殺するまでを描いた書簡体小説ですが、新潮文庫版に訳者の高橋義孝氏が付した解説によれば「この作品によって自殺が流行しさえした」ほど、影響力があったそうです。

本書『若きウェルテルの怪死』において原典のウェルテルと重ね合わされるのは、もちろん被害者の堀分です。彼は同書を愛読しており、小竹刑事からは「ウェルテル気取りだった」（69ページ）と揶揄《やゆ》されます。同じく書名を名作古典から採った『リア王密室に死す』では、原典へのここまで直接的な言及はありませんでした（死んだ学生の「リア王」という渾名《あだな》は「現実主義者《リアリスト》」が由来とされています）。また、金谷が〈白樺派〉に傾倒していた文学青年であるだけに、本書中にはゲーテ以外にもさまざまな文学者への言及があります。各章題も詩歌からの引用であるなど、本書は「文学」という小道具でエモーショナルに彩られているのです。

また、作者は本書のスタイルを意図的に『若きウェルテルの悩み』に似せているようでもあります。金谷の日記部分は日付から書き起こされるわけですが、書簡体小説である原典も同様の形式です。さらに、原典は厳密に言えば書簡のみで構成されているわけではなく、後半に「編者より読者へ」という注釈めいた文章が挿入されています。ウェルテルが書いた書簡だけでは語りきれない事実を「編者」が語るという体《てい》のパートなのですが、もしかしたら金谷が日記に注釈をつけるという本書の設定は、この部分から着想を得たのかもしれません。

しかし、作者が「日記＋注釈」という形式を導入したことには、単に原典にオマージュを捧《ささ》げる以上の意図があったと思われます。

まず、この形式を導入したことにより、読者がスムーズに一九三四年の世界に飛びこめるようになっています。これは、今回の復刊によってより鮮明になった美点でしょう。

私事で恐縮ですが、一九九八年生まれの筆者は、国内の古い作品を読む際に風俗描写で立ち止まってしまうことが少なくありません。廃《すた》れてしまった言葉やアイテムが理解できず、インターネットで調べる――という作業は、知識が増える喜びがあるものの、読書への没入感を削いでしまうのも確かです。しかし、本作は作中年代が今から九十年近く前であるにもかかわらず、読む際にその手のストレスがほとんどないことに驚かされました。

なぜ入り込みやすいかと言えば、昭和初期ならではの用語や社会の雰囲気――たとえば「ミルクホール」なるものや、哲学青年・藤村操の自死に対する世間の反応など――に、若い読者である「私」に向けて注釈が付されるためです。この親切な設計のため、読者《われわれ》は当時の雰囲気を味わいながらも、置いてきぼりを食うことがないのです。

初めて刊行された一九八三年から見ても作中年代が過去だったことこそ、四十年後の今でも本作が清新な雰囲気を留めている所以《ゆえん》でしょう。この点をもって、本書を筆者の同世代、あるいは下の世代に対して推すことに迷いはありません。

――しかし、右記の美点は作者がさほど意識しなかったこととも思えます。ただし、独特の構成は、ミステリとしての本書をユニークなものにもしています。これは明らかに作者が意図して「遊んだ」部分でしょう。

それは既に引用した冒頭の金谷の台詞からも明らかです。自分の日記が「推理小説になるんじゃないかと、ふと思った」という彼の述懐は、作者による〈フェアプレイ宣言〉でしょう。「この日記は『問題編』であり、必要な手がかりはすべてこの中に含まれているぞ」と、金谷の口を通して告げているのです。注釈は推理小説として公正を期するための役割も兼ねていて、読者をわくわくさせてくれます。

実際、本書はとてもフェアなミステリです。そのため本気で謎を解こうとすれば、犯人の正体や、中盤の見所である犯人消失トリックを見抜くことは決して難しくないでしょう。しかし「犯人がわかった」「トリックがわかった」と言って片付けてしまうのは、あまりにももったいない。本書のミステリとしての真骨頂は、より深いところにあるのですから。

解決編にあたる「柔和にして暴虐」の章における怒濤《どとう》の伏線回収は、まさに圧巻です。犯人が当たったという読者であっても「あのエピソードにはそういう意味があったのか」

と意表を突かれる箇所が、おそらくどこかひとつはあるはず。金谷の日記には、登場人物たちの日常的な言動もさりげなく書き込まれていますが、それらの描写のひとつひとつが新たな意味で再解釈され、忘れがたい犯人像が浮かび上がってくるのです。筆者はこの解説を書きながらポイントとなる箇所を読み返しましたが、作者が「問題編」に仕込んだいくつもの大胆なダブル・ミーニングに脱帽しました。まさに匠《たくみ》の技です。

さらにエピローグまで読めば、百戦錬磨のミステリマニアというかたも、きっと満足感とともに本書を閉じることになるでしょう。

外連味《けれんみ》はないものの、細部に至るまで計算され、かつ遊び心も忘れない充実したミステリ――それが『若きウェルテルの怪死』です。今回の復刊で「出会えてよかった」としみじみ思う読者は少なくないでしょう。かく言う筆者も、本稿執筆を拝命したことで初めて読んで、この作品にすっかり魅了されてしまいました。

二〇二三年三月

本書は1991年1月に徳間文庫から刊行された『若きウェルテルの怪死』の新装版です。作品はフィクションであり実在の個人・団体などとは一切関係がありません。なお、本作品中に今日では好ましくない表現がありますが、著者が故人であること、および作品の時代背景を考慮し、そのままといたしました。なにとぞご理解のほど、お願い申し上げます。

（編集部）

徳間文庫

梶龍雄 青春迷路ミステリコレクション2

若《わか》きウェルテルの怪死《かいし》

〈新装版〉

2023年4月15日 初刷

著者 梶《かじ》龍《たつ》雄《お》

発行者 小宮英行

発行所 株式会社 徳間書店

東京都品川区上大崎三-一-一 目黒セントラルスクエア 〒141-8202

電話 編集〇三(五四〇三)四三四九 販売〇四九(二九三)五五二一

振替 〇〇一四〇-〇-四四三九二

印刷 製本 大日本印刷株式会社

ISBN978-4-19-894846-7 (乱丁、落丁本はお取りかえいたします)